JN136590

インドの東

上巻

栗尾健児

郁朋社

インドの東　上巻／目次

歴史は繰り返さないが、韻を踏む（マーク・トウェイン）

第一章　王直の弁明

① 倭寇

――舟山（しゅうざん）諸島沖　嘉靖二十二年（西暦一五四三年）八月――

夕暮れの雲は茜色に縁どられ、やがて夜のしじまに水平線が溶けてゆく。

ここは浙江省寧波（ニンポー）沖、千以上の島々が連なる舟山諸島の一つ六横島。その島影に浙江巡検司の官船が佇んでいる。官船といっても、実態は民間に海防を委託しているに過ぎない。

明王朝の兵制である衛所制度は、この頃になると財政難で機能せず、郷紳（きょうしん）と呼ばれる地方の有力者や商人が民船を融通する代わりに、何かと便宜を図ってもらうという関係が成り立っていた。便宜とは外海通蕃、すなわち密輸のお目こぼしである。

明王朝は建国以来、海禁・朝貢制度を祖宗の典章・祖法とし、自国民が海外渡航して交易することや、外国商船の来航を禁じている。民間による対外交易は厳しく取り締まられ、「寸板も下海を許さず（一寸の長さの板も海に出ることを許さない）」とされた。

認めるのは朝貢に付随する附搭（ふとう）貨物の交易のみ。海禁とは外海通蕃・対外交易の禁の略である。

中国は古来より中華思想、すなわち自らを華（文明）の中心、中華と称して誇り、異民族を夷狄・蛮夷・化外（けがい）と蔑む選民思想がある。そして天子たる皇帝の徳と華を慕う諸国・諸侯を冊封（さくほう）し、王や侯といった称号や金印とともに冊命書（任命書）を授け、君臣関係と外交関係を結んだ。

冊封とは、冊命書を授けて封建するという意味である。夷狄であっても、皇帝の徳を慕い冊封体制に入るのであれば、華の一員として認めるという理念であり、皇帝は異国との対等の関係を認めないので、冊封体制は中国を中心とする放射線構図となる。冊封体制に入らない化外の国や民族は、東夷・西戎・北狄・南蕃と呼ばれた。日本が東夷、モンゴルが北狄、チベットが西戎、東南アジア諸国や新たに南方から現われたポルトガルやスペインが南蛮となる。

この時代、中国という国名の概念は無い。王朝名が対外的・対内的な呼称であり、中国という国名が定着するのは辛亥革命以降である。但し南蛮人はチナと呼び、日本人は唐（から）と呼んだ。スペイン語チナや英語のチャイナは、中国最初の統一王朝秦の王朝名がインドにおいてサンスクリット語ＣＩＮＡと音訳されたのが、遊牧民やイスラム商人によってヨーロッパに伝わったものである。

中国人は後に漢訳して、自らをシナ（支那）と呼んだ。日本では遣唐使により多様な外来文化が伝来したので、古語で異国を意味する「から」を唐の音にあて、中国や異国を指すようになった。

冊封国は正朔（せいさく）を奉ずる、即ち中国の元号と暦を使用しなければならない。また天子の徳を称える文章（表文）を携え、その国の特産物（方物）を献上する正使を、予め定められた間隔（貢期）とルート（貢道）で派遣する。正使は天子に朝見（拝謁）し、方物を貢献するので朝貢使と呼ばれる。

皇帝は朝貢使に対し、方物の何倍もの価値がある回賜品を与えた。さらに朝貢使及び随行する商人が、方物以外の附搭貨物を交易することを認め、抽分（ちゅうぶん）という実物徴収（徴税）を行った上で、博買という買い上げ保証や免税など優遇措置を与えた。

天子たる皇帝の徳を慕って朝貢するという、儒教的な華々しい儀礼こそが朝貢の目的である。特に武力でもって帝位を簒奪した場合、天命が移ったという正統性を喧伝する為、万国来朝の景勝が儀礼の場で実現されることが重要であった。万国来朝してもらう為には、それなりの実利を与えなければならない。朝貢国の実利とは、附搭貨物の交易である。


島影に碇を下ろした官船では、慌ただしく人影が動いている。

「奴らは必ずこの海域を通ると聞いておる」、司令官らしき男がそう呟いた。

ただ官服を纏っているのは数人のみ、残りは赤銅色に潮焼けした男達である。皆青龍刀で武装しており、船には二丁の鳥銃（ちょうじゅう）と仏狼機砲（ふらんき）（ポルトガル製青銅砲）が一基備わっている。

司令官の予想通り、やがて幾つかの松明を点した大きなジャンク船がゆっくりと姿を現わした。

「火砲の準備は整いました」、砲手らしき若い男が声を潜めて報告する。

司令官はこれを制して言った。

「まだ待て！　話し合いで済むなら武力は無用。抽分（ここでは賄賂）をたっぷり払うならば大目に見よう。相手は話が分かる実直な男と聞いておる。但しくれぐれも油断するでないぞ」

司令官は、臨検した上で様子を見ることにしたらしい。やがて碇を上げ島影から滑り出した官船は、ジャンク船に近づき停船を命じた。司令官は船上から居丈高に声を張り上げ、こう申し渡した。

「巡検司の官船である。船を検めるゆえ案内せよ。船の長はいずれに」

ジャンク船は暫く沈黙していたが、やがて一人の男が船べりに姿を現わし、たどたどしい広東語でこう釈明した。

「我らはシャムの朝貢船に随行する船。広州に向かう途中で暴風雨に遭い、この地まで流れてきたのです。御慈悲をもってお許しいただければ、附搭貨物の一部を抽分として納めさせていただきます」

司令官は、やはり話の分かる相手だとほくそ笑んだ。ただ油断は禁物と自分に言い聞かせ、火砲を装填準備させた上で、副司令官と武装した水夫四名を伴いジャンク船に乗り込んだ。一人には鳥銃を持たせてある。

司令官はジャンク船に乗り込むと、シャム人らしき男に向かって見下したように申し付けた。

「残念だがシャムの貢期は来年じゃ。お前らは朝貢船を騙った偽使であろう。いやいや近頃暗躍している密輸船かも知れぬのう。従ってまずは積荷を検めることにする。その上で処置を考えようではないか。但し我々も堅い事は言わん。穏便に済ますかは、そなたらの出方次第じゃ」

司令官は思惑通りに事が進んでいるのに気をよくし、シャム人に命じた。

「まずは船の長を呼んで案内させよ」

シャム人が船長を呼びに戻ると、やがて絹の緞子を着込んだ大人風の男が現われた。男は手を組み深々とお辞儀をすると、船室の戸口に立ち微笑んだ。張りつめていた空気はやや和らいだようである。

「我らはシャムに住む華人にございます。シャムの朝貢使の窓口として広州に赴き、その任が無い時期は南蕃諸国と交易する者にて、外海通蕃とはいわれなき申されよう。ただ官のお手間を取らせたことは誠に遺憾なこと、応分の謝礼はさせていただきます」

官船の司令官は、男の対応に満足しつつも、賄賂を吊り上げようとして畳みかけた。

「近頃海禁を侵す者が多く困っておる。賊徒は徽州・浙江の郷紳や商人どもとつるんでおり、我らも動きづらいことこの上ない。この度ある商人からの通告があり、おぬしの船が密輸しておるとのこと。どうしたものか難しいのう」

獲物をいたぶるように司令官は続けた。

「事を荒立てたくはない。ついては今後この海域に現われないことを誓え。さすれば科料の徴収で穏便に済ますことにしよう」

この時大人風の男の眼が、鋭く光ったその一瞬を司令官は見逃した。男は微笑みながらゆっくりと口を開いた。

「その商人とは陳思盼と申す者であろうか」

場に緊張感が走り自分の失言に気づいた時、司令官の眼に最後に映ったのは、戸口の陰からのぞく銃口であった。轟音とともに、額を撃ち抜かれた司令官が後ろに吹っ飛ぶと、傍らの水夫はとっさに青龍刀に手を掛けたが、もう一発の轟音とともに船上に崩れ落ちる。と同時にジャンク船の物陰から長刀を抜いた若武者二名が飛び上がって斬りかかり、瞬く間に二名の水夫を斬り倒した。若武者らは月代を剃り、上半身裸の上に直に鎧を付けている。

「わ、倭寇、倭寇だ〜」、と叫んだ副司令官の首は、既に胴から離れている。あとは怒号と悲鳴の中、若武者らに続き、ジャンク船に潜んでいた異相の者共が官船に飛び移り、水夫らと乱戦になった。

鳥銃を持った水夫は応戦しようとしたが、銃が暴発して自滅する。火砲の砲手は気丈にも一発発射したが、弾丸はジャンク船の船室を撃ち抜いただけで、大きな戦果となっていない。官船の乗組員は暫く応戦していたが、やがて日本刀と青龍刀とが斬り結ぶ音が止み、鳥銃の轟音と硝煙も収まった。

官船は制圧され、水夫らは尋問用の捕虜二名を残してみな殺害された。大人風の男は官船に乗り移り、後ろ手に縛られた捕虜を尋問した。

「お前らは陳思盻の手の者であろう。我らがこの六横島にやって来ると誰が巡検司に密告したのだ。話せば許す、話さねば鱶(フカ)の餌となれ」

顔に切り傷のある水夫は、洗いざらい話すので命だけはと命乞いをし、上目遣いで喋った。

「私はただの漁師にございます。何も知らされず、海商の陳に金を貰いこの船に乗り込んだのです。陳はさるお方から、治安を乱す密輸商人を退治してほしいと頼まれ、浙江巡検司と相談の上、船を用立てしたのです」

男はほうと頷きながらさらに聞いた。

「さるお方とは、浙江省餘姚(よゆう)の謝家のことではあるまいか」

「そ、それは私には分かりませぬ」

動揺した水夫は、慌てて顔を伏せた。男はそうかと薄笑いし、目を眇(すが)めて部下に命じた。

「こやつを海に落とせ。鱶(ふか)の餌にせよ」

水夫は怒りと恐怖のあまり顔を歪めて罵った。

「話せば許すと言ったではないか。罪のない漁師を騙した挙句殺すとは……。王直よ、それがお前のやり方か」

王直と呼ばれた大人風の男は、水夫を見下ろして冷ややかに言った。

「お前の顔の傷は覚えておる。以前、寧波でわしを襲った際に負った傷であろう。陳思盼の放った無頼漢の刺客こそがお前の正体よ。漁師ごときがわしの名を知る筈もなかろう。

陳が海商だと？　奴こそが悪辣な倭寇じゃ。競合相手を海上や街角で待ち伏せして襲う輩よ。わしにはようやく見えてきた。シャムから硝石や蘇木を寧波に持ち込み、郷紳の謝家と取引した際に支払いで揉めた。謝家は遺恨を抱いたのであろう。そこで以前から我らを目の敵にしていた福建野郎の陳に話をし、官に賄賂を掴ませたに違いない。我らを倭寇として抹殺しようとしたのだろうが、木っ端役人が欲を見せたばかりにしくじったのう」

王直は、喚きながら引きずられていく水夫の処刑を見届けた後、もう一人の若い捕虜に尋ねた。

「おまえの顔は見たことがない。陳一派の新入りか。名は何という」

砲手の若い男は、王直の眼をまっすぐ見つめ返して言った。

「私は儒生毛烈である。寧波の商家に育ち郷試に向けて勉学に励んでいたが、兄が商売に失敗して借財を背負い、陳に家を乗っ取られて人質となった。今宵の件はあなたの推察通り、謝家が金を官に渡し、陳一派を使ってあなたを倭寇として処罰する計画であったと聞いている」

「ほう、毛烈とやら、儒生の名乗りが気に入った。それなりの教養は有るようだ。砲手を務めていたが、火砲の扱いは得意なのか」

毛烈は助かったと安堵のため息をつく。

「鳥銃は暴発しやすいので嫌いだが、火砲の扱いは得意だ。特に仏狼機砲は、天朝のものより性能が良いし扱いやすい」

「よかろう、心強い。我らが船に乗れ。四書五経を読むだけが勉学ではなかろう。千里の旅は万巻の書という。航海こそ万巻の書じゃ。しかるに我らは倭寇ではない。万国と交易する誇り高き海の商人なるぞ。おぬしが富と栄誉を求めるならば、我の下で海の男になれ」

王直は振り返ると、部下にてきぱきと指示を出した。

「陳一派の船とはいえ官が乗れば官船となり、官船を襲えば倭寇となる。従ってこの船は、乗員もろとも謎の失踪を遂げてもらわねばならぬ。船に穴をあけ沈めよ。遺体は衣服をはぎ取り、海に放り込め。鱶が始末をつけてくれよう。仏狼機砲は取り外して我が船に積み込め。これからほとぼりが冷めるまでこの海域を離れ、五島の福江に向かうとする。火長（航海長）よ、進路を北東に取れ！」

官船の始末をつけると、ジャンク船は静かに北東に向かって進みだした。


ひと段落すると、王直は主立った者達を広めの船室に集め、新たに仲間となる毛烈を紹介した。

「この若僧の名は毛烈という。郷試を目指していた儒生だ。陳一派に家を乗っ取られたらしい。経緯はどうであれ、一旦仲間となればみな義兄弟である。よいか、皆心して力を合わすのだ。陳思盻とはいつか決着を付けねばならぬ。郷紳の謝家とともにな。これから倭国の拠点に向かう。今夜の戦いは見事であった。長旅の疲れもあろう、皆ゆっくりと休養せよ」

こう言うと王直は自室に戻っていった。そう言われても、と毛烈は室内にいる異相の者達を不安げに見渡した。仏狼機（ポルトガル人）が二人、色目人（ペルシャ系）が二人、あと月代を剃った倭人、シャム人、同種とおぼしき男、中年の女である。言葉は通じるのであろうか。

暫く気まずい沈黙が続いた。そのうち雰囲気を変えようと、官船に対応したシャム人が酒器と杯を手に毛烈に話しかけてきた。広東語であったが言葉は分かる。

「毛烈とやら、まずこの酒を飲め。毒など入っておらぬ。このシャムの酒は、シャム米と黒麹菌を醸し、アラビアから伝わったアランビク（蒸留器）で作ったものじゃ。酒精は高いが心は穏やかになる」

仲間となる儀式であろう、毛烈は素直に杯を受け取りぐっと飲み干した。余りの強さに、げほっとむせて眼を白黒させると、皆がようやく笑ってくれた。

② マラッカ人の郷愁

場が和んだところで、初老の色目人が自己紹介をした。

……我が名は沙哩馬喇（サリマラ）。生まれは満喇加（マラッカ）だ。マラッカという国を知っておるか。そうか知らぬか。無理もない、仏狼機に攻められて既に滅亡（一五一一年）しておるからな。

しかしわしは今でもマラッカ王国のムスリム(イスラム教徒)商人として誇りを持って生きておる。

マラッカはマレー半島の南部にある。対面にはスマトラ島という大きな島があり、その間のマラッカ海峡を支配していた交易の国じゃ。マラッカ海峡は、インド洋と南シナ海を結ぶ交易船が行き交う要所であったが、海賊が多くて難所であった。そこでマラッカ王は海賊を征伐して交易船の安全航行を保証し、東西交易の拠点として繁栄していった。

滅びる前までは、シャムのアユタヤと並ぶ南蕃（東南アジア）最大の交易港であった。わしが幼い頃は、西からインド洋を越えてインド商人やアラビア商人が往来しておった。インド商人といっても、インド南東部のコロマンデル人・南西部のマラバール人・北東部のベンガル人・北西部のグジャラート人と多彩でな、ほとんどがムスリムじゃ。

そして東からは、シャム人やレキオ（琉球）人、福建人が盛んに交易に訪れておった。交易商人らの間では、東洋針路と西洋針路という呼称を使うが、マラッカ海峡を境にして東側を東洋、西側を西洋と言うのだ。

マラッカ海峡は、シナのジャンク船交易圏とムスリムのダウ船交易圏の接点となり、東西からもたらされる貨物が売買され積み替えられる。この東西交易によってマラッカ王は莫大な富を築き、港に隣接するブキット・マラッカ（マラッカの丘）に、それは豪華な白い宮殿を築いた。

わしの祖先は、もともとマラッカに住んでいたわけではない。シナの西南、雲南に住んでおった色目人のムスリムと聞いておる。モンゴル族の元王朝がこの地を支配していた時代は、色目人は優遇されて官僚や海商として活躍しておった。その後福建のザイトン（泉州）に移り住んで、海外交易を営んでおったと聞く。当時のザイトンは海外交易の中心で、マラッカのようにアラビア商人やインド商人達も大勢住んでおり、それは賑やかな港町であった。

我らムスリム商人は、シナでは大食（タージー）とか海獠と呼ばれておる。ヴェネチア商人（マルコ・ポーロ）もザイトンには居たようじゃ。

ところが漢族の朱元璋という男が明王朝（一三六八年）を建国すると、海禁・朝貢制度を強化した為、我ら海洋商人の生きる道は絶たれた。それゆえ我が祖先は南蕃の交易要所マラッカに逃げ、その地で再び交易に携わっておったのじゃ。

その後明の第二代皇帝建文帝が、叔父の朱棣（しゅてい）に追い落とされるという政変が起こった。靖難（せいなん）の変という（一四〇二年）。第三代永楽帝として帝位に就いた朱棣は、政権簒奪者であるがゆえに、徳のある正統な皇帝であることを証明しなければならなかった。

シナの儒教世界は厄介でのう、天命を授かる皇帝は、常に徳をもって民を治めなければならず、徳を失うと天命が革む。易姓革命（天命が革み、姓が変わる）といって王朝が交代する理じゃ。天災や飢饉が続くと、皇帝の徳が失われたとみなされる。贅沢な宮廷生活や度重なる軍事遠征などで重税や徴兵が課されると、民は疲弊して不満を溜め、やがて流民や暴徒となる。そして宗教結社と結びついて叛乱を起こし、その混乱に乗じた異民族の侵入により王朝が滅ぶ、というのが繰り返されるシナの歴史じゃ。

天命すなわち天の聲（こえ）とは民の聲。民の聲を聞かねば国は滅びる。易姓革命というのは、考えてみれば王朝交代の自然の理であろう。

どうも歳を取ると話が飛んでいかん。永楽帝の話に戻ろう。永楽帝は徳のある正統な皇帝を演出する為、諸国に使者を派遣し、時に武力恫喝を用いて朝貢を呼びかけたのだ。

白蓮教団という邪教の頭領から皇帝に成り上がった朱元璋も、洪武帝として帝位に就くと同時に、万国来朝の演出を行っておる。それゆえ永楽帝は父洪武帝を超える為、大規模な使節団をもって、より広く遠い諸国に新たな朝貢を促したのであろう。

この大使節団の最高司令官こそが、我がムスリム同胞の英雄馬三保様であった……。


毛烈は儒生だけあって、史書をそれなりに読んでいる。サリマラの話に引き込まれた毛烈は、一つ質問をしてみた。

「馬三保とはムスリム宦官の三宝太監、永楽帝より鄭の姓を下賜された鄭和のことであろう。鄭和の名と、彼が率いた七回におよぶ大遠征のことなら私も知っている。ただその大遠征は、その後莫大な経費がかかり、民を苦しめる理由をもって、内政重視の官僚によって廃止させられたと聞く。なぜ永楽帝は多額の出費を要する大遠征を七回も行い、ムスリム宦官が最高司令官になったのであろうか」

サリマラは遠い過去を懐かしむように続けた。

……馬三保様の馬という姓は、預言者ムハンマドを現わす尊い姓じゃ。おそらく祖先はモンゴル族の征西の際に帰順し、その後元王朝が建国されると世祖クビライ皇帝に命じられ、多くの色目人とともに雲南の開発に携わったと思われる。

ところが朱元璋がモンゴル族を北に追い払うと、元王朝の支配層であった色目人は迫害され、親モンゴルの雲南は討伐されたのじゃ。捕虜となった多くの色目人の青少年は、去勢されてムスリム宦官となった。そして戦利品として宮廷に送られ、皇族達に分け与えられた。

少年であった三保様も捕らわれて去勢され、宦官として当時燕王であった朱棣に献上された。それでも生き延びれば良い方で、多くの少年が去勢の際に感染症に罹り、命を落としたと聞いておる。三保様は堂々たる体躯と強靭な精神力の持ち主であった故、何とか生き延びることができたのであろう。

洪武帝の死後、早逝した長兄の子が建文帝として即位した。建文帝は宦官を諸悪の根源として排除し、皇帝権力を強化する為、燕王として力のあった叔父の朱棣を排除しようとした。

追い詰められた朱棣が、奸臣を除くという大義名分を以て挙兵したのが靖難の変じゃ。宦官らは仕返しとばかりに朱棣を助け、不利な状況での政変を成功させた。

特に三保様は、ムスリム宦官を纏めて永楽帝擁立の原動力となり、その功により宦官の最高位太監に任じられ、鄭の姓を下賜されたというわけだ。ただ永楽帝は、皇族や官僚を容赦なく粛清したという汚名を負うことになる。

そうおぬしの質問に答えねばならぬな。永楽帝が南蕃のみならず、遠くインド洋やアラビア海に大艦隊を派遣した遠征の目的じゃ。

ある者は、南洋に逃亡したと噂の建文帝を探索する為であったという。別の者は、モンゴル帝国の後裔と称するチムールが明王朝攻撃を目論んでいた為、それを阻止すべく西方勢力と組んで挟撃する目的があったという。もっぱらの見方は、儒教的な聖王を演出する為に、朝貢国をさらに遠く西方のムスリム地域に広げる必要があったというものである。

しかしムスリムのわしには分かる。洪武帝はムスリムを排除し、農業を重視して内政に力を注いだが、永楽帝は交易を重視する政策に変え、元王朝の時代のようにシナを大交易国として復活させようとしたのだ。その成否の鍵は、マラッカ以西の交易を牛耳るムスリム勢力の取り込みにあった。マラッカ王国も交易の利を得る為にムスリムに改宗している。これこそムスリム宦官の頂点に立つ三宝太監様が、遠征隊の最高司令官に任じられた大きな理由である。

マラッカ王国は、三保様第一回目の遠征隊（一四〇五～一四〇七）を歓迎し、朝貢の使節を速やかに派遣した。マラッカ王も賢い。西方から来るムスリム商人との交易を円滑にする為に国をムスリム化し、三保様の遠征目的を理解して忠実な朝貢国となる。そして明皇帝の威光の下にムスリム交易網の要として、東西交易の一大拠点に成長させようと考えたのじゃ。実際、三保様の二回目以降の遠征隊は、必ずマラッカを拠点として活動しておった。

さて毛烈よ、おぬしの質問にこれで答えられたかな……。

サリマラの話は納得できたが、毛烈には一つ腑に落ちない部分があった。

「永楽帝の交易拡大方針は分かるのだが、なぜ海禁を緩めなかったのか？宋王朝や元王朝のように互市（管理交易）を盛んにすれば、明王朝は交易国として繁栄し、倭寇が跋扈することはなかったであろうに」

なかなか鋭い若僧だとサリマラは感心し、シャムの酒をあおって話を続けた。

……それは交易を独占するためじゃよ。永楽帝は政変の原動力となった宦官を重用し、宦官に命じて大艦隊を組織し、官営交易を行わせた。再設置された市舶司には宦官を提督太監として派遣し、朝貢船の附搭貨物の買い上げなどを行わせている。

管理を任せたのは官僚ではなく、意のままになる宦官であった。これは明皇帝と朝貢国の国王が交易を独占し、お互いこれによって繁栄し、天下泰平の福徳にあずかろうではないかという思惑である。双方の宮廷が利益を独占する為に、民間商人を排除したというわけだ。

但し三保様は、単に永楽帝の片棒を担がされたわけではない。三保様は、元王朝時代のようにムスリム商人の交易網を再構築して、海上覇権の復活を図ろうとしたとわしは思っておる。

勿論そうなれば、宮廷内のムスリム宦官勢力を拡大することに繋がる。一旦大海原に出ると、最高司令官の差配が全てである。ここに永楽帝と三保様の思惑が重なって、東西ムスリム交易網が再び完成する筈であった。

しかしそうはならなかった。永楽帝が一四二四年に亡くなると、宦官勢力の拡大を喜ばない漢人儒家官僚の反撃が強まったのじゃ。

官僚どもは、大遠征・朝貢交易の拡大は財政負担になると反対し、内政重視に方針転換するように迫った。そして奴らは、七回目となる最後の大航海が終わり（一四三三年）、翌年に三保様が亡くなると、三保様が集めた海図や航路などの航海情報を全て焼やしてしまうという暴挙に出たのだ。

その後大遠征は中止となり、三保様が夢見たムスリム勢力による海上覇権の復活は幻と消えた。そして三保様が成し遂げた世紀の大事業の全容は分からなくなったというわけだ。

だがな、貢期が厳しく定められ、朝貢船の数や寄港先が決められる海禁・朝貢体制の下では、シナや諸国の商品需要は満たされない。シナは、西方・南蕃からの香辛料や蘇木・硝石・金・真珠が欲しい。倭国やレキオからの硫黄・馬・刀、それに銀も欲しい。各諸国も、シナの生糸・絹織物・陶磁器など喉から手が出るほど欲しいのだ。そこで必要となったのが我ら海洋商人だ。

密輸という匆れ、物流すなわち血流を良くする海の医者と思っておる。倭寇という匆れ、倭人など十に三もおらん。見て分かるように、マラッカ人・シャム人・レキオ人・倭人・仏狼機と多彩であろう。我らは民を殺めず、人買いもしない誇り高き海洋商人だ……。

サリマラは酒が効いたのか水を飲んで一息ついた。

……仏狼機に故郷を追われた後どうしたかだと？　よかろう話を続けよう。キリスト教徒の仏狼機は、ムスリムが大嫌いでな、平和に交易を行い、共存共栄しようという気持ちは微塵も無かった。レキオの船も一五一一年を最後にマラッカには寄港しなくなり、我らムスリム商人は各地に散らばった。スマトラ島のパサイ（アチェ王国）やジャワ島のスンダカラパ（＝後のジャカルタ、バンタン王国）、マレー半島のパタニ王国など、いずれもムスリム国だ。

仏狼機はマラッカを押さえた後、モルッカ諸島を目指した。この地は貴重な香辛料カルダモンやクローブ（丁子）を産し、香料諸島と呼ばれておる。しかし我らムスリム商人も負けてはおらぬ。パサイやパタニなど分散した拠点で香辛料交易を行い、仏狼機の独占を許さなかった。

シャムのアユタヤ王国は寛容な仏教国だ。宗教・民族問わず広く商人を受け入れたので、アユタヤには多様な民族が住みついている。そこでわしもシャムに移り住んだのじゃ。

アユタヤはなかなか器用な国でな、マラッカ王国が滅びると仏狼機とすかさず手を結び、一方明王朝にも朝貢し、マラッカに取って代わった。広州が指定寄港地であったので、アユタヤに住む広東人や潮州人が朝貢に必要な表文の作成を行い、交易窓口・通訳などを請け負った。わしがシナ語（広東語）を喋るのも、アユタヤでの公用語だからじゃ。

頭の船団に入ったのは二年ほど前か。ムスリム商人の人脈・情報網が重宝されたのであろう。西洋・南洋の物産に関しては、このサリマラ様が一手に引き受けるというわけだ……。

③　レキオ人の誇り

サリマラは次に隣に座っている同じく初老の男を紹介した。

「こやつはわしの長年の義兄弟で、名は阿摩和利（アマワリ）という。レキオ人じゃ。シナでは琉球と呼んでおるが、我らにはレキオと聞こえる。レキオ人は実直だ。仏狼機と違って女も奴隷も買わず、間違っても同胞を裏切ることなどしない。もし取引相手が欺くようなことがあれば、剣を手にして相手に迫るので恐れられておる。アマワリも勇敢な男だ。レキオの王府でもシナ語（福建語）が公用語ゆえ、会話は問題なかろう」

アマワリは、シャムの酒をうまそうに飲み干して朴訥と喋り出した。

……アマワリは通称さ。本名は忘れた。琉球勝連城の按司（首長）で、交易拡大を果たした英雄阿摩和利の一族である。祖先を偲んで頂いた名だ。もっとも阿摩和利様は王位簒奪の邪心ありとして、琉球王府に滅ぼされたがのう（一四五三年）。当時の琉球王尚泰久が、交易の競争相手である有力な按司を倒したというわけさ。

もともと琉球は、北山（ほくざん）・中山（ちゅうざん）・南山（なんざん）の三山に分かれて覇権を争っておったが、洪武帝の朝貢を促す使節にいち早く反応し、冊封体制に入ったのは中山王だ。

その後王位は佐敷の思紹・巴志父子に乗っ取られ、新たに中山王として封じられた巴志は、今帰仁城の北山や南山を滅ぼして、一四二九年に琉球を統一した。巴志が三山統一を明王朝に報告すると、喜んだ明皇帝は「尚」姓を下賜した。それ以来、琉球国王は血統が変わっても尚の姓を使っておる。

琉球という名も明王朝が命名したもの。我らは故郷をオキナバ（沖の漁場＝ナバ）と呼ぶが、琉球の琉は七宝の一つ瑠璃を表わし、「琉球は紺青の瑠璃球のように美しい島」という意味なので、この呼称に異論はないさ。

我ら一族は阿摩和利様亡き後、琉球王府の交易官人として代々仕えた。一族が勝連城時代に、盛んに明王朝と交易していたからだろう。

明王朝は琉球王府を優遇した。貢期は原則二年一貢である。日本は十年一貢、南蕃諸国は三年一貢であったので破格の優遇であろう。進貢船の数も規制はなく、指定港は福建の泉州、その後福州となったが、他港でも入港を拒まれることはなかった。

明王朝は蒙古（北元）の侵略に備える為、火薬原料の硫黄や、兵糧を輸送する軍馬が必要であった。硫黄は硫黄鳥島から大量に産出され、馬も与那国島や琉球本島に固有種がいる。琉球の固有種は小型で、騎馬には向いていないが、頑丈で大人しく兵站の輸送に適している。そのほか特産品として海巴（タカラガイ）や螺殻（ヤコウガイ）が、螺鈿（らでん）漆器の材料として輸出された。

明国からは陶磁器・生糸・絹織物・漢方薬・書画などを仕入れた。ただ取引量が拡大するにつれ、琉球産品だけでは質・量とも十分ではなく、明国の商品を大量に買い付けることができない。

そこで琉球王府は中継交易を行い、広くマラッカ・シャム・パレンバン・パサイ・安南・日本などから商品を仕入れた。明王朝としても、永楽帝亡き後の官営直接交易に代わるものとして、近場の忠実な朝貢国が管理する海洋交易であれば信頼できると考えたのであろう。

こうして明王朝は、海外の必要な物資を調達する為に、琉球王府を直轄の交易代理国として手厚く優遇したというわけさ。そして皇帝の命でかなりの数の大型ジャンク船を無償で貸与し、造船や操船などの技術を有する人材を琉球に送り込んだ。勿論、琉球王府にとっては願ってもない僥倖じゃ。

琉球王府にとってもう一つの僥倖は、指定港が福建であったことだ。福建の地はシナ人から閩（びん）と呼ばれ、開発の遅れた異風の文化を持つ地域と見なされている。農耕に適さず、昔から漁業や海外交易が盛んな土地柄で、造船技術や航海術に長け、海外交易に必要な知識や情報が蓄積されていた。琉球王府は、朝貢を通して福建の海洋交易に関する技術・知識を習得することができたのだ。福建語は琉球王府の公用語となるが、高度な文章力が前提になると福建人の起用が必要となる。そこで琉球王府は、福建から技能者を積極的に求め、進貢船が出発する那覇港近くには、唐営と呼ばれる福建人の自治社会が形成されていった。唐営は那覇の久米地区にあったので久米村（クニンダ）、唐営の福建人を久米村人と呼んだ。久米村人は外交文書の作成だけでなく、進貢船の建造・修理・航海士・通訳などを担い、交易に欠くことのできない存在である。

琉球王府は一四三〇年代以降、明王朝に忠実な交易代理国として明国と真南蕃（まなんばん）（東南アジア）との中継交易を行ったが、その際に役に立ったのが、福建の人脈と情報網よ。というのも真南蕃には、既に多くの福建人が居留区を作って、現地政府の外交や交易の業務に携わっていたからさ。やがてジャンク船無償貸与が打ち切られると、琉球人は久米村人の指導の下、自前で交易船を建造するようになった。その中に、朝鮮王朝の求めに応じて倭寇対策の軍船を建造した者がいたようである。朝鮮水軍は琉球と朝鮮の軍船とを比較し、琉球船は操縦が容易で頑丈であると評価したと聞いておる……。

毛烈の酔いも醒めてきた。なかなかおもしろい集団に入ったものだ。さぞかしあなたは様々な異国に行き、富を手に入れたであろうと振ると、「そうであれば倭寇などにはなっておらぬさ」、とアマワリは呟いた。

「我らは倭寇ではない、誇りある海洋商人だ」、サリマラが異を唱える。

「サリマラよ、怒るな。わしにとって、倭寇も海商も同じだ」

アマワリは盃に酒を注ぐと、ぐっと一息に煽って昔話をした。


……そう、色々な異国へ行ったものさ～。若い頃は朝貢使節に随行する交易官人として苦難の旅をした。進貢船には、二百名ほどの使節・交易官人・水夫が乗り込むのだが、出港の際には那覇港の天妃宮に祀られている媽祖像を船尾の祭壇に安置し、航海安全を祈ったものだ。媽祖は福建発祥の航海安全の女神。琉球にも久米村人によっていち早く勧請され、わしらはブサー（菩薩）と呼んでいた。

那覇港を出ると、慶良間諸島や久米島の沖を西に進む。やがて今まで鮮やかな群青色であった海が、藍を帯びた黒色に変わる。北東に向かう流れの速い潮で、わしらは黒潮と呼んでいる。その黒潮を横切ると、やがて海の色は土砂で汚れた茶色に変わり、福州が近いと分かる。風をうまく捉えれば、出港から十日余りで福州に辿り着くことができる。

もともと琉球の寄港地は福建の泉州であった。泉州は刺桐紅花城とも呼ばれるが、それは城壁の周りに刺桐（しとう）（ザイトン）の樹が植えられ、初夏に美しい紅い花を咲かせるからだ。

ザイトンの樹は福建人によって琉球に持ち込まれ、那覇港や首里城に植えられた。交易船が入出港する際の目印となる鮮やかな紅い花で、琉球ではデイゴの樹と呼んでおる。デイゴは思い出したように満開となる。但し満開となる年は台風の当たり年と言い伝えられているので、デイゴが満開に咲く年は台風に気を付けたものさ。

その後、琉球の寄港地は福州となった（一四七二年）。福州は閩江の中流域にあり榕城とも呼ばれる。城壁の周りに榕樹が植えられていたからだ。琉球では榕樹をガジュマロという。福州の柔遠駅には、出入国管理と抽分・博買など税関業務を行う市舶司が置かれ、琉球船の出入りを管理しておった。

ここまでの旅は難儀無いのだが、福州からの旅路が大変であった。積んできた附搭貨物を福州で交易する者はそのまま留まるのだが、わしは朝貢使節団とともに、首府の北京に向かった。正月に宮殿で行われる儀式に参列し、表文と方物を皇帝に捧げる為である。

明王朝の首府はもともと応天府（南京）であったが、永楽帝が燕の都である北平を北京と改名して遷都した（一四二一年）。

永楽帝の廟号は世祖というが、「祖」の字は本来、王朝の創始者にのみ用いられる字である。太祖洪武帝の南京、世祖永楽帝の北京。永楽帝は新たな王朝の創始者と自負していたようであるな。

我ら使節団は川舟に乗り、流れの速い閩江を上流に向かって遡り、武夷山脈の麓で舟から降りる。そこからは徒歩で進み、最大の難所である仙霞嶺の山々を越えるのだ。

ところでシナ人のお前なら福建をなぜ閩というか分かるであろう。門の中に虫、虫とは長虫、つまり蛇じゃ。温暖湿潤のこの地には蛇が多い。毒蛇も多いと聞くので我々は気を付けたが、幸いにも冬の旅である。冬眠中の蛇より、険しい雪の山道が危険であった。何人かは雪道を踏み外し、深い谷間に落ちていった。

仙霞嶺を越えると、次に富春江（ふしゅんこう）を川舟で下り、銭塘江（せんとうこう）を通り浙江の都杭州に到着する。杭州から北京までは、かの悪名高い煬帝（隋の皇帝）が造った大運河を利用する。その終点である張家湾からは陸路を利用して、ようやく北京に着くのだが、北京で朝貢使が儀礼を行っている間、持参した商品を指定商人になるべく高値で買い取らせるのがわしの仕事であった。

毛烈よ、思ってもみろ。正月の儀式に間に合うように、過酷な冬の季節に片道二か月以上かけて（福州から北京まで三千キロメートル）旅をするのだ。

危険で長い旅路の為、多くの仲間が途中で命を落とした。

若い頃はマラッカも何度か行った。まだ仏狼機に制圧される前の時じゃ。マラッカでは日本から仕入れた砂金・銅を販売し、明に販売する錫や象牙・香辛料を仕入れるのだが、この交易を通じてサリマラと知り合った。サリマラは、西方のムスリム商人との人脈・情報網をもっていて、欲しいものなら何でも揃った。

その他パタニや安南（ベトナム中部）にも何度か航海したものさ。日本にも二度ほど行った。確かヌノツ（温泉津）という場所であったと思うが、銀が産出されるようになったからだ。

我々琉球人は、日本人を同文同種（同じような文化・人種）と思っている。食事や風俗もなじめたし、特にヌノツでは、地中から湧き出る薬効のある熱い湯に浸かることが楽しみであったなあ。

一番多く行った港は、シャムのアユタヤさ。シャムでは硝石・米・香木などを仕入れたが、琉球で好まれたのがこの酒だ（後に自生される泡盛）。これさえあれば俺は元気が出る。シャムは米が多く取れ、見たこともない甘美な果物も多く、人々は穏やかな仏教徒で微笑みの国だ。

わしはもっぱらここに居るスラポーン、ほれ最初におぬしに酒を注いだ男だ、と取引をした。スラポーンは、義理堅く信頼できる男だ……。


スラポーンは照れたように笑い、アマワリから注がれた酒を煽った。

……アマワリも信義に厚い男だ。ただ気位が高く荒い。一度なぞは代金を払おうとしない相手を、刀を振り回して追い回し、金を取り立てたこともあった。

アマワリよ、もう少し穏やかになれんかのう。酒も少し控えた方がよいぞ。

わしの名はスラポーンというが、もとは広州出身の広東人よ。シャムの朝貢港は広州であったから、わしの父の代で密航してシャムに移り住み、今やシャム人に同化しておる。父親はシャム側窓口として朝貢儀礼に関する指導、外交文書の作成などをしておった。わしも父親の仕事を受け継いだが、規定だらけの朝貢交易は面倒で性に合わなんだ。それで自由に活動できる海商になった。

シャムの主な輸出品は香木や米であるが、頭からは硝石や鉛の調達を依頼された。最初は何に使用するのかと不思議に思ったが、後に硝石は火薬原料として、鉛は弾丸に使用するためと分かった。白い結晶の硝石は水に溶けやすく、雪が消えるような石（消石）と書く。

シャムは湿気が高く雨季があるので、水に溶けやすい硝石の産地は無いはずなのだが、シャムでは古くから肥料として使っていた。どこから入手するのか調べてみると、何と密林の奥にある洞窟の中。何か分かるかな？　洞窟に巣くう蝙蝠（こうもり）の大量の糞じゃ。

シャムでは硝石をキーアという。蝙蝠の糞という意味じゃよ。人間や動物の糞尿を発酵・熟成させて、硝石を精製する方法があると聞いていたが、まさか洞窟に溜まった蝙蝠の糞とはな〜。洞窟なら雨に濡れず、ゆっくり発酵・熟成するわけだ。

鉛は、シャム中部カンチャーナブリー地方にあるソントー鉱山から調達することができた。

わしはサリマラやアマワリと知り合い、その後頭の船団に加わった。これから需要が伸びるという硝石と鉛の調達がわしの役目じゃ。

シャムは何でもありの自由な国だ。仲の悪い仏狼機とムスリムもここでは仲良く共存しておる。頭の船団もシャムと同じ。民族や宗教など関係なく、仲間として自由に交易活動するのだよ。

おもしろそうであろう……。

話が盛り上がってきたところで、毛烈はいささか水を差す質問を放った。

「アマワリさんは琉球王国の交易を担い、繁栄を支えたお人であろう。そのあなたが、なぜ頭の船団に加わられたのですか?」

アマワリの表情は翳り、悲しげに口を開いた。

……それは自由がなかったからさ。王府首里城の正殿前に、万国津梁の鐘と呼ばれる大きな梵鐘が掛けられておる。国王尚泰久が日本の禅僧に求めて銘文を刻んだものだ(一四五八年)。二十七行にわたる漢文の冒頭は、今でもそらんじられる。

「琉球国は南海の勝地にして、三韓の秀を鍾め、大明を以て輔車となし、日域を以て唇歯となす。

此の二の中間に在りて、湧出する蓬莱島なり。舟楫を以て万国の津梁となし、異産・至宝は十方刹に充満せり」

琉球国はシナと日本との間に湧き出た蓬莱島である。交易船を操って世界の架け橋の役割を果たし、素晴らしい産物・財宝が満ち溢れているという意味だ。大交易国の気概を伝える銘文であろう。

この梵鐘が寺ではなく、首里城正殿前にあるのは何故だか分かるか？　それは交易が首里城に君臨する国王の官営事業であったからだ。琉球国は、明王朝に忠実な朝貢国として様々な優遇措置を受けてきた。従って明王朝の意向に従って、王自ら交易を差配した。

サリマラがさきほど説明したであろう。海禁・朝貢体制とは、皇帝と朝貢国の王が交易の利を独占する仕組みであると。つまり琉球の官営交易の利益は、一般商人や民には回らず、王府に独占されたということさ。我ら官人は王府の命に従う奴よ。自由に交易することは許されず、異国に長く留まることも許されない。また生きていようと死んでいようと、出国した者は必ず戻らねばならない。旅先で命を落としても、遺体は必ず回収されて琉球に戻されるのだ。

わしは北京の旅路の途中やアユタヤで、命を落とした同輩の遺体を塩漬けにして船に積んだことがある。我々には活動の自由がなかった。そこで自由な交易を求めて頭の船団に加わったのだ。

もう一つ理由がある。それは中継交易の先が暗いからだ。

一五〇六年頃、尚真王は明王朝から一年一貢の最恵待遇を受けて莫大な利益を上げ、やがて嘉靖の栄華と呼ぶ最盛期を迎えた。しかしその繁栄は、二十年前から変調をきたしている。

まず明王朝の国力が次第に衰え、海禁を不満とするシナ商人の動きを抑えきれなくなった。広州で海禁の緩和が試みられ、浙江・福建・広東の商人が海外に進出するようになった。さらに日本の商人も、朝鮮や真南蕃に進出し、琉球の頭越しに直に交易するようになった。西からも仏狼機がマラッカ王国を滅ぼして交易拠点を築き、シナまで進出している。既に琉球の中継交易の優位性は失われ、いずれ真南蕃からの撤退を余儀なくされるであろう。

倭寇とはもはや日本人の海賊ではない。それは官の軛(くびき)から逃れた自由な民の海洋交易集団なのだ。

さきほどサリマラに、倭寇も海商も同じだと言ったのはそういうことだ……。

④ 真倭の二刀術

アマワリはかなり酔ってきたようだ。他の者も身の上話に興が乗ってきたようで、次に倭人が口を開いた。拙いシナ語であるが、内容はよく分かる。

「アマワリ、おぬしの言う通りだ。倭寇といってもこの船を見よ。日本人は俺一人になった。俺は海商ではない。単なる戦士、軍事顧問に過ぎぬ。今の倭寇とは、シナの海商を中核とする様々な異国人の集団だ。シナ人が抱く倭寇すなわち日本人の姿は、月代を剃り上半身裸の上に鎧を付け、日本刀を振り回す野蛮人よ」

倭人は刀を振り回す仕草をした。

……俺の名は松浦次郎、肥前松浦郡の由緒ある武士松浦党の一族だ。古くから異国と交易し、海運を担う海人族の流れを汲む。独自の掟によって秩序が保たれ、陸上の権力が及ばぬ別世界の住人よ。

倭寇とは、倭人が寇す（侵略する）とする意味だがとんだ悪名じゃ。松浦の地は山がちで海が迫り、土地が痩せていて田畑が少ない。故に我らは漁業や交易に活路を求め海に出た。福建の地と似ておる。

この地に蒙古軍や高麗軍が来襲して、多くの民を殺害した歴史がある。我らが朝鮮沿岸やシナ沿岸を襲撃したのは、復讐する為であったが、人手不足や食料不足を補う為、また敵情視察の目的もあった。しかしその後は平和な交易を志しておる。シナの官人はうまいことを言う。

「寇（海賊）と海商は同じ。市（交易）が通れば寇変じて海商となり、市が通らずば転じて寇となる」とな。まさにその通り、官が交易を禁止・制限し、または買い手が金を払わねば我らは刀を抜く。問題が無ければ海商として平和に活動し、時には水軍として官に仕える。海商・海賊・海軍は時と状況に応じて形を変えるもの、元は同じものなのだ。


俺が頭の船団に入った理由？　それは仲間内の喧嘩で、相手を殺めてしまったからだ。

追われる身となった者が逃れる場所は二つしかない。鉱山と海だ。鉱山には山師や鉱夫が自治組織を作っており、領主の介入を防ぐ力を持っておる。

ちょうどその頃、松浦から船で三～四日行った石見という銀鉱山で鉱夫を募集しておったので、渡りに舟とそこへ向かった。鉱山の仕事は辛いが給金は悪くない。鉱脈を追って鉱石を掘り出すのは、熟練の鉱夫が任される。俺のような新参者は、鉱石を細かく砕くこなし（粉成）という仕事や、それを水の中で選り分けるゆりわけ、銀鉱石と鉛などを加えて溶かす素吹きという作業が任された。

単純作業で楽と思ったが、次第に体調が悪くなった。そのうち鉱石の粉塵や熱した鉛の蒸気を吸い込むと肺の病になるらしいと聞き、二年前に俺は鉱山を去り、故郷松浦に舞い戻ったというわけだ。

その頃、交易拡大を望む平戸松浦氏の招きを受けて、頭が平戸島へやって来た。頭は勝尾岳の東側の麓に豪勢な屋敷を建て、武術の心得のある者を募った。俺は弟を誘って頭の下に身を投じ、船団の一員になったというわけだ。

俺達の役目は陸上の戦闘よ。戦闘員を率いて常に先頭に立って刀をふるう。俺は陰流二刀術の使い手だ。なに、知らぬと。剣術の流派の名前じゃ、覚えておけ。弟四郎は顔一派との戦闘で命を落とした。無念である。今頃極楽浄土に往生していることだろう。南無阿弥陀仏、南無阿弥陀仏……。

次郎は静かに話を終えた。毛烈はさきの海戦で、倭人が巧みに二刀を操るのを間近に見ている。右手に持った長刀でなで斬りにし、と思えば左手の短刀で相手を刺すという連続技で次々と相手をなぎ倒していった。倭人の刀術は確かなものだ。

⑤　マラーノのささやかな夢

次にサリマラは、先ほどから仏狼機二人と喋っている女に声をかけ、話を促した。

女は皆の話をポルトガル語に通訳していたようである。

「ワカサよ、お前の通訳で仏狼機の紹介をしてくれないか。奴らは頭の船団に加わって一年ほど。シナ語はまだ拙い」

そして毛烈に向き直ってワカサを紹介した。

「ワカサは琉球生まれ。父親は久米村の福建人、母親は琉球人だ。父親は交易の仕事が減ると、十年前にワカサを連れてシャムに移り住み、海洋商人となった。父親が亡くなった後、ワカサは家業を継いだ。琉球語・福建語・倭語・シャム語を駆使し、交易の腕も確かじゃ。仏狼機の愛人がいるようで、奴らの言葉も話せる。昨年頭の船団に加わり、主に仏狼機の通辞として働いておる」

ワカサは頑丈そうな体躯に豊かな胸を持つ、三十歳代とおぼしき女性である。

頭頂部に髪を結い（カラジ結い）、愛嬌のある顔をしているが気は強そうだ。

「サリマラ、いい加減なことを言うな。私は自立した女、愛人などではない。まあいい、私もアントニオやフランシスコの生い立ちは聞いたことが無い。聞いてみるのもおもしろいだろう。アントニオ、皆の話を聞いたであろう。お前らも自分の身の上話を皆に披露しておくれ。私が通訳するよ」

アントニオと呼ばれた若者は、皆を見回してゆっくりと喋り出した。

……俺の名は、アントニオ・ダ・モッタ。母国はポルトガルだ。ルシタニアや仏狼機と呼ぶ者もいる。俺はキリスト教徒ではない。ユダヤ教徒だ。

ユダヤ教からキリスト教やイスラム教が誕生し、同じ神を崇めているというのにお互い仲が悪い。

一旦教団というものが成立すると、異教徒を敵視し、同じ教団内でも解釈が異なれば異端として排除しようとする。人間の性とは悲しいものだ。隣はフランシスコ・ゼイモトという。キリスト教徒だが俺とは仲が良い。

まずは流浪の民、我らユダヤ教徒の話をしよう。ポルトガルは隣国スペインに倣い、一四九六年にユダヤ教徒追放令を出した。しかし国王マヌエル1世は、ユダヤ教徒は商活動や金融に欠かせないとし、形式的な改宗を強制してキリスト教徒に仕立て上げ、国内にユダヤ教徒を留めようとした。私の両親も表面的な改宗者コンベルソである。

しかし国王が亡くなると迫害は強まり、我らはスペインの同胞と同様、マラーノ（豚野郎）という蔑称で呼ばれた。身の危険を感じた両親は、私と幼い弟を連れてインドのゴアへ移り住んだ。

その後私の両親は亡くなり、私と弟は身寄りがなくなったが、ポルトガルでは浮浪児や貧民の子が生き延びる方法が三つある。聖職者か軍人、または海商になることだ。フランシスコは浮浪児で、インドに向かう船に密航して下働きをし、ゴアに着くと軍隊に入って見習いの兵士となった。

だが我ら兄弟は聖職者や軍人になれない。一滴でもユダヤの血が流れておれば、血の純潔に反するからだ。マラーノと蔑まれる我ら兄弟が生き残る術は商人しかない。と言っても使い走りの下働きだ。それでもしばらくはゴアで静かに暮らしていた。

ところがコンベルソを目の敵にするイエズス会がゴアに現われた。身の危険を感じた我らはマラッカに逃れたが、宣教師もマラッカを目指していると聞き、さらにシャムに逃れたのだ。

我らの不安は的中した。昨年ザビエルという宣教師がゴアに着任し、異端審問所設置の進言を準備しているらしい。いずれ彼は異端審問で多くの同胞を火炙りにするであろう。
＊（ザビエルは一五四二年にゴア、一五四五年にマラッカに着任。翌年に異端審問所の設置を国王に進言し、一五六〇年ゴアに設置された。その結果、多くのコンベルソが火炙りにされている）。

幸いなことにポルトガル政庁は香辛料交易しか眼中になく、もっぱらインドや香料諸島に関心を向けている。その為、マラッカ以東の交易拠点は、ポルトガル政庁の眼が行き届かない比較的自由な地であった。

俺と弟はポルトガル商人の下で働いたが、レキオの交易船でアユタヤに来ていたアマワリと懇意になった。レキオ船が帰国する際、アマワリはレキオに寄ることがあれば、必ず訪ねてくれと言ってくれた。その際アユタヤで命を落としたレキオ人の遺体が樽に塩漬けにされて船に積まれていくのを私は見た。アマワリは辛そうであった。

我ら兄弟は昨年頭の船団に加わった。そこに軍隊を脱走したフランシスコもいたというわけだ。差別のない自由な活動の場があればそれで良い。それが我らユダヤ教徒のささやかな夢だ。

頭は、我々が持っているゴア製の火縄銃に関心があるようだ。その後我らが乗った頭の船はシャムから舟山諸島を目指したが、途中で暴風雨に遭い、グラン・レキオ（琉球）に流されてしまった。頭の船はレキオの競合相手ゆえ、どのような扱いを受けるか心配であったが、アマワリが上司に説明してくれ、船の補修や食料の補給を受けることができた。やはりレキオ人は義理堅い。

その際、俺はサリマラやスラポーンとともにアマワリを頭の船団に誘った。アマワリも悩んだようだが、決心して我らの船に乗り込み、グラン・レキオを出て舟山諸島に入った。そして舟山諸島からマラッカやシャムで商品を仕入れ、寧波で一仕事終わった後、陳思盼一派との戦いになったというわけだ……。

ワカサはアントニオの通訳を終えると、やるせない表情で言葉を継いだ。

「私の相方は仏狼機の鍛冶師だよ。一緒に頭の船団に加わったけど、言われてみれば十字架やロザリオを持っていなかった。彼もマラーノ、いや改宗ユダヤ教徒だったということだね。まあ私には関係ないよ。海の上では、出自も人種も宗教も関係ない。風と潮を読んで航海し、交易をうまくやればそれでいいのさ」

⑥　パールーシはかく語る

アマワリは得たりと応じ、毛烈の肩に手を回した。

「ワカサの言う通りだ。我らは縁があって今ここにいる。琉球ではイチョリバチョーデーという。一度会えば皆兄弟という意味さ〜。仲間の絆は固いぞ」

そうだそうだ、と周りから歓声が上がった時である。部屋の片隅から、「なかなかおもしろいの〜」というしゃがれた老人の声が聞こえてきた。サリマラが声を潜めて毛烈に耳打ちした。

「シャブルジ爺だ。何歳か分からんが、ここでは一番の古手じゃ。ペルシャから流れてきたパールーシ（ゾロアスター教徒）と聞いておる。物知りの爺さんで、西方の情勢に詳しいので頭も一目置いておる。爺さんの話はなかなか興味深い……難解な蘊蓄が過ぎなければな」

「サリマラ！　一言多いぞ。わしは目は悪いが、耳と口はたっしゃだ」

サリマラは肩をすくめ、他の者も仕方ないという表情をしたので、毛烈も敬意を表して話を聞くことにした。流暢な広東語である。


……サリマラがわしをジャブルジと呼んだが、それは単なる名前であって、物資的なものでも観念的なものでもない。それではジャブルジとは何かだと？

ではお前らに聞こう。今乗っているジュンコ（ジャンク）と呼ばれるこの船とは何か？　帆か帆桁か、船倉か甲板か碇か？　どれも否とすれば乗っている船は存在しないということか、そうではない。船とは、帆や甲板・船室・舳先が依存し合った相互関係性の下に成立する単なる記号に過ぎぬ。

それと同じでジャブルジという名も、お前らの認識による私の声・容貌などにより、また会話やその印象的なものにより生じるもので、物資的なものでも観念的なものでも絶対的なものでもない。自分の中には自分はおらず、自分の外で自分が決まる。つまり人の認識以外は何ものも存在せず、実在すると思うのは妄想に過ぎないということだ。

万物は全て因果関係と相互関係のもとで移り変わる。一つ一つの原因と結果、それらが集まった相互作用により世の中はできており、刻々と流転していくのじゃよ。

倭寇も同じじゃ。時と状況により海賊となり、海商となり、海軍となる。また時により日本人の高麗に対する復讐となり、海禁政策に反発する江南人・福建人・広東人の密輪となる。また仏狼機に圧迫されたムスリムの交易相手となり、マラーノの避難先となるのじゃ。

つまらなそうな顔をするでないサリマラ、老人の話は人生の羅針盤じゃ。今からわしの生い立ちを話すゆえ、心して聞け。

わしの祖先はペルシャの高原におった。

ゾロアスター教はこの地で今から二千年以上も前に(紀元前七世紀頃)誕生した。教祖ゾロアスターは、ペルシャ語でザラスジュトラと呼ぶ。世界で最も古い預言者であろう。

ゾロアスターは、今までの宗教は現世利益のみを求める祭祀中心のものだと批判した。そして正しく善き人生を送るには、全知全能の創造神にして光明の神アフラ・マズダに従い、それに敵対する暗黒と悪の霊力を持つアーリマンと戦うとする善悪二元論を展開した。

古代の神々は自然を神格化したもので、極めて人間的であったが、教祖ゾロアスターの独創的なところは、全知全能の唯一神・宇宙の創造者であるという概念を生み出したことであろう。

二神の抗争の最終局面に救世主が現われ、最後の審判が下される。善を選択した者は天国に行き、悪を選択した者はアーリマンとともに永遠の地獄に堕ちるのだ。

そうだ、ユダヤ教やキリスト教の聖書にある「天地創造」「救世主」「最後の審判」「天国と地獄」などの概念は、すべてゾロアスター教から来ているのじゃ。

＊（自動車メーカー、マツダの社名は創業者松田重三郎に由来するが、英語名ＭＡＺＤＡはアフラ・マズダにちなむ）。

アントニオとフランシスコよ、何故だか分かるか？

昔、ヘブライ人と称する民族がイスラエル王国とユダ王国を建国したが、イスラエル王国はアッシリア帝国に滅ぼされ、ユダ王国はアッシリアを倒した新バビロニア王国によって滅ぼされた。その時に王族や民衆が首都バビロンに強制連行されたのが、ユダヤ人最初のディアスポラ（離散の意味、紀元前五九八年と五八六年のバビロン捕囚、The Exile）じゃよ。

やがて新バビロニア王国は、キュロス大王率いるアケメネス朝ペルシャ帝国に滅ぼされ、ユダ部族はキュロス大王により解放されてエルサレムに帰還した。既にイスラエル王国の十支族は離散していた為、かろうじて存続したユダ部族が、ヘブライ人の後裔としてユダヤ人と呼ばれるようになる。

この苦難の時を通して、ユダヤ人としての民族意識が高まり、ユダヤ教という民族宗教の骨格が形成されたのじゃ。そしてユダヤ教の体系が形成される際に大きな影響を与えたのが、解放者であるペルシャの宗教、ゾロアスター教であったというわけだ。

そのユダヤ教の偉大な預言者であるイエス・キリストを、父と子・精霊の三位一体として他の民族にも広めた「愛」の教えがキリスト教じゃ。イスラムの教えも同じ神を崇めるものであるが、キリスト教をさらに進化改良させたものとムスリムは自負しておる。

次郎よ、お前はさきほど南無阿弥陀仏と唱えていたであろう。阿弥陀信仰も、ゾロアスター教に影響を受けておる。阿弥陀という名前は、サンスクリット語のアミターバ（計り知れない光を持つ者）をシナ語に訳したものじゃ。アマワリが菩薩（ブサー）を拝むと言ったが、菩薩とはサンスクリット語でボーデイ（菩提）・サットヴァ（生きている人々）のシナ語訳じゃよ。菩薩は人々と共に歩み、民衆を高みに導いて救う存在である。

阿弥陀信仰は、仏教が個人の救済から民衆の救済に重点を移した時に、インドの北西あたりで誕生したものであろう。その地にはペルシャ系の人々がおり、基層文化はゾロアスター教であったので、光明の神アフラ・マズダがアミターバ、阿弥陀となったのだ。

ゾロアスター教はシナにも伝わり、祆教（けんきょう）や拝火教と呼ばれる。こうして西方から阿弥陀信仰や祆教、その他カトリックが異端とするネストリウス派キリスト教（景教）が伝わった。

ペルシャは、その後ムスリム勢力に呑みこまれてしまう。わしの祖先はムスリムに迫害され、インドのグジャラートに逃げた。インドの地でゾロアスター教徒は、パールーシと呼ばれておる。ペルシャ人といった意味だ。

わしは商人となり、グジャラートからゴア、マラッカと活動拠点を移して、シャムで頭の船団に加わったというわけだ。アマワリの言ったイチョリバチョーデーとは善き言葉じゃ。ゾロアスター教が多くの宗教に影響を与えたように、おのおのは互いに影響を与え、発展していくべきだ。

つまらぬことで相争うと、いずれアーリマンの支配する闇に堕ちるであろう。人間は善神が創った善いものゆえ、善き考え・善き言葉・善き行いを常に心掛ける必要がある……。

パールーシの老人の話は漸く終わった。やはり難解で眠くなる。激動の一日の疲れがどっと押し寄せてきたが、毛烈は最後に老人に聞いた。

「何でも知っているパールーシのお方よ、教えてほしい。この船の頭とはどんな人なのか」

……わしも頭の下に加わったのは三年前だ。伝え聞いた話だが、それでよけりゃ、話をしてやろう。頭の名は汪鋥（おうとう）、母の汪姓を名乗っているので妾腹の子であろう。王直は通称だ。実直で信頼が置けるからだ。直隷（南京が直轄する区域）徽州府（安徽省黄山市）の有力者の息子として生まれた。徽州は新安商人と呼ばれる優秀な商人を輩出する地。新安商人は明王朝の財源である塩の専売に関わり、江南産の生糸・絹織物などを商って富を築いた。その富は子息の教育や若い商人に投資され、頭も若い頃は学問をよくしたと聞いておる。

初めは科挙の予備門（府学の生員）を目指し勉学していたが、何度か試験に落ちて諦め、葉宗満や徐維学らとつるんで遊び回っていたという。葉や徐は今も頭の仲間で、船団の副官を任されておる。

頭はその後、葉や徐とともに徽州商人として活動し、塩の取引を行ったと聞く。しかし塩取引は専売制のもとにあり、賄賂などがつきものであった。頭は塩取引で失敗した。実直ゆえ贈収賄を拒んだか、何らかの不正事件に巻き込まれたのであろう。

まっとうな商人として成功する道を塞がれた頭は、やがて密輸に手を出す。その後葉や徐らと相談し、シナでは海禁に触れるので、海外に出て自由に交易を行おうではないかと決めた。そして四〜五年前に広州に行って大型船を建造し、南洋から硝石・鉛・香辛料を仕入れていた。

日本からは坊津という港で硫黄を仕入れていたが、三年前（一五四〇年）に五島福江に、さらに昨年（一五四二年）に松浦平戸に拠点を設けている。狙いは最近産出量が増えてきた石見銀鉱山だ。福江・平戸の沿岸を東に進めば、博多という大きな港町に着く。そこで安定的に銀を手に入れて、シナの商品を売り捌こうとした。

日本は一時期寧波に進貢船を出していたが、寧波で騒乱を起こして以降入港が厳しく制限されるようになり、朝貢は途絶えておる。密輸となるが、頭にとってシナと日本を結ぶ交易の好機である。

こうして頭は、ここ数年で着実に日本の領主や商人らとの人脈や交易網を築き、海商の中でも強い立場を築いていった。

頭は東方だけではなく西方にも力を入れ、我ら異国人を配下にしてシャムやムスリム商人・仏狼機との取引を拡大しようとしている。官僚を輩出する地元の有力者郷紳は、官吏を抱き込み賄賂を渡して密輸を黙認させ、海商の利益の上前を跳ねている。

郷紳や官吏とどれだけうまくやるかは、海商の腕次第。頭は福建出身の陳思盼に対抗する為、同じ徽州出身の許棟と組もうとしている。許棟は大規模な船団を有し、南洋諸国との交易網を構築しているからだ。

しかし陳思盼は手強い。我らの取引先謝家を裏切らせて官を抱き込み、官船を装って我らを抹殺しようとした。海の上では強い者だけが生き残る。潮と風をよんで航路を定め、信頼できる交易相手と交易拠点を確保することが肝要だ。官を信用してはならない……。

「その通りだ。いかに先んじて航路と交易拠点を持つかが重要だ。我が船がどこへ行こうと、航跡は波が消してくれる」いつの間にか王直が室内に入っていた。

「もうお喋りは終わりだ。夜も更けておる。今日は大変な一日であった。早く休んで明日の英気を養ってくれ」

もう寝ている者もいたが、各々自分の寝床に戻っていく。毛烈には彼が仏狼機砲で穴をあけた船室があてがわれた。

暫く順調であった航海が、三日目から嵐に見舞われた。激しい風雨に翻弄されて、船は針路を大きく外れているようである。火長や舵工（舵手）は何とか福江に向かおうと舵を切るが、船は黒潮に運ばれている。

「頭、大風（タイフーン、台風の語源）の影響で、この船は速潮（黒潮）が分岐する東側に流されています。帆を斜めに張り、西に大きく回り込みますか？」

王直は、腕を組んでうむと考えこんだ。船体はさきの戦闘やこの暴風雨で損傷し、飲料水や食料も残り僅かである。羅針盤を睨みながら思案の末、王直は火長に指示を与えた。

「暴風の中で帆を張るのは危ない。このまま潮に乗りながら、なるべく北に針路を取れ。この近海は、坊津に寄った際に通ったことがある。そのうち進路の左側に幾つか島影が見えるであろう。高い山が聳える島（屋久島）ではなく、その近くの平坦な島に碇を下ろせ」

火長は、五島に行かないのかと不審そうな表情で王直の指示に従った。やがて島の南端近くに錨を下ろすと、王直は皆を集めて言った。

「この島は倭国の支配下にある新たな交易先じゃ。今から上陸して倭人と交渉を行い、船の修理と水・食料の補給を行うこととする。南蛮の船が漂着した風を装うので、アントニオとフランシスコ、アマワリとサリマラはわしと一緒に船に乗れ。倭語が分かるアマワリが倭人の内輪話を聞きだすのじゃ」

やがて五人を乗せた小船は海岸に向かって漕ぎ出した。

⑦　種子島　天文十二年（一五四三年）八月二十五日

「怪しい大船が西村の小浦に停泊している」

驚いた村人から急報を受けた代官西村織部丞は、早速馬に乗り浜に急いだ。敵襲か交易船なのか。

当時、南九州の日向・薩摩・大隅は統一されておらず、薩摩の島津貴久が勢力を伸ばす中で、一族の島津実久や日向の伊東氏、大隅の肝付氏・禰寝（ねじめ）氏・新納（にいろ）氏が反貴久勢力として対抗していた。また豊後の大友義鑑（よしあき）もその混乱をついて南進しつつある。島主種子島恵時（しげとき）は禰寝氏に娘を嫁がせ、また嫡男時尭（ときたか）には島津貴久の妹を正室に迎えている。一方で大友家と誼を通じて博多商人と交易し、琉球国王に忠節を示すなど全方位外交を行っていた。

日本最南端の領主である種子島氏は、決して辺境の貧しい領主ではない。

そもそも種子島の種子という名は、古代米（赤米）が最初に伝来して、その種子が日本全国に広がったことに由来すると伝わる。平坦な島で米をよく産し、豊富な砂鉄に恵まれ、多くの鍛冶師が優れた鉄製品を作っていた。また屋久島を支配下に置き、屋久杉の伐採権も持っている。琉球王国には鉄製品や木材を輸出し、琉球から仕入れた南洋諸国や中国の商品を博多や豊後、紀州や薩摩の商人に販売するという中継交易の利で潤っている。

当時、種子島氏と大隅の禰寝氏は屋久島を巡って争っており、禰寝氏は肝付氏と組み、恵時は島津貴久と組んで対抗した。やがて禰寝軍が天文十二年三月に種子島に奇襲上陸し、赤尾木の館を制圧する。島主恵時は屋久島に逃れ、時堯が屋久島を割譲して講和を果たし、第十四代島主となった。

織部之丞がすわ敵襲かと身構えたのも、禰寝軍の奇襲から五か月後のことであったからである。


織部之丞は騒ぐ島民を鎮めると、近づく小船に上陸するよう手招きをした。どうやら交易船のようである。緊張を解いた織部之丞は、浜に降り立った五人の男達の風貌に釘付けになった。みな異相である。特にその内の三人は見たことの無い服装や容貌をしている。

やがて代表らしき立派な身なりの男が腕を前に組んで頭を下げ、さらに頭に手をやり、くるくると回す仕草をした。

織部之丞は、代表の男はシナ人で、漢字を解する僧侶を求めたのであろうと思い、自ら漢字の筆談に応じた。漢文の素養は多少ある。織部之丞は、乗馬用の鞭を用いて浜の砂上に漢字を書いた。

「船の中の客はどの国の人なのか。なぜ顔・形が異様なのか」

男は意思が通じると分かると顔を輝かせ、杖を借りて横に漢字を連ねた。

「我明国之儒生而名五峰」、「此是西南蛮種之賈胡也……非可怪矣」

織部之丞は大体の意味を掴んだ。男は明国で儒学をおさめた五峰という。この異形の者共は、西南方向から来た南蛮商人ゆえ怪しい者ではないという。暴風雨に遭ったのか大船は損傷し、ようやくこの島に辿り着いたようである。

自力で回航するのは難しいと見た織部之丞は、島主時堯の許しを得て、赤尾木の港まで曳航することとした。報告を受けた時堯は遭難船を救助することとし、船の乗組員百余名を港近くの慈遠寺に収容した。

若干十六歳の種子島時堯は、好奇心旺盛で進取の気性に富んでいる。慈遠寺は三十六の宿坊を有する法華寺で、そこに修行に来ていた僧侶がシナの白話文（日常語）に通じていたので、時堯は五峰と語ることができた。また船にいた婦人が南蛮語とシナ語・日本語が喋れたので、その婦人の通訳で南蛮人とも意思の疎通が図れることが分かった。

ある日、時堯は南蛮人の持つ不思議な鉄筒に目を留め、説明を求めた。

南蛮人から手渡された鉄筒はずっしり重く、二～三尺（六十～九十センチ）の鉄筒の中は空洞となっており底が塞がれている。底の近くに小さな穴が開いており、そこから火を付けるようで、火を付ける奇妙な器具もある。通訳の婦人は、火を噴く鉄の棒であると訳したが、時堯はどうやって火を噴くのか全く想像できない。

そこで南蛮人は実演することになった。まず鉄筒に黒い妙薬を入れると小さな鉛玉を押し込み、次に火の付いた紐を奇妙な器具に挟み、百歩ほど離れて鉄筒を構えて片目を閉じる。

次の瞬間、雷鳴のような轟音とともに、鉄筒の先から稲光のような火煙が放たれ、的の盃を見事に打ち砕いた。時堯や織部之丞らは、その轟音に絶句するとともに、見事に的を撃ち浮いた破壊力と技(わざ)に驚嘆した。そして南蛮人は礼儀を知らない蛮種どころか、様々な技術や新兵器を持った者達だと感心するのであった。

火を噴く鉄の棒＝鉄炮に魅入られた時堯は、南蛮人に鉄炮の仕組みや射撃の技の説明を求め、南蛮人は少しも隠すことなく時堯に伝授したという。

時堯は連日修練に励み、やがて実射で見事に的を撃ち抜くようになった。時堯は家臣にも射撃の習得を奨励し、南蛮人に火薬の調合を尋ね、家臣にも学ばせている。

この新兵器こそは天からの賜り物、禰寝氏から屋久島を奪還する決め手となろう。南蛮人に作れるならば、我らも作れる筈である。まずは南蛮人二人が保有する二挺の鉄炮を手に入れるべく、時堯は南蛮人との交渉に入った。

しかし南蛮人の言い値はとても高く、手が届かない。

＊（「鉄炮記」には「其の価の高くして及び難き」と金額の明記は無い。他の史料では金二千ないし

銀千タエルとあり、換算は難しいが二挺で約一億円とかなり高額）。

そこで五峰（王直）が仲介し、慈遠寺で百余名の者が世話になっており、船の修繕費もあるので御礼に差し上げましょうと申し出た。時堯は、高価のものであろうからそれでは申し訳ないと、幾ばくかの金・銀もしくは永楽銭を与えたと思われる。

時堯は二挺の鉄炮を家宝としたが、秘蔵するだけでなく、自製化すべく鍛冶師の矢板金兵衛清定に制作の指揮を執るように命じた。一挺は早速分解してその構造を学び、もう一挺は後に島津貴久に献上している。


慈遠寺の一室で、王直とサリマラ、アマワリ、ワカサが話し込んでいる。

「ワカサの話では、この島の若い領主は好奇心旺盛で、アントニオから借りた鳥銃を片時も離さなかったとか。それにしても頭、あの貴重な鳥銃を世話になった御礼に差し上げましょうとは、何とも太っ腹なことで」

サリマラは皮肉っぽく言った。王直はそうかなと笑っている。

「確かにあの鳥銃はゴア製の貴重品。しかも銃の扱いや火薬の調合も教えてやった。しかし我らはもう少しこの地に世話にならねばならぬ。船の修繕費も嵩むであろう。ゆえに修繕・滞留費の対価として鳥銃を売り、差額を貰えればそれで良しとせねばならぬのだ」

サリマラはそれもそうだと頷きながら、ふと疑問を呈した。

「頭は暴風雨に遭った後、航路を変えてこの島に船を向けられましたな。その目的は一体何ですか。

まさか二挺の鳥銃を売る為ではありますまい」

　王直は問いに答えず、懐から木製の器具を取り出した。

「これは倭人から手に入れた旱鍼盤（かんしんばん）（乾式の羅針盤）だ」

「分かっておる頭。我ら海で生きる者の道標（みちしるべ）じゃ」

「もともと磁針が南北を指すという原理、それを航海に用いたのは我が国の遠い祖先よ。薄い鉄片を焼き、急に冷やすと磁化する。それを水盤にそっと乗せれば南北を指すというからくりじゃ。おぬしら色目人によってムスリム商人に伝わり、西方世界にも広がった。だが水盤では海上で使いにくい。倭人はこれを改良した。木をくり抜いて台盤に窪みをつけ、旋回軸を付けてその支点に磁針を乗せ、蓋を付けた。これで海上でも使いやすいものになった。倭人は造り変える力がある」

「確かに倭人は器用じゃが、それが何か？」

「倭人の作り出した旱鍼盤の特徴は、使いやすいだけでない。その磁針が強い磁性を持つのだ。シナの鋳鉄と質が違うようじゃ。次郎の持つ刀を見てみよ。切れ味鋭くしなやかで、折れにくい。明兵の青龍刀は重く脆い。ある時など次郎が倭刀で明兵の青龍刀を真っ二つに折るところを見た。わしは杭州や徽州の商人から大量の倭刀の注文を受けたが、あれは武器として使うのではあるまい。優れた鉄材として使うのであろう。毛烈がシナの鳥銃を嫌がるのは、暴発しやすいからだ。我が国ではゴア製のような性能の良い鳥銃はついぞ作れなかった。一つには鉄の質が違うからであろう」

サリマラはようやく王直の意図を察した。

「なるほど頭は抜け目がない。倭人に鳥銃を売るだけでなく、倭人に鳥銃の製造を学ばせて、性能のよい武器を独占する企みじゃ」

「言葉が悪い。しかし図星だ」

アマワリもなるほどと感心する。

「琉球はこの地から優れた鉄製品を買っておった。確かにこの島には、優秀な鍛冶師が揃っておる。西方の鳥銃もたやすく模造できるであろう」

しかし王直は首を振り、それには大きな障壁を越えなければならないと言う。

「我が国が南蛮の鳥銃を模倣できなかったのは、鉄の質だけではない。あるからくりが作れなかったからだ。よいか、我が国は紙や印刷、羅針盤、火薬などあらゆるものを発明し、ムスリムを通して西方に伝えた。しかしこのからくりだけは、南蛮があみ出したものだ」

それは何かと尋ねるサリマラに対し、王直は静かに口を開いた。

「それは螺旋（らせん）じゃ」

「螺旋とは？」

「螺子（ねじ）のことじゃよ。倭人にこれが克服できるかどうか」……。

その頃、鍛冶師金兵衛は一挺の鉄炮を分解してその構造を調べている。

――これは難しい――金兵衛は唸った。

銃身・火挟みや引金などのからくり・銃身を支える銃床・カルカ（弾薬装填用の棒）など、刀を打つのとは次元が違う。特に銃身の底を塞ぐ尾栓のからくりが分からなかった。銃身の底が塞がっていないと、弾丸は火薬の反発力で前に飛ばないし、何より暴発して射撃手を倒してしまう。取り外せる尾栓が無いと火薬の滓（かす）抜きができず、銃身の曲がりを銃口から覗いて矯正できない。金兵衛は配下の者と相談しながら、試行錯誤を繰り返した。

銃身は、まず口径と同じ太さの鉄の棒（真金）に、鍛えならした鉄板（瓦金）を火で熱して筒状に巻きながら、接合した部分が分からなくなるまで鍛えて真金を抜き、鉄の筒を作る荒巻法を確立した。からくり部分は、熟練の金具師の力で何とかそれらしき物を作った。

分からないのは銃身の底を塞ぐ方法である。雄ねじ（ボルト）と雌ねじ（ナット）で塞ぐ原理は分かったが、その製法が分からない。それでも雄ネジは鉄軸に糸などを螺旋状に巻きつけ、螺旋に添ってヤスリを使い切削加工する方法で克服した。

問題は雌ねじである。結局、銃身の後部を加熱して雄ネジを挿入し、金鎚で叩いて成形する方法を考えついた。但し雄ネジをもとに雌ネジを成形しているので、銃身と雄ネジに刻印を打っておかないとはめ込めず、互換性がなかった。

とにかく命を受けてから半年弱で金兵衛は数挺の試作品を完成した。

時堯は早速これを屋久島奪回戦（天文一三年一月）に投入し、七日で島を制圧している。鉄炮の威力はすさまじく、予想以上の戦果をあげたが、不発や暴発も起こり、まだ改良の余地がある代物である。それでも種子島張りと呼ばれた鉄炮試作品の評判は、瞬く間に日本各地に広がっていった。

王直一行はまだ種子島にいる。種子島を目指したのは正解であった。

この島は琉球王国との交易中継地である。慈遠寺の宿坊は博多や豊後、紀州商人らの定宿であり、王直一行が逗留している間、様々な商人と接触し、貴重な情報が得られたからである。

堺の商人で和泉鋳物師集団の頭でもあった橘屋又三郎は、新兵器の噂を聞きつけ、自ら種子島に一～二年ほど逗留して鉄炮製法を学び、堺に戻るとその製法を伝えて後に鉄砲又と呼ばれる。

紀州と種子島の航路は熊野水軍が開発したが、その航路を使って紀州根来衆（根来寺の僧兵と在地武士団の連合勢力）は種子島氏と交易して刀など武器を調達購入していた。その根来寺僧兵の長、杉の坊津田監物算長も宿坊の常連であった。算長は弟である杉の坊院主津田明算の要請に基づき、時堯に鉄炮を譲ってくれるよう交渉し、入手した銃を根来の鍛冶師芝辻清右衛門に複製させ、後に量産に成功している。

交易に積極的な時堯は、保守的な島津よりも開明的な大友贔屓であった。王直はワカサを介して時堯と何度も面談し、時堯の斡旋で大友家の交易船（朝貢船）を種子島経由、寧波に向かわせる計画をたてていた。

「頭、種子島の鍛冶師はなかなかやりますな。性能の良い鳥銃が量産されるのも間近でしょう」

スラポーンは嬉しそうに言った。

「そうでもない。やはり雌ネジの製造法が確立できず、改良が必要なようだ。そうだな、ワカサ」

王直はワカサに何とかならんかという仕草をする。

「アントニオもフランシスコも鍛冶経験が無いので助言はできないよ。そうとなればワカサ様の出番だ。間もなく船の修繕は終わる。ひとっ走り舟山諸島まで戻って、私の相棒の鍛冶師を連れてくるさ」

ワカサは快活に言うと、ふと話題を転じた。

「それはそうとして、頭の狙いは鳥銃の仕入れだけではなさそうだね。頭は秘匿すべき火薬の調合方法を日本人に伝授した。その際私は、頭やフランシスコの通訳を通して火薬の調合を学んだのさ。硫黄（一）と木炭（一〜二）、硝石（七〜八）と灰汁を混ぜて乾燥させ、その後粒状にするとね。この地は砂鉄が豊富で鍛冶が盛んだ。森が深いこの地では木炭に困らない。火山（薩摩硫黄島・口永良部島）も多く、硫黄は豊富にある。種子島に無いのは硝石だよ。頭の狙いは、スラポーンがシャムから調達する硝石だね」


勘の鋭い女だ、そう感心しながら王直は付け加えた。

「弾丸になる鉛もシャムから仕入れる。いずれ倭人は鳥銃の製法や火薬の調合をものにして、全国に広げるであろう。さすれば硝石や鉛の消費は増え、倭国の商人はこぞって我らのもとに買いに来る。そして我らは硝石・鉛を売り、その代価として銀と硫黄、そして性能の良い鳥銃を手に入れるというわけだ。既に時堯公の仲介で、大友という大領主の交易船が寧波に派遣される手筈となっておる。シャムと倭国の交易路を確保できれば、あとは寧波の押さえだけじゃ」

スラポーンも大きく頷く。

「さすが頭、抜け目がない。硝石は水に溶けやすいので、シャム製の素焼きの壺で運んでいる。それをこの地で売った後、燃えやすい硫黄を詰めれば空で容器を運ばなくて済む」

「あまり浮かれるな、まだ道半ばじゃ。この地の鍛冶師が優れた鳥銃を量産してくれねば、われらの夢は蜃気楼のように消え去る。ワカサ、すまんが仏狼機の鍛冶師を連れてきてくれ」

王直は慎重である。天文十三年（西暦一五四四年）一月に出航した王直の船は、同年春に再度種子島を訪れた。その船にはポルトガル人の鍛冶師が乗っている。


王直の意を受けた南蛮鍛冶師は、雌ネジの製法を伝授したと思われる。記録には、「金兵衛清定という者をして其の底を塞ぐところを学ばしむ」とだけある。雌ねじをどう製作したのか、熱間鍛造によるものなのか、ハンドタップ（雌ねじを作る切削工具）を持ち込んだのか、記録に残っていない。いずれにしても尾栓のねじの問題は解決し、日本はアジアにおいて最初で唯一のねじ製造国になった。種子島は鉄炮伝来とともに、ねじ伝来の地と言ってよいであろう。

銃身の改良も進み、荒巻の鉄筒に短冊形の細長い鉄板を斜めに巻き付け鍛える巻張り法が確立した。種子島は一大鉄炮生産地となり、やがて種子島銃として全国に広まった。改良された鉄炮は津田監物算長を通じて紀州根来へ、橘屋又三郎を通じて堺へ、豊後府内や臼杵にも伝わり、新たな鉄炮生産地となっていった。

時尭は伝来銃を秘蔵せず、種子島の名の由来通り二粒の伝来銃という種子を育成し、日本の社会を大きく変えることになる。

王直も狙い通り硝石・鉛・軟鉄・真鍮の対日交易を拡大し、五島福江・平戸・博多・種子島・臼杵と日本の拠点を広げていった。そして日本製の鉄炮を大量に買い込み、次なる野望に突き進んでいく。

⑧ 王直の野望

王直は一五四四年頃に、六横島双嶼(リャンポー)港に拠点を置く同郷の徽州人許棟と組んだ。許棟は王直の経営能力や学識を認め、経記（経理統括者）として契約書の締結や代金の決済などを任せている。

もともと密輸は東南アジア諸国との取引が中心で、シナ側の交易拠点は広州が中心であった。ポルトガル人も一五一三年に広東の屯門島(タマオ)（香港西部）に現われている。

その後ポルトガル人は、屯門島に要塞を築き、奴隷売買をするなど不穏な動きを見せた為、一五二二年に広州から追放されてしまう。行き場を失ったポルトガル商人は、広東や福建の海商に招かれ、福建漳州の外港である月港へ、さらには江南沖の舟山諸島に拠点を移していった。

舟山諸島は、広東・福建と江南とを結ぶ航路上の要所である。また日本と寧波を結ぶ基点でもあった。この島々の一つ六横島の双嶼を拠点として華人海商・日本商人・ポルトガル商人・ムスリム商人が交易を行うことで、南シナ海と東シナ海は一続きの海となった。

最初に双嶼港を密輸拠点としたのは、廈門(アモイ)の海商鄧獠(とうりょう)である。彼が一五二五年にポルトガル商人を招くと、その後多くのポルトガル人が六横島に定住するようになった。一五三二年に鄧獠が逮捕・処刑されると、福建商人で李光頭（はげ頭）というあだ名を持つ李七が勢力を拡大する。

やがて日本銀の出現とともに、日本の求める生糸・絹織物の産地江南を商域とする徽州商人が海商として登場するようになった。

こうして李七と並ぶ勢力に育ったのが、徽州出身の許四兄弟（松・棟・楠・梓）や王直一派である。次男許棟と三男許楠はマラッカを中心に交易網を築き、内地に残った長男許松と四男許梓が江南産品の調達を担った。その後李七一派、王直一派は許棟の船団に合流する。

一五四四年、王直は大友家の船団を寧波に招いた。勘合符が無く入港はできなかったが、翌年王直はその帰り船で豊後・博多に行き、博多商人を双嶼港に招いている。これ以降、博多商人は双嶼港を拠点とする密輸の一翼を担うようになり、王直は日本に拠点と情報網を持つ海商として、確固たる地位を築き上げていくのである。

しかし繁栄を謳歌していた双嶼港に突如終焉が訪れた。

一五四八年四月、浙江巡按の朱紈（しゅがん）が海禁を徹底すべく、双嶼港に夜襲をかけたのである。郷紳の謝家が朱紈に協力して密輸の手口を密告、それに怒った許棟と王直が謝家を殺害したことが背景にある。朱紈は許棟・王直逮捕を命じ、王直はお尋ね者の倭寇となってしまった。

朱紈率いる官船に包囲された双嶼港は焼き討ちにあい、居館や商船は焼かれ、多くの者が殺されるか溺死した。許棟と許楠は南洋に退去し、許松や許梓は処刑された。

これに反応したのが密輸による利益を享受していた浙江や福建の郷紳である。彼らは官僚に賄賂を渡して朱紈を糾弾するという手段を取った。

糾弾された朱紈は、上疏（じょうそ）（君主に対する意見書）の中で、こう訴えている。

「異国の盗を去るは易し、中国の盗を去るは難し。中国海商の盗を去るはなお易し、中国衣冠の盗を去るはもっと難し」、賄賂が横行する官僚世界の堕落を非難したものである。

圧力をかけられても朱紈は信念を貫き、倭寇征伐の手を緩めない。一五四九年、福建の詔安で次の標的である李七一味を急襲して捕縛し、一挙に処刑したのである。

一連の強硬策に対して、海商や郷紳も逆襲に出た。官僚を買収して朱紈に無実の罪を着せ、投獄したのである。浙江巡按の職を解かれた朱紈は、北京に召喚される途中、毒をあおって自ら命を絶った。死ぬ前にこう述べたという。

「もし天子が私を許すことがあっても、浙江と福建の者どもは必ず私を抹殺するであろう」

朱紈の襲撃により、倭寇の頭目達が相次いで姿を消していく中、生き残った王直が次第にその存在感を高めていくことになる。王直は公明正大で仲間からの人望も厚かったからであるが、マラッカ・シャムという南洋拠点と福江・平戸という日本拠点を持ち、大友家や松浦家など日本の領主とも関係を築いていたからである。朱紈が倭寇掃討の為に福建から連れてきた水軍の半数は、故郷に帰らずに王直に従ったとある。

一五五一年には舟山諸島烈港を拠点とする宿敵陳思盻を倒し、残存勢力を舟山諸島に統合して、遂に倭寇の大頭目にのし上がった。王直の名は東シナ海・南シナ海に鳴り響き、やがて全ての海商は五峰の旗号の下、つまり王直の傘下に入ることになる。

王直は徽州の王、徽王と名乗り、また自由な海の王、浄海王とも称した。

⑨ 嘉靖大倭寇

朱紈の死後、明政府は王直の活動を黙認した。王直は官府に協力し、その指令を受けて敵対する倭寇を退治することもあった。

王直は日本でも活発に動いた。一五五〇年にポルトガルのナウ船を招いて平戸に来航させ、一五四九年に薩摩に上陸したザビエルもポルトガル商人の招きで一五五〇年に平戸を訪れている。その後領主松浦隆信から布教許可を得て、平戸で本格的な布教を始めた。

一五五一年、王直は松浦氏の主筋大内義隆に誼を通じる為、元王朝の禅僧中峰明本(みょうほん)の墨蹟を大明人五峰先生の名で贈った。

この頃、王直に目を掛けられた毛烈は、王直の養子となって王璈(おうごう)と名乗り、義父五峰に倣い毛海峰と号している。昔からの仲間である葉宗満や徐維学は副将格として、それぞれの船団を率いていた。

ジャブルジ爺は寄る年波に勝てず亡くなったが、サリマラやスラポーン、アマワリやワカサは健在である。アントニオとフランシスコは、王直の下で他のポルトガル商人をまとめる役目を果たしている。王直の野望はもう少しで届くところにある。王直は王璈に語った。

「我らはシナ海を制したが、所詮倭寇と見なされるお尋ね者。内地の商人や郷紳どもはいつ裏切るか分からぬし、朱紈のような頭の固い官がいつ牙をむくかも分からん。ここいらで定海関を慰撫し、互市を正式に認めさせようと思っておる」

「頭、ここは慎重に進めるべきかと。朱紈が嘆いた通り、衣冠の盗を去ることは難く、官府をあまり信用してはなりません」

「それは分かっておる。まずは少しずつ我らの威で圧し、互市をなし崩しに認めさせるつもりじゃ」

王直は早速行動に移した。一五五二年、王直は烈港を前線基地として勢力を拡大し、互市の要求を掲げて定海関に入った。明国政府は王直をお尋ね者の倭寇というより、徽王を名乗る独立海上勢力と見なして恐れ、排除しようとした。

嘉靖三二年閏三月（一五五三年）、浙江巡按は、烈港周辺に明るい者を王直の陣営に忍び込ませて火を放ち、総攻撃をかけた。官軍に襲撃され、烈港からかろうじて逃亡した王直は、残存勢力を取り纏め、遂に明政府と全面的に対決する決意を固める。

「もはやこのままでは互市は叶わぬ。徽王の力を見せつけてやろう。徐維学と葉宗満に伝えよ。船団をまとめて蘇州・松江を襲撃せよと。我らは長江流域の衛所拠点を襲撃する。次郎、おぬしの得意な陸戦になる。兵をまとめよ」

奇襲で手傷を負った王璬も、激して応じた。

「頭、派手に報復してやりましょう。これは互市を勝ち取る聖戦じゃ」

嘉靖三十二年（一五五三年）から嘉靖三十五年（一五五六年）頃まで、江南一帯を襲撃した王直の軍事活動を嘉靖大倭寇と呼ぶ。

王直が派遣した軍勢は、次郎など日本武士を軍事顧問として効率的に組織されている。次郎らは部隊編成・連絡方法・戦闘方法などを細かにシナ人に指導し、自ら司令官として戦った。

各部隊は三十名ほどで編成し、ほら貝の音が聞こえる範囲で分散して整然と縦列行軍する。敵に対峙する際は、数名からなる別動隊による散発攻撃で敵の注意を惹き、分散している部隊を一斉に突入させ、敵陣深く攻め入った。

その際に採った戦法が「胡蝶の陣」「長蛇の陣」と呼ばれるものである。胡蝶の陣とは、隊の司令官の合図で隊員が長刀を突き上げて一斉に立ち上がり、宙に向かって振り回しながら勝ち鬨をあげる。その様は、蝶が舞うようであったので胡蝶の陣と呼ばれた。官兵は倭寇と聞いただけで青ざめ、長刀が振り回される音と勝ち鬨ですくみ上るので、その隙をついて一気に襲いかかるのである。

長蛇の陣とは、先頭と後尾に歴戦の勇士を配して縦列を作り、先頭の者が旗を打ち立てて進む後に、隊員がのたうつ蛇のように進む陣形を指す。縦横無尽に旋回しながら相手を包み込み、敵陣の弱点を衝く戦法である。隊員は日本刀と、解手刀（かいしゅとう）という小刀を持ち、日本刀を振り回して敵兵と切り結びながら、その隙に小刀で相手を倒した。

鉄炮は種子島銃以外に、堺・国友製のものを博多商人から調達している。

明兵はこの慣れない戦法と刀術・鉄炮に翻弄され、次々と倒されていった。しかし当初は数百人程度の軍勢が、次第に膨れ上がっていった。その実態は王直の軍勢だけでなく、沿岸住民らが混乱に乗じて火事場泥棒を働こうとするもので、また客兵と呼ばれる他の地方から動員されてきた兵士らが、倭寇側に参加する場合もあった。

特に海戦が得意な福州兵・漳州兵は時として倭寇側に通じ、狼兵（チワン族）や土兵（ミヤオ族）など少数民族の兵士らも略奪・殺戮を犯し、「客兵の乱は倭夷と等し。それ毒を以て毒を攻めるが如し。軽々しく用いべからず、また久しく用いるべからざるなり」と記されている。

一方で王直の旗下でも分裂が起き出した。王直は大友氏や松浦氏、博多商人との関係を密にしている。一方徐維学は島津氏と組み、薩摩を拠点に独自の交易網を構築していた。一五五四年に徐維学が戦死すると、甥の徐海が徐維学の船団を引き継ぎ、王直と袂を分かつ。元々徐海は無頼の徒であり、交易に携わるより、海賊として手っ取り早く略奪する方を好んだ。

大隅育ちの徐海は薩摩武士を引き入れ、やがて沿岸都市や長江流域のみならず江南内陸まで侵攻して、大規模な略奪行為を行うようになる。王直が組織した軍とは別に、沿岸住民・客兵・流民・徐海の軍勢などが勝手に暴れ回り、王直はもはや戦線を制御できずにいた。

⑩　王直上疏

嘉靖大倭寇は、もはや海賊行為を超えて戦争行為になっていったが、これに対する明政府の対処策はなかなか定まらない。時の皇帝嘉靖帝は道教に熱中して朝政を省みることが無く、道教の祭文（青詞）に長じているという理由のみで高官に任じた。特に嘉靖帝に気に入られた厳嵩（げんすう）は、内閣大学士（宰相）に登用され、国政を壟断（ろうだん）して青詞宰相と呼ばれている。

嘉靖帝は寵臣を要職に任じ、自分の意に添う形で議論を主導させる一方、その政策が失敗した場合は、彼らに責任を転嫁し処罰した。

嘉靖年間（在位一五二一～一五六七年）は銀需要が高まり、海禁を緩めて交易を認め、銀を入手しなければ経済は成り立たない状況である。海禁という時代遅れの祖法を覆すには、皇帝自ら裁断しなければならない。しかし嘉靖帝はその役目を放棄する。官僚らは祖法を厳密に行うべきとする海禁・保守派と、互市を認めるべきだとする互市推進・現実派の二つに分かれ、派閥抗争は次第に激しくなっていった。

厳嵩は、江南の郷紳からかなりの賄賂を贈られ懐を潤している手前、互市推進派の首領である。その傘下に浙江巡按の胡宗憲という男がいた。

胡宗憲は王直と同郷の徽州出身で、賄賂に絡む黒い噂が立つ人物であるが、数々の実績を上げた気骨のある官僚である。嘉靖大倭寇は、江南・江北・福建と次第に広がり、各地域を防衛する衛所では対処できなかった為、明政府は、直隷・浙江・福建などを統括する総督という役職を新たに設置した。

胡は一五五五年にこの総督に任じられ、王直と対峙することになる。胡は、寧波出身で日本人の特性をよく知る蔣洲（しょうしゅう）という人物を登用する。王直と同じく科挙の受験を試み、諸生（県試や府試に合格した者）までいったが、生員（郷試の受験資格を持つ者。秀才と称す）になれず、遊興に溺れる生活をおくっていた。大酒飲みの博徒であるが、弁舌豊かで士大夫のような教養の深さを以て人を魅了し、各方面に広い人脈を持っている。

蔣洲は早速打開策を練って胡に報じた。

「倭人はその性荒く強い。新安商人や浙江・福建の海商らは財力がある。その二つが組めば、必ず天下を混乱させるものとなりましょう。まずは王直を帰順させ、倭国に拠点を持つ彼を介して倭国の有力者に寇を禁じさせ、その上で徐海などならず者を王直の力で誅するのです。寇を以て寇を制す。今王直の母親や妻子は捕らえられ、収監されています。まずは王直の家族を釈放して手厚く遇し、母親から王直に帰順を呼びかければ、母親の情は強張った王直の心をほぐせる筈です」

胡はこの策を受け入れ、王直を帰順させて官に取り立て、自分の駒にしようと考えた。

まずは王直の家族を釈放し、息子に帰順を求める手紙を書かせ、母親の言葉を添えた。手紙には、胡宗憲が明政府に話をつけているので全く心配ない、一目でも会いたいと書かせている。

胡は早速皇帝に上申し、蒋洲に提挙という官職名を与えて日本に派遣する正使とし、副使には同じ寧波出身の陳可願を選んだ。

嘉靖三十四年（一五五五年）九月、蒋洲・陳可願を乗せた船は、まず五島福江に向かい、副将格の王璈と面談し使節の目的を説明した。

「まずは島夷（とうい）に影響力を持つ徽王に会うべし」

王璈はそう言うと平戸にいる王直に連絡を取り、福江での面談を約束した。

やがて使節の前に現われた王直のいでたちは、海商というより王の風格を備えていたという。高価な絹の緞子を纏い、旗や幟（のぼり）・服の色は王者に擬し、左右を大勢の配下に固めさせている。

蒋洲は改めて使節の目的を説明し、帰順して倭寇取り締まりに協力するのであれば、罪を許して官として招き入れること、いずれ海禁を緩め互市を認めるであろうことを伝えた。王直と王璈は暫く考え込み、言葉を発しない。蒋洲はここで母親の言葉が添えられた息子の手紙を渡し、言葉巧みに二人の説得を試みた。

「天朝は今、暴徒の略奪に苦しんでいます。かかる時に倭寇を誅して天朝に忠誠を尽くせば、以前の罪は許されその功績は万世に伝わるでしょう」

王直は暫く目を閉じていたが、やがて自らに言い聞かせるように口を開いた。

「我らとて賊の名を課されるのは本意ではない。経世済民こそが我が本意であり、ゆえに異国との交易に携わったのだ」

「それには秩序ある交易が必要です。今や賊か商か区別がつきません。島夷の領主に倭寇を取り締まらせ、官として秩序ある海を取り戻すのは、あなた以外に誰がいましょうか。倭人を信用してはなりません。政府があなたに懸賞金を懸ければ、必ずや倭人はあなたを売り渡すでしょう」

蒋洲は最後に殺し文句を付け加えた。

「あなたの母親と妻子は既に釈放され、我が上官胡宗憲の配慮で何不自由なく暮らしています。祖先の墳墓も荒らされることは無いでしょう」

その夜使節歓迎の宴席が催されると、蒋洲は幅広い話題と巧みな弁舌で、王直を魅了した。特に蒋洲が交易の重要性や五市再開の必要性を唱えると、王直は感銘し夜が更けるまで酒を酌み交わした。

翌日王直と王璈は意見を交わしたが、王璈は話がうますぎると反対する。


「蒋洲という男、確かに義侠心があり信頼が置けそうですが、その上官とやらはどうでしょう。この帰順を促す話、官の罠ではありませんか」

「それはわしも考えた。我らは自由な交易を望んだだけだが、賊とされ烈港を襲撃された。だが互市が認められるとすれば、苦労は報われよう」

「しかし頭、まだ何の身の保証も得られていません」

「確かにそうだ。蒋洲の申すことに偽りが無いか、まず確認する必要があろう。まずおぬしが寧波に行って状況を探ってまいれ。息子にも会って真偽を確かめるのじゃ。母親がたっしゃかも知らせてくれ。わしは蒋洲とともに賊対策を練る。その成果が帰順の手土産になるであろう」

王直はその後も蒋洲と酒を酌み交わしながら、秩序ある互市の在り方につき語り合った。同じ儒生であり、遊侠の徒でもあった両者には、その生き様に共通点があったのであろう。すっかり意気投合した王直は、蒋洲の申し出に賭けてみようと決心する。

嘉靖三十五年（一五五六年）、王直は王滶と葉宗満、夏正を副使の陳何願とともに寧波に派遣し、自らは蒋洲と博多・豊後に向かい、大友義鎮に明政府の書簡を渡している。

義鎮は明政府から日本国王宛の書簡であることに感激し、早速倭寇の取り締まりと朝貢使派遣を約束する。二人は山口にも赴き、義鎮の弟で傀儡ではあるが大内氏当主を継いだ大内義長に明政府書簡を渡し、義長はこれを将軍のもとに送った。

将軍足利義輝は早速周防・長門など十二箇所に対し海賊禁止令を出し、対馬・松浦の倭寇を震え上がらせている。これらは、王直が大友氏と強固な関係を築いていた故の成果である。

徐海率いる倭寇集団は、一五五六年に一万を超える軍勢で江南一帯を暴れまくっていた。そこで王滶は、徐海と副将陳東の離反策を練り、夏正を密使として徐海の陣営に向かわせた。

「王直は既に帰順を決めたので、海禁の罪は許されるであろう。陳東も投降すべく胡宗憲と密約を結んでいる。徐海殿はどうされるか？　このままでは陳東の投降の証として、官に差し出されるかも知れぬぞ」

そう囁かれた徐海はまんまと策略にかかった。自分が先手を打って帰順し、その証として陳東の身柄を胡宗憲に差し出したのである。

夏正はすぐさま陳東の部下に徐海の謀略を知らせ、徐海を襲撃させた。徐海は追い込まれて自決し、陳東や徐海の残党もその後処刑され、徐海の倭寇集団に与していた薩摩武士も敗走していった。

徐海討伐を果たした王璈に胡は褒美を与えたが、王璈はこう啖呵を切ったという。

「褒美など要りません。いずれ参上する我が父王直に一斗樽ほどの金印（交易許可証）をいただければ十分です」

翌年、王璈と葉宗満は平戸に戻り、王直に徐海一派の討伐を終えたこと、胡の言葉に偽りは無さそうである旨を報告する。大友氏による倭寇鎮圧と朝貢使派遣、日本国王の海賊禁止令、徐海一派の掃討などの成果をもって、王直はいよいよ動き出す。

嘉靖三十六年（一五五七年）十月、王直・王璈と蔣洲は、豊州王（大友氏）からの朝貢使節団を伴い、定海関に向かった。数十隻からなる船団には、使節四百名・倭寇に拉致されたシナ人六百名が乗っている。ところが船団は途中で暴風雨に遭い、王直と王璈の乗っていた船は朝鮮に流されてしまう。仕方なく蔣洲と朝貢使節が先行して寧波に入った。

しかしここから雲行きが怪しくなる。まず蔣洲が寧波で投獄された。寧波の官人が蔣洲に賄賂を要求し、拒絶されたことを逆恨みした為である。その官人は、使節団に王直の姿が見えず王直帰順は疑わしい、倭寇鎮圧の証拠も無く、まやかしであると糾弾し投獄したのである。

この頃ようやく岑港（チエンガン）に着いた王直は、蔣洲投獄の報に接し激怒する。すぐに王璈を胡のもとに派遣すると、官の非道を謗（そし）った。

「これは何のつもりか！　我らは貴公の言葉を信じ、天朝の命を奉じて蒋洲とともに倭国を駆け回って領主に倭寇を鎮めさせ、その証として倭国の朝貢使節を伴ってきたのだ。その任を労うどころか蒋洲を投獄し、ものものしい警戒態勢を敷いている。貴公は我らを騙すつもりか」

その頃江南地域では、倭寇の頭目王直が戻ってくるという噂が広まり、民衆を恐怖に陥れていた。その状況が明政府に伝わると、海禁派の官僚らは王直帰順に異を唱え出す。官界の風向きが変わった。胡も動きがままならず、王璈に対して、「暫く我慢してほしい。いずれ混乱も収まるであろう」と伝えるしかなかった。王直は胡に不信感を募らせ、思いを纏めて意見書を政府に提出した。

その題目は「誠意を尽くして国に報い、以て辺境を安んじ、凶悪な群賊（倭寇）を制す」、後に「王直上疏」として知られる意見書である。

冒頭に王直はこう弁明する。

「王直こと汪鋥、すなわち汪五峯（五峰）は利を求める海商に過ぎません。逆に国の為に海域を守ってきたのであり、倭寇と結託した賊徒ではありません。ところが倭寇取り締まりの功にも拘わらず、天朝の知る所とならず、逆に無実の罪に問われており我慢がなりません。倭寇は毎年のように浙江や直隷を侵し、大禍をもたらしていますが、その実態は倭寇と結託した民が、自ら先導し略奪に加わって被害を大きくしているのです」

自分は倭寇ではない、逆に倭寇を取り締まっているのだと弁明しているが、競合相手を次々と潰し、海上覇権を確立していった実態を述べているに過ぎない。一方で沿岸住民が倭寇と結託してとあるが、これは事実で、沿岸住民のみならず流民・客兵など複雑な構成となっている。

　次に王直は、派遣されてきた蒋洲を迎えてからの経緯を述べている。

「私は胡宗憲から派遣された蒋洲と会い、天朝の海域静謐の志に深く感服し、天朝の思いに少しでも尽くすべきと決意しました。そして蒋洲とともに九州北部を渡り歩き、天朝の檄文を以て教え諭し、海賊禁止令を浸透させたのです。その甲斐あり、今年は倭寇の襲撃が減っています。しかし徐海は九州南部の薩摩と結託して、今また江南を襲撃しようとしていたので、私は王璈に命じて徐海一派の掃討を果たしました」

　そして王直は自らの構想を次に示した。

「もし天朝の恩義が得られるならば、私は海上の取り締まりを行い、交易を管理したいと思います。そして抽分の任を担い、貢期・貢路を守らせるとともに、倭国領主に倭寇の取り締まりを徹底させ、再び我が国に大禍をなさないように致します。これこそが不戦にして倭寇を跋扈させない方策です」

　王直の野望は、日本の銀・硫黄や、シャムの硝石・鉛、シナの生糸・絹織物などの戦略商品を一手に扱い、独占することである。

　日本の窓口は大友義鎮、シナの窓口は同郷の胡宗憲とし、その後ろ盾で日明交易を互市として認めさせ、交易の利益を独占する。そして競合する海商を倭寇として排斥し、東シナ海・南シナ海に広がる海上覇権を確立するというもの。つまりこの海域における交易権と軍事権を一手に握るという海上政権構想であった。

　胡も海禁緩和により経済を活性化させ、交易の利益を手に入れるとともに、王直の船団を明の水軍に編入しようと考えていた。

しかし事態は好転しなかった。胡は王直の罪を許して官として活用し、互市を認めるよう厳嵩に政界工作を依頼し、自らも必死に動いた。しかし王直を糾弾する声は日増しに強くなっていく。

岑港では、胡との折衝報告を終えた王璈と王直が話し込んでいる。

「頭、様子がおかしい。やはり罠です。衣冠の奴らは信用できません。ここは舟山諸島に拠点を分散して長期戦に持ち込み、様子を見ましょう」

「わしは蒋洲と倭国を駆け回った。倭国の有力領主とも懇意じゃ。火薬原料も押さえておる。鳥銃も今や倭国から性能の良いものが手に入る。ここまで来て、今までの努力が無駄になるのは辛いものじゃ」

「まさか胡の誘いに乗るのでは？　官は魑魅魍魎が跋扈する魔界ですぞ」

「分かっておる。しかしわしも歳を取った。互市実現の最後の賭けに出てみようと思っておる。負けはせぬ、油断もせぬ。王璈よ、留守を任せる。いざとなれば船団を指揮して復讐せよ」

帰順を決意した王直は、胡のもとに降った。胡の前に進み出ると、約束を反故にするつもりか、倭寇の取り締まりを果たした我らを罰するのかと詰め寄った。胡の弁解は苦しげである。

「あなたには苦労を掛けた。同郷のあなたの力が必要なのは今でも変わらない。蒋洲を派遣したのは、あなたの罪を許して官に取り立て、互市を認める為である。これには何の偽りもない。まずは慰労の宴席を用意しているので、くつろいで欲しい」

胡は豪華な宿所を用意して王直を丁重にもてなした。しかし官界では海禁派が勢いを増し、倭寇の頭目王直を処刑すべきだという意見が高まっていく。嘉靖帝も一度は胡の提案を裁可したものの、官界の大勢に流されてこれを反故にしてしまう。そんな状況下、王直を厚遇する胡に黒い噂が立つ。

――胡宗憲は王直から莫大な賄賂を受け取り、彼の意向のままに動いている。投降した王直を厚遇しているのは何よりの証拠である――

胡の後ろ盾であった厳嵩も、ライバルの内閣大学士徐階により、私欲の為に政治を壟断していると糾弾され、権勢が衰えだしている。胡の足元が揺らぎだした。

追いつめられた胡は遂に王直を裏切る。

嘉靖三十七年（一五五八年）二月、王直は投獄された。怒った王直は吠えた。

「胡に伝えよ。衣冠の輩は信足らず、いずれお前も同じ目に遭うとな。よいか！　わしは倭寇ではない。海の秩序を守る浄海王なるぞ」

王直収監を知った王璈は、岑港を拠点として武装蜂起する。その後、王直の処刑が決定された。胡は必死に王直の助命を嘆願したが、嘉靖三十八年十二月（一五六〇年一月）、王直は杭州で処刑された。王直の母親と妻子は奴婢の身分に落とされ、王直の部下も処罰された。

哀れであったのは、王直を説得し倭寇鎮圧に尽力した蒋洲である。胡から見捨てられた蒋洲は、勝手に行動したとして死罪を命じられた。その後赦免となった蒋洲は、北辺衛所任官の誘いを断り、こう述べたという。

「私は天朝に身を捧げ、功績を挙げたにも拘わらず罪を得ました。再び官に仕える気はありません。私が果たした行いが、後世で正当に評価されるのであればそれで充分です。真実は時に託します」


武装蜂起した王璈であったが、その後明軍に追い詰められていく。

サリマラやアマワリ、スラポーンは戦いで死に、ワカサやポルトガル人らはマカオに去っていった。岑港で待機していた大友氏の遣明使節も日本に帰っていった。

王璈は、一五五八年秋に岑港を脱して福建泉州に敗走する。

保身を図った胡は王直逮捕の功で出世したが、厳嵩の失脚により後ろ盾を失い、やがて王直との裏取引の嫌疑で投獄される。獄中では公安組織錦衣衛の厳しい尋問を受け、一五六五年に自ら命を絶ったと伝えられている。

嘉靖帝は、道教の丹薬による水銀中毒で一五六七年に死去し、同年に即位した第十三代皇帝隆慶帝は、海禁政策の緩和、民間の海外交易を認めた。王直の死の七年後のことである。但し出港地は、福建の漳州月港一港のみに限定され、南洋への出港を認めたが、日本との交易は厳しく禁じている。海禁の部分的解除といったものであろう。

胡はその後、海禁緩和の流れの中で名誉が回復された。中華人民共和国の政治家胡錦涛氏は、胡宗憲の末裔とされる。一方でシナ海域に新たな海上政権を築き上げようとした王直は、現在に至るまで日本と結託した漢奸、売国奴と見なされている。

——嘉靖三十七年（一五五八年）十月　福建省泉州沖——

王璈率いる残存部隊は、泉州を新たな拠点として再興を図っている。その船団の指揮をとる王璈のもとに伝令が走ってきた。

「頭、沖合に大船が近づいてきています。おそらく仏狼機の船かと」

王璈はその船の姿を認めた。ジャンク船ではない、ナウ船である。

「皆の者、帆を張り火砲の弾を込めよ。急ぎ敵襲に備えるのだ」

「頭、仏狼機の野郎がなぜ我らを襲うのだ。我らの交易仲間ではないか」

王璈には、いずれそうなることは分かっていた。機を見て敏な仏狼機は、蒋洲が投獄されると知るや、明政府による王直一派の取り締まりに協力し、その功でマカオ居住を黙認されている。

「仏狼機も虎狼の輩、隙を見せれば襲ってくる。喰うか喰われるかは秩序無き海の掟よ。よいか、火砲は向こうが優勢じゃ。接近戦にもちこむのだ。次郎よ、その時は存分に暴れてくれ」

王璈の船団はナウ船に向かって突入していき、やがて激しい海戦となった。火砲の火が噴き、銃声が鳴り響く。次郎らは敵船に飛び移り白兵戦となった。やがて剣と長刀が切り結ぶ音や怒号・悲鳴は、煙硝とともに叢雨（むらさめ）に包まれていった。

その後の王璈の消息は記録に残っていない。

第二章　ルシタニア賛歌（ウズ・ルジアダス）

① 隻眼の詩人

――福建省泉州沖（西暦一五五八年十月）――

きのうワコーと戦った。ワコーとはシナ海域の海賊のことをいう。

奴らはムーア人（イスラム教徒）より手強い。アルケブス（火縄銃）を多数保有し、大砲の扱いにも慣れている。何より命知らずだ。我らの船に斬り込んできたワコーは、上半身裸の上に鎧を着込み、両手の刀を振り回して瞬く間にわが兵を倒す。そして撃ち殺されるまで戦い抜いた。

しかし我がナウ船が備えるアルケブスと大砲の数は、相手より数段勝っている。集中砲火で何とかワコーを撃退した。私は戦いで負傷したが、幸いにも詩人にとって大切な腕は無事である。

私の名はルイス・ヴァス・デ・カモンイス。いずれポルトガルで名を成す詩人である。

なぜ詩人がシナの海で海賊と戦っているのかだと？

私にも分からん。リスボンの宮廷を追われ、ゴアそしてマカオに流れ着いたのだ。

私は貧乏貴族の子としてリスボンで生まれ、コインブラ大学で学んだ。貧乏貴族といってもあの英雄ヴァスコ・ダ・ガマの遠戚にあたる由緒ある家系である。国王家に繋がる遠い血筋もあって、私はジョアン3世の宮廷に出入りしていたが、王妃付きの侍女との恋愛醜聞で宮廷を追われた。

一五四七年に罰としてセウタに従軍させられ、ムーア人との戦闘で右眼を失う。隻眼の詩人の誕生だ。右眼と引き換えに名誉を挽回し、宮廷に戻ることを許されたのだが、またしても刃傷沙汰を起こして投獄された。そして海外の軍務と引き換えに釈放となる。我ながら懲りないものだ。

一五五三年に一兵卒としてゴアに着任。同年のマラバル攻略戦（インド南西岸諸侯との戦い）や、翌年の紅海遠征隊に従軍し、ムーア海軍との戦いを経験している。モルッカ諸島のテルテナ島やアンボイナ島で守備兵も務めた。なかなかの軍歴であろう。三年間の兵役を終えるとマカオへ行き、ポルトガル軍の死者・行方不明者の財産を管理する職を得る。しかし横領疑惑で訴えられ、またしても詩人は罰として軍務を命ぜられ、軍船に乗る羽目になったというわけだ。

ただ詩人といっても、まだこれといった作品はない。これからだ、ホメーロスを超えるような大叙事詩を書くのは。ホメーロスの「イーリアス」「オデュッセイア」やウェルギリウスの「アエネーアース」は、雄大な叙事詩として褒め讃えられている。しかしどちらも地中海が舞台。

私の叙事詩は、アトラス海（以下大西洋）、インド洋、そしてシナの海を股にかけた大海原が舞台だ。

未知の大西洋を南下してアフリカ南端を回り、インド洋を越えて豊かなインドやインドの東に辿り着いた我がポルトガル。どのヨーロッパ人も、古代の英雄達を凌駕する存在と認めるであろう。

その象徴が、インド航路を開いたヴァスコ・ダ・ガマである。

しかし誰もこの偉業を叙事詩に書き留めようとしない。ならばガマの縁戚である私が果たすだけ。古の叙事詩を凌駕するものを創ってみせる。私はそう決意し、ゴアで書き始めた。

題名は「ウズ・ルジアダス」ルシタニア賛歌だ。ガマだけではない。ポルトガル王国の誕生に始まり、アフリカ、インド、インドの東で活躍した全てのポルトガル人を語る叙事詩にするのだ。ルシタニアとはポルトガルの雅称。古くからイベリア半島西部に定住するルシタニ族の地という意味で、ローマ帝国属州ルシタニアの名になっている。ウズ・ルジアダスとはルーススの子孫達という意味。ルーススとは、ワインと陶酔の神バッカスの子孫で、ルシタニアの祖となった伝説上の人物である。

この叙事詩では、美の女神ヴィーナスをルシタニアの民の味方に、バッカスをルシタニアの偉業を妨害する引き立て役としよう。ヴィーナスは、ルシタニアの民を、己の愛するローマ市民の特質を備えたものとして心を寄せる。一方、インドを征服したと神話に伝わるバッカスは、己の名が翳るのを恐れてガマの偉業を妨害するという設定である。

さて、ガマの偉業を語る前に、いかにして我が祖国が大西洋・インド洋に漕ぎ出したのか、その歴史を語らねばならない。一つ一つの先人の積み重ねがガマの偉業に繋がり、その後も偉大な歴史を紡いでいくのだから。

② プレスター・ジョン

ポルトガルの生い立ちは、レコンキスタに始まる。カスティーリャ王国が、レコンキスタの最前線に置いたポルトカーレ伯領（ポルトガル北部、ポルト周辺）が、ポルトガルの発祥地である。古代ローマ時代、この地はラテン語でポルトウス（港）・ガレ（温暖な）と呼ばれ、それがポルトカーレ、後にポルトガルとなる。領主はフランス東部の大諸侯ブルゴーニュ公の末子エンリケ。相続できる領地が無く、叔母がカスティーリャ王妃となっている縁でカスティーリャのレコンキスタに従軍した。その活躍により、カスティーリャ王女と結婚して与えられたのがポルトカーレ伯領とコインブラ伯領である。

エンリケはブルゴーニュやフランドルから盛んに移民を奨励したので、ポルトガルには北方の血が混じっている。エンリケの子アフォンソの代になると、カスティーリャ王に服従することを疎ましく思うようになる。

一一三九年にムーア人のムラービト朝に勝利を収めるとポルトガル王を自称し、一一四三年にカスティーリャ王国の宗主下ではあるが、ブルゴーニュ王朝を起こした（ポルトガル王国の成立）。

その後一三八五年にカスティーリャ軍の侵攻を退けた前々王の庶子ジョアンが王位に就き、ジョアン1世としてアヴィス王朝を創始する。ポルトガルの独立は、一三七三年の同盟に基づくイングランドの支援があった（英葡同盟は、現在まで続いている世界最古の同盟である）。

ジョアン1世は、絆の証としてイングランドからジョン・オブ・ゴーント（ランカスター家ヘンリー四世の父親）の娘フィリッパを娶っている。

ヒスパニア（イベリア半島の古名）の西側にへばりつくようなポルトガルが、なぜスペインに呑み込まれずに今でも独立を保っているのか？

それはポルトガルには、大西洋に面したリスボンやポルトなどの優れた交易港があり、海洋商人を中心とする市民が力を持っていたからだ。カスティーリャ軍を破り、アヴィス騎士団総長でもあったジョアンを王位に就けたのは、貴族ではなくリスボン市民達である。軍事貴族が支配する牧羊中心のカスティーリャとは、ここが違う。

もう一つ、ポルトガルの独立を支える源泉があった。一三一二年に異端のかどで弾圧・解体されたテンプル騎士団は、ポルトガルでは国王がキリスト騎士団として存続させ、テンプル騎士団の莫大な財産を受け継いだ。つまりポルトガル王室は、結構な財産を有していたのである。


フィリッパ王妃は高い教育を受け、当時の女性としては珍しく地理学や航海術に精通していた。ジョアン1世にセウタ攻略を示唆したのも彼女である。王子達はみな立派に成長してポルトガルの発展に貢献した。ポルトガル大航海時代の礎を築いたのは、フィリッパ王妃と言えよう。彼女はセウタ攻略の前に病死するのだが、病床に息子達を呼んで剣を与え、「勇ましく戦っておいで」と言って送り出している。

一四一五年のセウタ攻略には三人の王子が参加。その末弟エンリケは、戦功をあげて帰国後、アフリカ西岸航路の開拓事業に情熱を注いだ。母フィリッパの血を受け継いだエンリケ王子は、まずポルトガル南端のサグレスに独力で天文台を造り、航海に必要な天文統計を整理し、ここに優秀な船乗りを集めて航海術や地理学を研究させた。

エンリケは航海王子（ザ・ナヴィゲーター）と呼ばれているが、実際は船酔いがひどい体質で、大海原に航海したことは無い。もっぱら陸での研究・探検航海の事業化にいそしんでいたという。ところで単なる国王の三男が、どうやってその資金を捻出したのか？

一四二〇年、彼はキリスト騎士団総長に就任している。そう、テンプル騎士団の莫大な財産を受け継いだ騎士修道会である。エンリケは、騎士団の財産や資料を自由に使うことができたのだ。その為ポルトガル船の帆には、キリスト騎士団の標章（赤枠に白い十字架）が描かれている。


それでは母フィリッパが命じたセウタ攻略の目的、エンリケ王子がアフリカ西岸に求めたものとは、いったい何であったのだろうか？

一つは遠方のどこかにいる伝説の王プレスター・ジョンが統治するキリスト教国を探して同盟を組み、北アフリカのムーア人（マムルーク朝）の勢力を挟撃すること、つまりアフリカ十字軍の結成である。もう一つは、アフリカの黄金と奴隷の確保である。

エンリケ王子は、マデイラ諸島やアゾレス諸島を発見すると、そこを拠点にアフリカ西岸を徐々に南下していった。当時の世界は狭かった。二世紀につくられたプトレマイオスの世界図がまだ使われており、その地図には地中海と紅海、インド洋周辺のみが描かれ、大西洋は空白に置かれていた。

この海域がアトラス海と呼ばれたのは、オリュンポスの神々に背き、世界の西の果てで天を背負う罰を課された巨人アトラスの彼方にある海、つまり世界の果ての海と見なされていたからである。そのせいでアフリカ西岸探索はある場所で止まってしまう。不帰の岬と呼ばれるボジャドール岬である。

世界周航以前、地球は平面であると考えられ、ポシャドール岬の先は滝となって奈落の底に堕ちてしまう、または海水が赤く沸騰して生きて帰れないなど様々な伝説が広がり、どの船乗りも怖がってその先に挑もうとしなかった。

この世界が球体であることを認識していたエンリケ王子は、臣下のジル・エアンネスにポジャドール岬を越え、迷信を打ち破れと厳命する。エアンネスは、一度は怖気づいて引き返したものの、一四三四年に遂にポジャドール岬を越えてアフリカ西岸に上陸した。そして赤く煮えたぎる灼熱地獄の海は、実はサハラ砂漠の赤い砂で濁った海に過ぎないとエンリケ王子に報告した。

おそらくムーア人が、我らヨーロッパ人のアフリカ南下を妨げる為に、様々な噂を意図的に流したのであろう。恐怖心を克服すれば、大西洋の季節風を利用した航海は容易と分かり、多くの船乗りが次々とアフリカ西岸を南下して、赤道を越えていった。

エンリケ王子はカラヴェル船という遠洋航海船の開発者でもある。

ムーア人のダウ船（縦帆を持つ縫合船）の要素を取り入れ、従来の四角横帆バルカ船から、三本マストと三角縦帆（ラティーン・スル）を装備した船を造り、逆風でもジグザグに前進できるようにしたのだ。喫水線の浅いカラヴェル船は五十〜二百トンほどの中型船で、これを大型にして積載砲を増やしたのが、昨日の海戦で活躍したナウ船である。

新しい帆船で未知の海に挑んだエンリケ王子を、母フィリッパはさぞ誇りに思ったことであろう。

エンリケのアフリカ西岸探検を引き継いだのは、精力的で覇気に溢れた王ジョアン2世である。ジョアン2世は一四八二年、ガーナ南部エルミナに要塞と商館を建て、金・象牙そして黒人奴隷の交易拠点とする。そして胡椒海岸（リベリア）、象牙海岸（コートジボアール）、黄金海岸（ガーナ）、奴隷海岸（トーゴ・ベナン・ナイジェリア南部）を制圧し、産品ごとに地名を付けていった。

アフリカ南下が進むにつれ、南端を回って香辛料の宝庫インドに辿り着けるのではという期待が高まっていった。そこでジョアン2世は、アフリカと地中海の両方から、プレスター・ジョン発見とインドへの到達という目的を持った二組の探索隊を派遣する。

地中海組はコヴィリャンとパイヴァの探索隊、アフリカ組はバルトロメイ・ディアスの艦隊である。ディアスの艦隊はアフリカ西岸を南下、南端を回って東側に出る探検に挑む。

しかし南端はボジャドール岬と同様、先に進むことのできない世界の果てとされ、また通年偏西風が吹き荒れる「吠える四十度」と呼ばれる暴風域である。ディアスの船隊は激しい嵐に遭って方向を見失い、約二週間暴風雨に翻弄された。陸に近づこうと東に航路を取っていたところ西側に陸が見え、北東に延びていることに気付いた。

一四八八年、遂にアフリカの南端を回ることに成功したのである。ディアスはこのまま北上して東に航路を向ければ、インド航路が開けると確信する。しかし水・食料が尽き、乗組員の反乱が起こりそうになった為、突風の吹きすさぶ岬を嵐の岬と名付けて帰国した。

偉業を達成したにも拘わらずプレスター・ジョンに会えず、インド航路も発見できなかったとして、ディアスには何の褒美も無かった。この偉業に対して何と吝嗇な王であろう。

そのジョアン2世は、嵐の岬だと船乗りが嫌がるであろうとして、喜望峰という名に変えた。インド航路への希望の道標というわけである。

地中海組は、アデンでインド班（香辛料）とエチオピア班（プレスター・ジョン）に分かれ、インド班のコヴィリャンはアデンからダウ船に乗り、一四八八年にカリカット（現コーリコード）に辿り着いた。彼こそが、ガマより十年早く最初にインドに到達したポルトガル人である。

その後コヴィリャンは、マリンディ（ケニア）、キルワ（タンザニア）、ソファラ（モザンビーク）と旅を続け、カイロに戻るとポルトガルの連絡員に次のような報告書を渡した。

「インド北部・中央にはムーア人の国が乱立しているが、南部沿岸にはヒンズー教徒の藩王国が多くある。インドは香辛料の一大集積地だが、この海域はムーア人の交易圏で、インド洋の季節風を利用してダウ船が行き交い、ホルムズやアデン、アフリカ東岸とも盛んに交易を行っている。

従ってアフリカ東岸とインドを結ぶ航路が有る筈で、アフリカ大陸の南端からマダカスカル島の間を通っていけば、インドに辿り着く筈である」

コヴィリャンは、ジョアン2世の命で引き続きプレスター・ジョンを探す旅を続けてエチオピアに渡り、同国で生涯を終えている。ジョアン2世は、デイアスによるアフリカ南端発見と、コヴィリャンの報告をもって、一気にインド航路発見の期待を膨らませた。

ジョアン2世が一四九五年に亡くなると、インド航路発見の偉業は次のマヌエル1世に委ねられる。ここでいよいよヴァスコ・ダ・ガマの登場となるのだが、その前に競合するスペインの動きも説明せねばなるまい。

③　セファルディム、ジェノバの時代

まずはイベリア半島に住むユダヤ人の話だ。

もともとイベリア半島は、地主貴族や騎士層が経済の主体であったが、次第に没落し、一方で金融・財務に明るいユダヤ教徒や改宗ユダヤ人コンベルソが王族に優遇され、新富裕層となった。やがて貧富の差が社会不安となり、成り上がりのユダヤ人への嫉妬が憎悪に変わる。

特にペストが大流行した一三四八年以降、原因をユダヤ人に結び付ける妄想が広がり、反ユダヤ主義が醸成されていった。そしてイベリア半島各地で反ユダヤ暴動が起こり、多くのユダヤ人が殺害されたという。ユダヤ人は身を守る為、キリスト教への改宗を余儀なくされたが、それでもキリスト教徒はコンベルソが本当に改宗したのか疑った。また宮廷の旧コンベルソと、暴動後に改宗した新コンベルソとの対立が起こり、三つ巴の対立が深まっていく。

こうした反ユダヤ主義の風潮の中、トレドで新たな法令が公布される。コンベルソの公職追放令である。その前提となったのは信仰ではなく、血統、つまり血の純潔という概念だ。その為官僚や軍人になるには、四世代まで遡る家系図提出が義務付けられた。

カスティーリャ女王イザベルとアラゴン王フェルナンドが結婚して、連合王国スペインが誕生すると、両王は翌年一四八〇年に異端審問所を導入した。

その対象はユダヤ教徒ではない、コンベルソである。コンベルソが本当に改宗したか調査し、正当なコンベルソを不当な嫌疑や迫害から守る為のものであった。

ここである男が迫害に拍車をかける。コンベルソという弱みが、逆に狂信の徒として同胞の迫害に向かったのであろう。異端審問所は、隠れユダヤ教徒を告発する尋問所に変わり、自白を強要する為に拷問を行った。取り調べは拷問・告白・裁判での再確認という儀式を経て、改宗・服従しない場合は焚刑に処せられる。トルケマダは在職中、八千人を隠れユダヤ教徒として焚刑に処したという。

初代異端審問所長官である。男の名はドミニコ会修道士トルケマダ。自身もコンベルソで、

カトリック両王は一四九二年にユダヤ教徒追放令を出し、四か月の猶予を与えて改宗か国外退去かの選択を迫った。改宗を拒否した十五~二十万人ものユダヤ教徒は、両手に持てるだけの家財を持ってスペインを退去し、残された財産は国庫に没収された。ユダヤ人二度目のディアスボラ(民族離散)である。その内約十万人が陸路ポルトガルに向かい、その他はオスマン朝トルコやフランドル、新大陸に向かったが、スペインに残ったコンベルソは、その後異端審問で迫害される運命となる。

ところでスペイン人が生ハムを好むのは何故だか分かるか?

ユダヤ教徒は食事規定カシュルートで豚肉を食せない。ムーア人もコーランで豚肉を口にしない。つまり豚肉を食することは、ユダヤ人やムーア人の血が入っていない良きキリスト者の証となるから

だ。隠れユダヤ教徒を侮蔑的にマラーノ（豚）と呼ぶのはこのためだ。

一方でポルトガルのマヌエル1世は、信仰告白さえすればキリスト教徒と見なすという形式的な改宗を認め、ユダヤ人を国内に留めようとした。しかし一五二一年にジョアン3世が王位に就くと、コンベルソをマラーノとして迫害する。この結果、スペインから逃れてきたユダヤ教徒を含む十万人以上が、再び異端審問所のない安住の地を求めて、ムーア人の国やフランドル、新大陸、ゴア・マラッカに逃れていった。ユダヤ人三度目のディアスボラである。

イベリア半島から追放されたスペイン・ポルトガル系ユダヤ人は、セファルディム（ヘブライ語でイベリア半島の意）と呼ばれている。


ポルトガルのインド進出の目的は、ムーア商人とヴェネチア商人が独占している香辛料交易を打破するという経済的な目的と、プレスター・ジョンと組んでムーア勢力を滅ぼすという宗教的な目的が表裏一体を成している。

ここにコロンブスというジェノバ生まれの船乗りが登場する。もっぱらコンベルソという噂だ。

彼は地図製作者の弟バルトロメが働くリスボンに移り住み、船乗りとして生計を立てていた。この頃には地球球体説が浸透しており、彼は西廻りでアジア東端に辿り着く計画を立てる。未知の部分はカーボ・ヴェルテ諸島以西の海である。

古代ギリシャの地理学者によると、ヨーロッパから東廻りのアジアまでは地球の15／24、とすれば未知の部分は9／24と1／3ほど短いことになる。

コロンブスの目的は、「東方見聞録」に出てくる黄金の島ジパングとカタイのカンバリク（大元帝国の帝都である大都（だいと）＝現在の北京）を発見することであった。そこでジョアン2世に西廻り航路を提案するも、東廻り航路でインドへ到達しようとする王に断られる。

コロンブスは仕方なくカトリック両王に支援を申し入れた。イザベラは興味を示したがフェルナンドは興味を示さず、一旦この話を断る。諦めてフランスに向かおうとするコロンブスを引き留めたのは、アラゴン王国の財務大臣ルイス・デ・サンタンヘルであった。サンタンヘルは、

「遠征費用は、アジア到達で見込まれる莫大な収入に十分見合う筈です。足らなければ自分が負担します」と両王を説得し、コロンブスを支援した。

なぜ彼は身銭を切ってまでコロンブスを支援しようとしたのか？

理由は二つ。サンタンヘルは、ジェノバ出身のコンベルソということ。

話は三百年前に遡る。東地中海を勢力下に置いていたヴェネチア共和国は、東ローマ帝国と対峙し、第四回十字軍をそそのかして、一時はコンスタンティノープルを占領するに至った。一方、東地中海に勢力を伸ばしたいジェノバ共和国は東ローマ帝国と組み、ヴェネチアと対立する。ジェノバは東ローマ帝国から黒海・カフカス周辺の交易権を得て、一二六〇年頃クリミア半島カッファに砦を築き、シナに繋がる中央アジア交易路を押さえた。

この辺りは、九世紀初頭にユダヤ教を国教としたトルコ系ハザール王国があった地。ハザール王国は、交易を盛んにする為ヘブライ人以外で初めてユダヤ教国家となった特異な存在である。

その後ハザール王国は、ルス族のキエフ公国に領土を奪われ、十世紀末に姿を消したが、スラブ系やトルコ系が混ざった東欧系ユダヤ教徒の源流となっている。その影響からか「ジェノバ人はイタリアのユダヤ人」という冗談もあるほどだ。

勿論耕地が少なく商業・海運業が盛んなジェノバの人々の勤勉さを讃えたものなのだが。

カッファは、ロシア森林地帯の毛皮や北ヨーロッパの木材、南ロシア草原の奴隷を扱う南北交易の中心地として繁栄するが、その繁栄に目を付けたモンゴルのキプチャク・ハン国に占領されてしまう。

その時モンゴル包囲軍が、シナ（雲南）の風土病で死んだ兵士の遺骸を、投石器でカッファの砦に投げ込んだ。これに伝染したジェノバ人が地中海を渡り、一三四七年以降イタリアからヨーロッパ全土に広まったのがペストである。胡椒はこの時薬として需要が高まる。

カッファを失い、奴隷取引から手を引いたジェノバは、次の戦略商品を甘い香辛料、すなわち砂糖事業に置く。もともと砂糖はインド原産だが、その後ムーア商人によって瞬く間にムーア人の社会に広がった。彼らは「砂糖はコーランに従う」という。

禁酒の戒律を守るムーア人にとって、甘い砂糖は大事な嗜好品である。しかし一定の気温と降雨量が必要なサトウキビ栽培は、エジプトやシチリア島など限られた地域にとどまった。それより北方は寒冷で、南方は雨が少なかったからである。

そこでポルトガル人は、大西洋上に新たに獲得したマデイラ島やアゾレス諸島、赤道近くのサン・トメ島へとサトウキビ栽培を広げていった。

新規砂糖事業には、正規の仕事に就けないユダヤ教徒が続々と参入した。砂糖事業は、集中的な労働力の投与、圧搾・精製設備の投資、販売網の整備など、莫大な資金の投入・回収・再投資という一連の流れが必要となる。＊（砂糖事業は後の資本主義の源流となる）。

ジェノバの銀行には十分な資金があったが、行き場を失っていた。そこでジェノバは、スペイン・ポルトガル両王国の融資と砂糖事業で生き残りを賭けようとする。両王国の海外進出は、カトリックの布教活動と交易が一体となっており、それは王室財産に基づいて行われる。

しかし長年のレコンキスタにより国庫は空っぽであった。そこで両王国は、ジェノバ人の融資で海外進出の費用を賄い、ジェノバ人は新領土に砂糖事業を投資していくという共存関係が成立していく。

それまで「魚のいない海、木の無い山、真心の無い男、恥の無い女」と嘲笑されていた小さな都市国家が、ヨーロッパ金融の中心となり、ジェノバの時代と呼ばれるほどになったのだ。

新大陸やインドの拠点から流入する金・銀・香辛料・砂糖・奴隷は、両王国の植民地への艦隊派遣や要塞の防衛費、異端審問や宗教戦争の費用として使われ、ほとんど再投資されず資本は蓄積しなかった。海外交易の利益を享受して資本を蓄積したのは、フランドルやフランス、イングランドの商人とジェノバの銀行家・商人である。

やがて資金は余り、長期金利一パーセント台という超低金利をもたらす。その為、ジェノバの銀行家や商人らは低い金利で集めた資金を、高い金利で両王国に再融資するという安易な仕組みに依存していった。

サンタンヘルは、ジェノバの融資を王室に繋げる目的でアラゴン王国の財務大臣に就いていたが、ジェノバ側にはもう一つ狙いがあった。黄金の獲得である。

ジェノバの銀行は、カッファの交易で得た豊富な資金・信用を背景に金貨を鋳造し、莫大な鋳造益を手にしていた。しかし金貨の需要が高まっても、地金の不足で金貨鋳造は追いつかない。そこで黄金の島ジパングを目指すコロンブスを支援する必要があった。またアジア新航路発見により、オスマン朝トルコが高関税を課す高値の香辛料を直接手に入れることができる。

ジェノバの銀行家や商人にとって、両王国への融資は砂糖事業の土地・労働力（黒人奴隷）・金・香辛料を得るための切り札であったのだ。融資者はジェノバ人だけではなく、富裕な宮廷ユダヤ人コンベルソも含まれている。彼らは異端審問でいつ迫害を受けるかも知れない。コンベルソにとって、迫害のない自由に活動できる新天地が必要であった。

これでサンタンヘルが、身銭を切ってまでもコロンブスの航海を支援した理由が分かるであろう。

コロンブスが出航したのは八月三日、ユダヤ教徒追放令の猶予期限は八月二日。つまり多くのユダヤ教徒やコンベルソが、コロンブスの艦隊に乗って異端審問のない新天地を目指したことになる。

コロンブスは、ジェノバ商人として大西洋上のマデイラ島に何度か砂糖を買い付けに行っており、その縁で同島の総督の娘と結婚している。その総督とはバルトロメイ・ペレストレリョ。エンリケ航海王に仕え、マデイラの領主となった人物である。彼は、義父の力でサグレスやキリスト騎士団の豊富な資料を活用することができたのだ。

コロンブスはサンタ・マリア号、ニーニャ号、ピンタ号の三隻の船と百二十人の乗組員からなる艦隊を率いて航海を進めたが、なかなか目指すジパングに着かない。乗組員の暴動を鎮める為に、あと三日待って陸が見えなければ引き返すと約束し、遂に十月十二日に島を発見した。その島をサン・サルバドル島（聖なる救世主）と名付けて神の恩寵に感謝している。

コロンブスが愛読していた「東方見聞録」には、カタイ（シナ）の東に黄金の島ジパングを最大の島とし、七千以上の島々からなるシナ海があるとしている。その後カリブ海を探索したコロンブスは、キューバをシナの一部と考え、イスパニョーラ島（ハイチ島）をジパングと思い込んでしまう。

コロンブスの偉業は、北緯二十度から四十度の限られた海域であるが、北大西洋の風の体系を明らかにしたことである。これ以降、秋から冬にかけて吹く北東の季節風を利用してカリブ海に入り、夏の南西季節風とメキシコ湾流に乗って北上し、偏西風に乗って戻るという北大西洋の往復航路が定着していった。ただコロンブスの犯した罪は重い。

コロンブス一行を友好的に迎えた原住民アラワク族は鉄器を知らず、所有という概念もなく宗教も持たなかった。そんな彼らを見てコロンブスはこう書き記している。

「彼らは均整がとれた体つきなので、素晴らしい奴隷になるであろう。所有概念を持たないので、まずは金や宝石類を供出させることとする。宗教の概念も無いので、容易にキリスト教徒にすることができるであろう」

コロンブスは原住民に一定量の金や宝石の供出を命じ、足りない場合は男女を問わず手首を切り落としたという。そして略奪し犯し、殺戮した。エデンの園にいる無垢な人々を……。

④　ガマの聖戦

コロンブスの航海が成功したことで、西廻りのスペインと東廻りのポルトガルの間で、新たに発見された土地の領有を巡り争いが生じた。

もともと教皇は、カナリア諸島以南で新たに発見された土地は、ポルトガルが領有すると定めていた。しかしスペインは、同国出身の教皇アレクサンドル6世を利用して、スペインに有利な教皇境界線を引く。これに怒ったジョアン2世は、スペインと直接交渉して、一四九四年に新たな教皇境界線を定めるトルデシリャス条約を締結した。

これはカーボ・ヴェルデ諸島から西方に三百七十レグア（約千七百七十キロメートル）進んだ子午線を境界線（西経四十六度三十七分）として、それより東側はポルトガルに、西側はスペインに領有・優先権を認めるものである。教皇やカトリックの両国王が勝手に地球を分割したというわけだ。

ただ緯度は正確に計測されたが、経度は計測方法が確立していない。とすれば地球の裏側は早いもの勝ち。それぞれ西へ東へと急いで新領土を獲得するしかない。

マヌエル1世は東方遠征を急ぎ、熟練した航海技術と巧みな外交手腕を見込み、若干三十八歳のヴァスコ・ダ・ガマをインド遠征隊最高司令官に選んだ。使命はインド航路発見と、香辛料の確保、プレスター・ジョンの探索である。

一四九七年七月、四隻の船と百七十人の乗組員を率いて出発したガマの遠征は、南大西洋とインド洋の季節風と海流を知る航海でもある。ガマの艦隊は、サハラ砂漠が最も西に張り出した沖合カーボ・ヴェルデ諸島で食糧・飲料水の補給を行った後、赤道を越えたところで北東の季節風を受け、ブラジル海流に乗って南下していった。

一五〇〇年にカブラルの艦隊が喜望峰へ向かう途中、ブラジルに漂着したのも、そうした季節風とブラジル海流に乗った結果である。その後、南緯四十度付近で西の風（偏西風）に乗って東へ向かい、十一月に喜望峰を迂回し、いよいよ未知の海域に踏み出す。ここからいよいよ「ウズ・ルジアダス」が始まるのだ。

第一の詩：アフリカ大陸の東海岸を北上するガマの一行。

オリュンポスの神々が集まる中、ヴィーナスとバッカスが議論をしている。

かつてインドを征服した覇者と謳われるバッカスは、ポルトガル人がインドに到達すれば、その名声は忘却の彼方に葬られるのではないかと恐れ、ガマの航海を邪魔しようとしている。一方ヴィーナスは、ルシタニアの民に心を寄せている女神である。

三人の運命の女神、運命を割り当てるラケシス、運命の糸を紡ぐクロト（クロス＝布の語源）、運命の糸を断つアトロポスは予言する。あの民の行く地では、この美貌の女神が必ず祀られると。

一方の神は己の名の翳るのを恐れ、一方の神は己の栄誉を願う為、ともに主張を曲げずに議論は果てしなく続いた。最終的にジュピターは、ガマ一行の加護を決定する。ここで私は詠う。

「知略を備えたオデュッセウスや、トロイア人アエネーアースの航海は退くがよい。アレクサンドロスの名誉ある勝利も口を閉ざせ。私がルシタニアの人々の武勇のほどを詠うから。古のムーサが謳う叙事詩も全て消え去れ。いずれにも勝る誉がその姿を現わすから……」


ガマの一行はモザンビーク島に到着する。この地の人々の肌は黒い。太陽神ヘリオスの子パエトンが、天道を回る父の馬車を暴走させ、天空の路を外れた太陽がアフリカの地と人々を焼いたのだ。

パエトンに焼かれた人々はアラビアの言葉で尋ねた。

「あなた方は一体誰でどこから来たのですか？　そしてその目的は？」

「我らはヨーロッパ人、インドの地をめざしている者です」

アラビア語を喋るのでムーア人であろう、その一人が言った。

「我らはこの地の者ではありません。この地の者は掟も文明も持たない輩。しかし我らには確かな掟が有ります。偉大なムハンマドが啓示し、世界を統べる掟です。我らの住むこの島の名はモザンビークと言います」

油断ならぬムーア人は、始めトルコ人と思っていたガマ一行が、敵対するキリスト教徒だと気付く。そこでバッカスは、ガマ一行がインドに辿り着かないよう、ムーア人に悪計を囁いた。

「盗みを生業(なりわい)とし、この辺りの海一帯を荒らし回るキリスト教徒らに鉄槌を下すのはあなた方しかいない。水を求めて上陸する連中を待ち伏せして殲滅し、失敗しても次なる罠を仕掛けるのだ」

ムーア人はガマ一行が上陸するのを待ち伏せするが、相手の計略に気づいたガマは戦闘を開始、火砲で相手を圧倒して飲料水や食料を補給した。そして和議を申し出たムーア人から水先案内人を受け入れ、次なる港モンバサに向かった。ガマ一行を殲滅すべく戦備を整えたモンバサへ。


第二の詩：ヴィーナスとニンフ（森や川などの精）達は、待ち構えるモンバサ王からガマを救うべく船団を風で押し戻す。悪企みを見破られた水先案内人は逃げ出し、ガマもこのあたりの港はムーア人の縄張りで、油断ならぬ地であると気付いた。

ヴィーナスはバッカスの悪巧みに怒り、ジュピターに訴えると、ジュピターは未来に起こる出来事を教えて女神をなだめる。

「愛しい女神よ、心配するには及ばない。保証しよう、あなたが愛するルシタニアの民は、インドの東で華々しい偉業を成すことを。かつて雄弁なオデュッセウスは、アイアイエーの島で囚われの身のまま生涯を終えずに済み、敬虔なアエネーアースは、スキュラとカリュプデイスの恐ろしい海を渡ったが、あなたの民はそれより大きな業に挑み、新しい世界を世に示すことになるのだ。
＊（アイアイエーの島には美しい魔女カリュプソが住んでおり、彼女に愛されたオデュッセウスは、七年あまりこの島の滞在を余儀なくされた。一方トロイア陥落後、アエネーアースは難所とされるメッシナ海峡の怪物スキュラ（暗礁）と、カリュブデイス（渦巻）を退治してイタリアに辿り着き、第二

のトロイア即ちローマ帝国を築いたとされる)。

冷酷なムーア人も、気儘に生きているインドの諸王も、あなたの民に膝を屈するであろう。

強大なホルムズや難攻不落のディーウも、遂にはあなたの民のものとなり、ムーア人から奪取したゴアは黄金のゴアとして不朽の名を得るのだ。

ムーア人は最後の声を振り絞って罵るであろう、霊力のないムハンマドを」

　これだけ言うと、ジュピターは魔法の杖カドケウスを持つ伝令神マーキュリーを赤道近くのマリンディに派遣し、ここをルシタニアの民の安息所とする。そして敵意の潜むモンバサから早く逃げるようにとガマ一行に告げた。マリンディ王はモンバサ王と敵対していた為、ガマ一行を歓待する。


第三、第四の詩：マリンディ王の願いに応えて、ガマは語り始める。

　ポルトガルの位置とポルトガル王国の誕生について。

「我が王国ポルトガルは高貴なヒスパニアにある、ヨーロッパの頭の、いわば頂の位置を占めて。

——そしてここに陸尽き、海が始まる——。
＊(西経九度三十分、ユーラシア大陸最西端ロカ岬の石碑に、第三章のこの部分が刻まれている)
そこはポイポス（太陽神アポローン）が憩う大洋である。

神に愛されたポルトガルは、欲深いムーア人をこの地からアフリカに追い払い、今なお警戒心を解いていない。これこそ我が愛する祖国、運命が微笑む国だ。この国のかつての名はルシタニア。

バッカスの子孫とされるルーススに由来する名である」

＊（ルシタニアはルシタニ族の地という意味で、語源的にルーススと無関係）。

こう言うと、ガマはアフォンソ1世のブルゴーニュ朝の成立から、アヴィス王朝の祖であるジョアン1世までの歴史を語り、こう続けた。

「ジョアン大王は、誇り高きヨーロッパから初めて大海原へ乗り出した。キリストの掟が、ムハンマドの掟にどれほど優れているかを、武力によってアフリカのムーア人達に悟らせる為に」

第五の詩：マリンディまでの航海をガマが語る。

「一四九七年七月、リスボンの愛しいテージョ河や、涼しいシントラの山並みが遠ざかる。

やがて故郷の風景が視界から消え去ると、目に映るのは海と空のみ。

樹木が多いためにマデイラ（木の意味）と呼ばれる島で補給を行い、太陽神が馬車を北へと御して行き着く涯（北回帰線）を通り過ぎ、ヴェルデ岬諸島、エルミナの要塞、ニジェール川河口を越える。

さらに世界を南北に分ける境界（赤道）上のサン・トメ島を越え、カリストの世界（北半球）から遠ざかっていく。

航海を続けるうちに、我らはしばしば聖エルモの火を見る。これは荒天時に、帆柱の上などに青い炎が踊る現象で、船乗りの守護聖人聖エルモ（エラスムス）に由来する。聖エルモは、四世紀に殉教したシチリアの聖人。嵐に遭い遭難しそうになったが、神に熱心に祈ると嵐がおさまり、帆柱の上に青い炎が踊り出したという逸話から、船乗りの守護聖人となった。つまりこの航海は神の加護の許にあるのだ。

やがて喜望峰に近づくと、この辺りに棲む怪物の吠える声が聞こえてくる。怪物の吠える息吹が暴風雨となり、インドへ向かう船・帰還する船がしばしば難破する難所である。我が船団は十一月に無事に喜望峰を迂回して、アフリカ東岸を北上することができた」

……ここからカモンイスの体験談が語られる……

食料や飲料水が不足し始め、やがて奇病がはやっていく。歯茎が腐って歯が抜け、化膿しやすくなり古傷が開き悪臭が漂う。精神も不安定になり、狂暴になってしばしば叛乱が起きるようになるのだ。
＊（ビタミンCが不足すると発生する壊血病である。カモンイスの壊血病の描写は正確で、記録としては最も早期のものである）。

船上の生活は地獄だ。狭い船室は身動きもままならず、嵐に遭遇すると、狭い船室で人々は上へ下へと重なり合って嘔吐する有様。渇き、飢え、吐き気、悪臭にうめき、航海に出たことを呪い、天を呪い、そもそもの原因である自分を呪った。用便は舷側から海上に張り出した底の無い箱で済ませるが、真下は海。荒天時はそれもできず、船内には分身が流れ込む。

何か月も同じ服で髪や髭は伸び放題。真水は貴重で体も洗えず、頭にはシラミがたかった。

但し艦長以下、乗組員の食料の割り当ては平等だ。

主食は一日六百七十五グラムの全粒小麦粉を固く焼いたビスケット（ラテン語の bis coctus ＝二度焼くの意味）。口中の水分が奪われる。塩漬け肉は塩辛く腐敗臭がするが、バカリャウ（塩漬けした干鱈）は腐らず、航海には欠かせない。あとは小量の酢とオリーブオイル。

水は一日一・四リットル。赤道を越える頃には水は悪臭を放ち、鼻をつまんで飲むしかない。

赤ワインは水代わりに一日二リットル配給された。このワインは甘く酒精度が高い。普通のワインは酸化して酸っぱくなるが、船に積まれたワインは旅するワイン（ビーニョ・ダ・ロダ）という。

聞くところによると、ポルトガル北部ドウロ河上流で収穫されるワインは渋いので、その発酵を途中で止め　蒸留酒（ブランデー）を加えると甘く酒精の高いワインができるという。酒精が高い為に長航海でも腐らず、甘く酔っぱらいやすいという優れものだ。

さて寄り道をした。そろそろ「ウズ・ルジアダス」に戻るとする……。

「やがてモザンビークと呼ばれる島に着いたが、この地もムーア人の縄張りである。キリスト教徒と思いこんだのはヒンズー教徒であった。クリシュナ神という言葉が、キリストに聞こえたのだろう。ムーア人はキリスト教徒を憎んでいる。モザンビーク島やモンバサでは、武力で威圧して水や物資を強奪するしかなかった。マリンディの王よ、こうして我らはこの地に着いたのです。

さて王よ、お考え下さい。かつてこの世にこれほどの航海に挑んだ者がいたのかと。古の叙事詩の中で讃えられた英雄であっても、私が見た海の、これから見る海の半分でも見た人がいたでしょうか」

ガマが語り終えると、マリンディの王はルシタニアの民の武勇を讃えた。

……ここでカモンイスは嘆く……

ルシタニアはアレクサンドロス・カエサルに並ぶ人物を生んだ。だが詩文を愛する心は授けられなかった。アレクサンドロスは常にホメーロスを読み、カエサルは文才に秀で、その雄弁はキケロと並ぶ。残念だがルシタニアでは韻や律は尊ばれず、詩文の尊さも知らない。我が国にホメーロスやウェルギリウスがいないのは、このためである。

だがガマは感謝するであろう、私がムーサとなって英雄を讃えることを。

私が詠おうとするのは、オリュンポス神の気紛れに振り回されるホメーロスの英雄ではない。自らの命を懸け、風と潮を読んで航路を切り開いていくルシタニアの人々の覇気ある事績である。

第六、第七の詩：ガマの船団はカリカット沖に到着する。バッカスはガマ一行の上陸を阻止すべく、北風の神ボレアスに助力を求め、激しい風を起こしてガマの船団を押し戻そうとした。

これを見たヴィーナスは、美しいニンフ達に北風の神を誘惑させる。効果はてきめん、風は忽ちのうちに萎え、暴風雨はおさまった。

明るい朝の光が照らしたのは、清らかな川が流れる山と丘である。

マリンディの水先案内人（ヒンズー教徒のインド人）が嬉しげに言った。

「カリカットです。私の思い違いでなければ」

一四九八年五月二十日、ガマの船団は遂にインドの地に着いた。

神々はガマの偉業を祝福したが、ムーサは憤る。ルシタニアの民はキリスト教の為に勇敢に戦っているというのに、ヨーロッパのキリスト教国は一体何をしているのだと。

高慢なドイツ人は、ペテロを継ぐ人（教皇）に反旗を翻し、新しい牧夫（プロテスタント）を生み出している。非道なイングランド人（ヘンリー8世）は、北方で新しい教会（英国国教会）を作り出して剣を抜いている。それから恥ずべきガリア人よ（フランソワ1世）、篤信王の名に背き、同じカトリック国イタリアに対する領土的野心を捨てきれない。

さて何と言うべきか、古の武勇を忘れ、快楽に浸り無為に過ごす者を。

それは互いに争っているイタリア人、おまえらのことだ。ギリシャ人、アルメニア人、ジョージア人がお前らに向かって悲痛な叫びをあげている。野蛮なトルコ人が、神を穢すコーランの掟を受け入れよと迫っているからだ。お前らの放つ大砲は、トルコの城壁に向かうべきであろう。そして奴らを撃退して、カスピ海近くの山々や、寒いスキタイの地に追い詰めねばならないのだ。

カリカットに到着後、駆けつけてきた人々の中にモンサイデなる北アフリカ生まれのムーア人がいた。彼はヒスパニアの言葉を喋る。

「この辺りはマラバルと呼ばれ、崇めているのは古よりこの地で広く信仰されているヒンズー教の偶像です。ヒンズー教の掟は、カースト制度という荒唐無稽なもので、バラモンと呼ばれる聖職者は大きな権威を持つ階層です。人々は生き物を殺さず、肉は口にしないのですが、女性との交わりについては自由です。この地は偉大なザモリンが統治するカリカットといいます」

やがてガマ一行は、モンサイデとともにザモリンの王宮を訪れる。当時インドでは、

「白い肌のはるか彼方の王によって、インドが征服・支配される日が来るであろう」

という予言が広まっていた。ガマ一行を謁見したザモリンは、疑わし気な眼でガマに言った。

「おまえは王も祖国もなく、ただ海を渡り歩いている賊かも知れぬ。おまえの王が偉大で強大ならば、豪華な贈り物を携えてしかるべきだ」

ガマはすぐさま反論する。

「私はあなたの由緒ある国を発見する目的でここへ来た人間に過ぎません。しかし我が祖国へ還ることができたなら、あなたは豪華な品々を手にすることになるでしょう。それを証とします、豊かな祖国が有ることの」

ザモリンは次にヒンズー語でモンサイデに尋ねた。あの者達はどこの国から何の目的で来たのか、どのような習慣や掟を持つのかと。彼は簡単な説明の後、こう答えた。

「もし不足ならば、あの艦隊を御覧になって下さい。軍船や武器、そして全てを撃ち砕く火砲を。そうすればお分かりになる筈。ポルトガルが文と武のいずれにおいても進んだ国であることを」


第八の詩　第九の詩：ガマの使命はインド航路を発見することである。その確かな標（しるし）を持ち帰れば、あとはマヌエル王が艦隊と兵、宣教師を派遣して、この地を法とキリスト教のもとに組み敷くことになる。

その頃、ザモリンお抱えの占い師が占い結果を高官に述べていた。

「この者達はこの国を撃ち砕き、民に永遠の隷属を強いるでしょう」

バッカスも高官の夢に現われ、こう告げる。

「用心せよ。海を旅するあの賊の企む悪計に。さもないと手遅れになるぞ」

そこで高官とムーア商人は、ジェッダのムーア人に援軍を求め、その間ガマ一行を引き留める作戦を練った。ムーア商人の狙いはただ一つ。インドの東がどのあたりまで延びているか、ルシタニアの民に知らせないこと。その為には、ジェッダから来る大船団にこの艦隊を焼き払ってもらい、一人も祖国に帰還させないことである。

高官達は沖に停泊している艦隊を陸近くに来させようとしたが、モンサイデは、同胞の卑劣な企みをガマに明かした。そこでガマは急いで出帆することに決める。

もはや異教の王と友好的な交易関係を樹立するという願いは消え、インド航路は既に発見したので、この知らせを携えて祖国に戻ろうとしたのである。

同年八月にガマはカリカットを出港する。モンサイデのおかげで南のコーチンで胡椒・シナモンなどの香辛料を買い付けることができたが、水先案内人のいないインド洋横断に、往路の三倍の三十日もかかっている。これを見たヴィーナスは、バッカスが仕組んだ苦難の数々を癒す為、春の女神フローラに命じて愛の島を用意し、美しいニンフを島に集めた。

ガマ一行はかくして長い月日にわたる労苦への褒賞を得るのである。

この愛の島とは、人の生を崇高なものにする栄誉の比喩である。オリュンポスの神々とは、勇気と才智の故に人間でありながら人間を超える存在となった英雄である。そうした神や英雄という名を授けるのは詩人や歴史家であり、彼らから名声という不滅の栄誉が与えられるのだ。

ガマ一行は一四九九年九月にリスボンに帰港する。約百七十人いた乗組員の内、生還できたのは約六十人という過酷な航海であった。持ち帰った香辛料の量はさほど多くはなかったが、遠征費用の六十倍もの利益をもたらし、マヌエル王はこの莫大な利益でジェロニモス修道院の着工を決める。さらにインドとの香辛料交易を国営にして莫大な利益を得た。幸運王と称されるゆえんだ。

ガマの航海により、南大西洋とインド洋の季節風の体系が明らかになり、ヨーロッパとアジアが繋がった。インド航路は、大西洋の冬のモンスーンを利用してブラジルに至り、沿岸をラプラタ河口まで南下、そこで偏西風を受けて喜望峰を越える。北上してモザンビーク島で越冬、やがて夏に吹き始める南西季節風に乗ってインドに至るというものである。

ガマは二度目の遠征でカリカットを攻撃し、コーチンに要塞を築いた。しかしガマはこの遠征において、マムルーク朝のスルタンが所有するメリという船を攻撃し、子供と婦人を含む三百人を死に追いやった。これも聖戦なのか？

私はペンを置く、誇ることのできないことについて……。

⑤　インドの東へ

第十の詩：ムーア人と組んで香辛料交易を独占しているヴェネチア商人は、香辛料がリスボンからアントワープに運ばれていることに気づき、マムルーク朝のスルタンにポルトガルのインド進出阻止を焚きつけた。スルタンはローマ教皇に圧力をかけ「ポルトガルを、紅海・アラビア海・インド洋から排除すべきである。しない場合はエルサレムを破壊する」と警告した。しかしマヌエル王はこれを無視して、一五〇五年にアルメイダの艦隊を、一五〇六年にアルブケルケの艦隊を派遣する。

初代インド副王兼インド総督は、フランシスコ・デ・アルメイダ。マヌエル王はインド副王に対し、外交・戦争・司法の全権を委ねた。アルメイダはインド洋の覇権を打ち立てるべく、キルワ・ソファラに要塞を築いて抵抗を続けるモンバサを焼き払った。

紅海交易を死守したいマムルーク朝は、エジプト・グジャラート・カリカットの連合艦隊でポルトガル艦隊に対抗しようとする。一五〇八年のチャウル沖海戦で、連合艦隊はポルトガル艦隊を不意打ちで破り、アルメイダの息子ロレンソを戦死させた。復讐に燃える父は誓った。敵艦を敵の血で膝に達するまで満たしてやると。

一五〇九年のディーウ沖海戦で、アルメイダはグジャラート・マムルーク連合艦隊を破り、遂に息子の仇を取った。連合艦隊の船はダウ船やガレー船が主体で、大砲を側舷に据え付けられず、弓矢や銃が武器の中核であった。一方ポルトガル艦隊は、大砲を何門も積んだカラヴェル船が主体で、遠くから連合艦隊を砲撃し、近づいてくるダウ船やガレー船の上から火縄銃や手榴弾で撃破していった。

第二代インド総督は、ポルトガルの軍神と呼ばれたアルブケルケ。

アジアの富の全てをポルトガル国王に捧げると誓い、東方交易を押さえるには、東に一つマラッカ、西に二つアデン・ホルムズ、中央に一つゴアで十分であるとした。

一五〇七年に紅海の入り口にあるソコトラ島を占領、一五〇八年にホルムズを攻略し、ホルムズ島の岩塩やバーレーンの真珠を手に入れる。ホルムズはアラブ馬の集積地で、その良馬はゴアに運ばれていた。一五一〇年、ムーア人が支配するビジャープル王国の交易港ゴアを襲撃し占領した。

しかしここでムーサは陰鬱な顔をして詠うのを止める。

ムーサよ、なぜ詠わない。あの憎むべきムーア人を征伐したというのに。

戦闘は無惨な殺戮である。ある者はムハンマドの名を呼び、ある者は聖ヤコブの名を叫びながら死んでいく。流れる血は無残な池をつくり、瀕死の者は止めを刺されずとも、その池で溺れ死ぬ。

しかしあってはならない、罪のない住民を殺戮するのは……。
＊（ゴア攻略で、六千人以上のイスラム教徒が殺戮されている）。
一五一一年にマラッカを占領。名高く豊かなマラッカよ、おまえの毒矢も、錫でできた短剣も、恋多きマレー人も勇敢なジャワ人も、全ておまえはこの勇者に屈服することになるのだ。

こうしてインド洋の覇権を確立すると、その後も後任の総督は、紅海東岸遠征、シバの女王の国エチオピア遠征、モルッカ諸島（バンダ諸島、テルテナ島）探索を行い、その後次々と支配地を広めていく。ただルシタニアの民は海岸都市に留まり、内陸部にいくことはなかった。
＊（ポルトガルは領域支配より海洋覇権を目指し、強力な海軍で主要な交易港をおさえることにより、広範囲な交易ネットワークを構築したので、海洋帝国と呼ばれる）

だがムーサよ、眼を背けないでくれ、我がルシタニアの民は欲深く、その道義退廃は目に余るなど
と。そしてカトリック布教という名目で異教徒を殺戮し、植民地を拡大していったのだと……。
特にジョアン3世が王位に就いてからだ。
敬虔王と呼ばれたジョアン3世は、ポルトガル全盛期に王位を継ぎ、ブラジルや東インドの経営に
心を砕いた。植民地にカトリック宣教師を派遣することは、ローマ法王が定めた地球分割に伴う国王
の義務である。それは植民地のキリスト教徒に施す秘跡や異教徒の改宗のためだけでなく、俗界の統
治にも必要であった。
ジョアン3世が、東方の地に赴く勇敢な宣教師を探している時である。イエズス会という新興の修
道会が現われたのは。
イグナティウス・デ・ロヨラが初代総長となったイエズス会は、パリ大学の同志六人が中心となっ
て一五三四年に創設された。清貧・貞潔・服従の三つを遵守し、教皇に忠誠を誓う軍隊的な修道会で
ある。それゆえに神の軍隊・教皇の精鋭部隊と呼ばれている。
狂信的・情熱的ゆえ異端視される時もあったが、異端審問所を設置するほど敬虔なジョアン3世は、
教皇や王の命令ならば世界の果てまで赴くというイエズス会に肩入れした。特にフランシスコ・ザビ
エルと謁見して、その高潔な姿勢に感銘し、思いを強めたという。
高位聖職者はあまり海外に行こうとしないが、ザビエルは違う。従僕を付けようとする国王の申し
出を断り、身の回りのことはすべて自分で行い、祈りを欠かさず清貧に徹した。インド行きの船には、
特別室ではなく衛生状態の悪い一般客室に入り、病人の看護までしたという。

高位聖職者が貴族並みに扱われる時代、ザビエルの生き方は国王をいたく感激させ、やがてイエズス会はポルトガル国王の保護のもと、インドの東へと布教に赴くことになる。

しかし私には二つの不安がある。清貧・貞潔な教団も思い上がると、政治に口を出す恐れがあるということ、特に陰謀好きなイエズス会は。

もう一つの不安は、ジョアン3世の子供が次々と亡くなり、王亡き後に残ったのは弟のエンリケ枢機卿と孫のセバスチャンであるということ。

セバスチャン1世の伯父はスペイン王のフェリペ2世。エンリケ枢機卿が摂政となりセバスチャン王を支えているが、枢機卿も先が短い。しかもセバスチャン王は騎士道物語に夢中で、結婚に全く興味が無い。セバスチャンに何かあれば、スペインが王位を狙ってくるのは間違いない。

いや、いらぬ心配をするのはよそう。今はルシタニア讃歌を詠い続けるのだ。

我がルシタニアがいずれ支配するインドの東を知るがよい。

二つの大河に挟まれたインドの地はまことに広大で、あまたの国がある。

憎むべきムーアの国や、悪魔から掟の書を得たヒンズー教の国々。それはヴィジャヤナガル王国、またの名をナルシンガの名を持つ国。さらに北に向かってオリッサ王国、ベンガル王国と連なり、ベンガル湾でもっとも栄えたチッタゴンに至る。その先はミャンマー南部のダヴォイの街、そして縦にも横にも大きく広がるシャム王国に至る。

マレー半島にはペナン、マラッカ、先端にはシンガポールがあり、船が行き交うマラッカ海峡はここで狭くなる。シンガポールを東に迂回すると、シャム王国に属するパハンとパッターニがあり、チェンマイからチャオプラヤ川が流れている。

カンボジアを流れているのは、母なる川メコン川。私の乗った船はこの河口で遭難した。不当な命令によりマカオからゴアに送還される時に。私の愛する人が消えたのは嵐の吹き荒れる浅瀬だ。

しかし偉大なるウズ・ルジアダスは、大きな危険を切り抜けた。名声に恵まれる筈の竪琴（原稿）と、それを奏でる人（自身）とともに。

そして沈香の森があるコーチシナ、チャンパ。そしてトンキン湾、海南島。

この辺りから始まるのは、莫大な富と広大な領土で名高いシナ帝国。その占める地は、北回帰線から北極圏に至っている。

御覧なさい、シナ帝国ともう一つの帝国（モンゴル帝国）を。この二つの帝国の間には、想像を絶する城壁（万里の長城）が聳え立つ。この国の富裕にして誇り高い王は、父から子へと王位が移るのでもなく、武と文と徳において名を得た人が選ばれるという。

他にもあなたから隠れている地、その産物によりいずれ有名になる島々がある。

シナの沖合、はるか東方にある半ば姿の隠れている島。

そこは白銀を豊かに生み、やがて神の掟が明るく照らす日本だ。

＊（ザビエルが一五四九年に日本布教を始めたことを踏まえたもの）。

モルッカ諸島のテルテナやテイードレ島の丁子の樹は、我がルシタニアの民が血で贖うことになる。バンダの島々にはナツメグの赤い実が実り、ボルネオでは楠の樹液（樟脳）の涙が流れ、スマトラ島には油の流れ出る泉（石油）がある。そして私には見える。アロエで有名なソコトラ島や、サン・ロウレンソ島（マダガスカル島）、やがてあなたがたに服するアフリカの沿岸が。

＊（当時のヨーロッパ人は、イスラム世界にブロックされた東方の未知の地をインドと総称し、西廻りで到達した新天地を西インド、東廻りで到達した新天地を東インドと呼んだ。
ポルトガル領インド（東インド）とは、総督府を置いたインド亜大陸のゴアを中核に、喜望峰以東のアフリカ東岸、アラビア半島、マラッカやモルッカ諸島など東南アジア、中国、日本など東アジアを範囲とする。ただ東アジアでは劣勢で、やっと確保した小さな拠点がマカオである。

本作でいうインドの東とは、文字通りインド亜大陸から東方の東南アジア、東アジアを指す）

⑥ マガリャンイス（マゼラン）の世界周航

ところでガマとは別に、もう一人のルシタニア人が偉業を成している。

その名はマガリャンイス（マゼラン）。誰も成しえなかった世界一周という偉業を果たした男だ。

赤色染料の蘇芳（すおう）（pau Brasil）で有名なルシタニアの民が治めるブラジル。この東海岸沿いに南下して、遙かなる地を目指していくのがマゼランの艦隊である。

マゼランは夢想家でも野心家でもなく、新しい航路を発見して王室に貢献しようとする実直で勇敢な船乗りであった。しかしルシタニアの勇者の僅かな望みを、マヌエル王は顧みなかった。

マゼランは、私と同じポルトガルの下級貴族の出である。アルメイダ艦隊に弟や従兄弟セラーンとともに参加し、ディーウ沖海戦で奮闘して勝利に大きく貢献している。

その頃、貴重な香辛料クローブ・ナツメグの産地はモルッカ諸島であることが分かった。スペインも狙っているという情報が入り、モルッカ諸島への中継拠点マラッカを急ぎ押さえねばならない。

一五〇九年、マゼランはペレイラ率いるマラッカ攻略艦隊に加わったが、マラッカ王の策略により危うく全滅するところであった。危険を察知したマゼランは、ペレイラに退却を伝え、水際で奮戦してセラーンを助けた。この功により見習士官から船長に昇格する。下級貴族とは言え、見習士官から船長に昇格するのは稀で、類まれな航海士であったのであろう。

一五一一年のマラッカ攻略戦でも戦功を挙げ、その功でより大きなカラヴェル船の船長に昇格する。

一五一三年のモルッカ諸島遠征隊にマゼランは従軍しなかったが、従軍したセラーンが途中で遭難し、テルテナ島に漂着した。セラーンはテルテナ王の信頼を得て、軍事顧問として平和な生活を送ることになる。セラーンはマゼランに手紙を書き、モルッカ諸島は噂通り豊富な香辛料を産すること、テルテナ王はポルトガルに好意的であることを書き綴っている。

＊（その後セラーンは、敵対するテイードレ王によって毒殺される）。

マゼランは一五一三年にポルトガルに帰国。その後モロッコ遠征軍の輜重隊将校となるが、軍の物資横流しの冤罪で解任され、マヌエル王に無罪を訴えるも聞き入れてもらえない。

リスボンに戻ったマゼランは、インドでの功績をもとに東インド艦隊の指揮官を願い出たが、マヌエル王はこれも拒んだ。やがて愛想を尽かしたマゼランはポルトガルの宮廷を去り、スペインの市民権を取ったのだ。

新大陸は香辛料を産しない。金・銀鉱山も未だ開発されておらず、経済的価値は低い状態であった。そこでスペイン王（神聖ローマ皇帝カール5世）は、新大陸の南端を西に迂回して、モルッカ諸島への航路を発見しようとしていた。マゼランはセラーンの手紙により、モルッカ諸島の詳細を知らされており、この地は教皇境界線のスペイン側にあり、西廻りで到達できると主張、スペイン王の支援を受けることに成功する。

必要な資金の四分の三は、フッガー家がスペイン王に融資した。フッガー家はポルトガル王室に取り入ろうとしたが、ジェノバ商人が既に利権を確立して入り込む余地が無く、スペイン王室の西廻りに賭けたのである。

一五一九年九月、マゼランは五隻二百三十七人の乗組員を率いて出港。翌年三月にアルゼンチンのサンフリアン港に入港し、吠える四十度以南の凄まじい偏西風が吹きすさぶ荒地で越冬する。

その間、スペイン人船長の叛乱があったが、八月に南下を開始し、十月に大陸南端とフエゴ島の間にある海峡（マゼラン海峡）を発見した。そこは冷たい烈風が吹き荒れ、断崖が続く海流の速い約五百六十キロメートルの水路である。ここを約一か月かけて通過し、十一月二十八日、遂に太平洋に出ることに成功した。

その後マゼランは、フンボルト海流と赤道に向かう季節風に乗って北上、三か月と二十日間嵐に遭遇しなかったので、この海域をマール・パシフィコ（平穏な海＝太平洋）と名付けている。

マゼラン一行は赤道を通過してセブ島に着くと、セブ王と親交を深め、食料補給後もモルッカ諸島に向かわずセブ島に留まった。そして周辺の酋長にセブ王への服属を求め、島民のキリスト教改宗を強引に進めるなど、複雑な現地の政治情勢に首を突っ込んでしまう。

やがてマゼランは、反抗するムーア勢力の村々を焼き払うという蛮行を繰り広げた為、マクタン島ラプ・ラプ酋長軍の逆襲に遭い、一五二一年四月二十七日に毒矢で戦死してしまった。

その後マラッカ人通訳エンリケの裏切りにより、艦隊幹部の多くがセブ王の会食に招かれた際に殺害されるという悲劇が起こる。二隻に減った船団は、バスク人エルカノを新たな指揮官として航海を続行。ビクトリア号だけが一五二二年九月に母国に帰港できたが、生存者は僅か十八名であった。

＊（その内の一人記録係のピガフェッタは、途中のカーボ・ヴェルデ諸島で日付（曜日）がずれていることに気づく）。

スペイン人船長や船員達は厳格なポルトガル人司令官に反発し、しばしば叛乱を起こした。

マゼランがラプ・ラプ軍と戦闘中も敢えて援軍を出そうとせず、彼の遺体は島に放置されている。

帰還したエルカノや船員達も、世界周航を果たしたのは途中で戦死したマゼランではなく自分らだと主張した。その為、世界周航の功労者にも拘わらず、マゼランや遺族は国王から何の栄誉・褒賞も与えられなかった。

確かにマゼラン、いやマガリャンイスの評価は難しい。

スペイン人はポルトガル人の司令官を嫌い、ポルトガル人は彼を裏切り者と見なした。またマゼランは、ある島々を島民が盗みを働く泥棒諸島（グアム島などマリアナ諸島）と名付けたが、島民が泥棒ならば、食料を強奪し島民を殺害したマゼラン一行は強盗殺人団であろう。

ところでエルカノが西廻りを選んだのは、東廻りに必要な季節風が見つからなかったからである。しかし西廻りだと補給拠点はポルトガル勢力圏内で危険である。結局東廻りの帰還航路を見いだせず、スペイン王はモルッカ諸島領有を断念した。

この代わりとしてポルトガル王にスペインのフィリピン先取権を認めさせたのが、一五二九年のサラゴサ条約である。これにより両国は、アジアにおける領有境界線をモルッカ諸島の東297・5レグアに引き、新たなデマルカシオンを定めた。

＊（日本に関しては、トルデシリャス条約の子午線をそのまま延長すると、東経百三十二度六十三分となり岡山付近を通る。サラゴサ条約の百四十四度三十分であれば、網走・釧路付近の道東を通る）。

⑦ ゴアとマカオ

夕暮れ時、アラビア海に突き出たパウラ岬に立てば、大海原の水平線に燃えるような太陽が沈んでいく。やがてすべての風景が朱色に染まり、次第に赤紫と変わりながら、青い海・白い砂、緑の椰子の葉も深い藍色に溶けていく。

ゴアは活気がある美しい街だ。黄金のゴアと呼ばれるのだから。しかし野望と欲望が渦巻くソドムのような街でもある。東方布教の拠点として、一五三四年に大司教座が設置された。イエズス会が布教に努めており、まもなく異端審問所が開設されると聞いて、マラーノどもは慌ててゴアから逃れようとしている。その代わりマラッカやマカオは奴らの巣窟だ。

ゴアでは不思議な食べ物を味わった。様々な香辛料を入れて野菜と鶏肉を煮込むカリルと呼ぶ料理である（カリとはタミール語でソースの意）。香辛料はインドやモルッカ諸島が産地だが、カリルに入れるピリピリ（スワヒリ語で赤トウガラシ）は、コロンブスが新大陸から持ち帰ったもの。ポルトガルでは辛くて広まらず、その後アフリカ・インドに伝わり、やがてこれらの暑い土地で定着した。

インド洋の航海は、陸が海よりも早く温まり、冷めやすいという単純な地象に頼っている。九月になると陸上の空気は冷えて沈み、逆にインド洋の空気は熱を保ち、暖かい空気は上昇する。その後に冷たい陸の空気がインド洋に流れ込む。冬にインドを出港する帆船は、この北東風を受けて、確実に南西のアラビア半島や東アフリカに運ばれるのである。

逆に夏が近づくと、インドの大地はたちまち焼けつくような暑さとなり、より低温で高湿なインド洋の大気を吸い込む。こうして五月に南西の風が吹き始めるのだ。六月にはこの湿度の高い空気の塊が嵐となり、インド南部の西ガーツ山脈、次にヒマラヤ山脈に叩きつけられて激しい雨となり、乾いた大地に恵みを与える。

この季節の風は、アラビア語でマウスィム（季節の意）、モンスーンと呼ばれる。ただ晩夏の南西モンスーンは、魔神アシュラが荒れ狂う修羅場となり、インド南西部の港は暴風雨で閉鎖となる。

ゴアでは、ポルトガル守備隊の傭兵隊長からおもしろい話を聞いた。

若い頃、クズルパシュの騎兵としてトルコ軍と戦ったというのだ。クズルパシュとは、サファヴィー朝ペルシャを支えるトルコ系遊牧民で、トルコ語で赤い頭という意味らしい。赤い心棒にイマーム（シーア派指導者）の数十二の襞を巻き付けたターバンを被り、無敵の騎兵として有名であった。イスマーイール1世が建国したサファヴィー朝は、ムーア人の中でもより狂信的な十二イマーム派である。一五一〇年、イスマーイール1世は、ウズベク王シャイバニー・ハンをクズルパシュ騎兵で撃破する。その勝利の祝宴で、シャイバニー王の頭蓋骨に金箔を塗って髑髏杯にしたという。

ところが無敵のクズルパシュ騎兵が、チャルディラーンの戦い（一五三四年）で、新興のオスマン朝トルコ軍の大砲や鉄砲の前に惨敗したという。もはや騎兵の時代は終わり、大砲と鉄炮の時代に移ったということだ。

マムルーク朝エジプトも、一五一七年にオスマン朝トルコに滅ぼされた。マムルークは騎射が得意なトルコ系遊牧民で、あの無敵のモンゴル軍をアインジャールートの戦い（一二六〇年）で破った強者である。中世騎士の伝統を色濃く残すトルコ系軍事政権が、同じトルコ系ながら多民族王朝の新兵器に次々と倒されるという象徴的な出来事だ。

オスマン朝はアナトリア高原を発祥とするトルコ系遊牧民の国で、地中海ではヴェネチアやジェノバ、スペインの海軍と死闘を繰り返している。確か一五三八年には、スレイマン大帝が七十隻の艦隊を派遣して、ポルトガルの要塞ディーウを包囲させたことがあった。ディーウは危うく陥落するところであったが、救われたのは偶然に過ぎない。

マカオはシナ語で媽閣（マーコウ）と呼ぶ。一五五七年、ソウザ司令官率いるポルトガル艦隊は対ワコー掃討戦に協力し、その褒美として広州の官憲から居住を黙認された。シナ最初の居留地だ。

マカオと言えば、トメ・ピレスの話もしなければなるまい。彼もまた一攫千金を狙いアジアに渡った商人である。

ピレスはシナの王朝と国交を結ぶ為、大使として一五一七年に広州外港の屯門墺（タマン）に上陸した。というのも一五一三年に広州の官僚が限定的に交易を認め、将来的な交易拡大が期待されたからである。

ピレスは運よく首府北京に入ることができたが、マラッカ人から、ポルトガルの悪辣な支配に対する否定的な情報がもたらされてしまった。間が悪いことにピレス一行に好意的な皇帝が死去し、後ろ盾を失ったピレス一行は北京から追放され、とうとう広州で投獄される。さらにポルトガル人がタマンに勝手に要塞を築き、奴隷売買や略奪するなど狼藉を働いた為、一五二二年にはシナから追い払われてしまった。ピレスは置き去りになり、その後の消息は不明という。ひどい話である。

ピレスはその著書「東方諸国記」でインドの東について様々な情報を残してくれている。彼にとって、アジア進出はアジア征服以外なにものでもなかった。従って「東方諸国記」は、ポルトガルがこれから征服する諸国の実情を記したもので、一方で港湾都市の状況を記した交易手引書でもある。彼は、港の無い王国というのは扉の無い家と同じであると言い、港湾都市の重要性を述べている。

ピレスや他のポルトガル人は「シナ人は惰弱で征服しやすい。インド総督なら、十隻の船でシナの港湾都市全てを征服できるであろう」と言っているが、本当にそうであろうか。シナは広大で強大である。ただ人々のまとまりはあまり良くない。

我々はワコー撃退の功により、マカオ居留を黙認されているが、居留し続けるにはワコーの残党どもと戦い、広州の官憲の好意を得なければならない。昨日の海戦のように。

香辛料交易は、分散したムーア商人らが独自の交易路で対抗しだしたので、ポルトガル本国に昔ほどの富は蓄積されなくなった。

今や東インドのポルトガル人は、リスボンを経ずにアジア・アフリカの植民地間で交易を行うようになった。その方が喜望峰回りの危険な航路をたどるより、儲かるからである。

アラブ馬や乳香をインドへ、インドの宝石や綿織物を東アフリカや東南アジアへ、東南アジアの錫・硝石・蘇木をシナへ、シナの生糸と絹織物を東南アジアへと、いわゆる仲介交易である。

もはや本国とのつながりは薄れ、ほとんど統制が効かない。東インドには、故国では将来のない男達、前科者、文無しの次男・三男らがやって来る。彼らは一山あてようとし、財産を築く為には手段を選ばない。もはやムーア人撃退という使命も忘れている。

神に愛されたルシタニアは、冨への執着で矜持を失ってしまったようだ。振り返れば、我が祖国はアジアの平和な交易世界に、カラヴェル船と大砲の威力で強引に参入しただけではないのだろうか？

⑧ 見果てぬ地

ポルトガルの人々よ、ルシタニアの栄光を語るのはここまでだ。

もういいムーサよ、もう詠わずともよいのだ。我が竪琴は音を失い、声もしわがれた。長々と詠ってきたからではない。詩文を讃えない耳萎えの人々に詠っているのが分かったからだ。人々は冨への執着で詩才を讃える感性も失っている。

陛下よ、御心にお留め頂きたい。無名詩人の私には戦い慣れた腕があり、陛下を詠いあげる才能もあります。だが私には無いのです。陛下から暖かく迎えられる幸せだけが。

アキレウスにはその武勇を讃えたホメーロスがいたが、アレクサンドロスにはそうした詩人がいなかった。その為彼は、アキレウスの墓の前でそれを嘆き、アキレウスを羨んだという。

陛下よ、騎士物語の英雄の如く、私がその事績を格調高く詠いあげ、遂にはアキレウスを羨むことのないアレクサンドロスとなられましょう。しかし私はもはや疲れ果てました。そしてペンを置きます。この「ウズ・ルジアダス」がいつか認められる時を祈って……。

汚職疑惑の罰として従軍させられ、ワコーと戦った詩人カモンイス。その境遇は、大詩人にふさわしいものではなかった。戦いの後、またしても罪を得てマカオからゴアに送還される途中、船がメコン川河口付近で難破する。カモンイスは一命をとりとめ「ウズ・ルジアダス」の原稿を離さず守ったが、シナ人の愛人を失った。

ゴアでは疑いが晴れて一度は自由の身になるが、貧困の為に負債を返せなくなり、一五六一年に再度ゴアの獄につながれる。一五六一年にゴアで司祭に叙されたルイス・フロイス神父は、獄中のカモンイスの告解を聴聞し、その際にチャルディラーンの戦いやシャイバニー・ハンの髑髏杯の話を聞いたと推測される。

一五六七年、友人の援助でモザンビークに移り、貧窮に喘ぎながら「ウズ・ルジアダス」の推敲に励んだ。その後今までの負債を清算したカモンイスは、一五七〇年に無一文でリスボンに戻っている。

一五七二年、やっと詩人として認められる栄光の時が来る。

「ウズ・ルジアダス」が公刊されたのである。大航海時代のポルトガルの海外進出と、その栄光をホメーロスに模した雄大な叙事詩は、たちまち人気を博した。

国王セバスチャン1世も「ウズ・ルジアダス」を国家叙事詩と認め、詩人の軍功と叙事詩創作を讃えて、一万五千レアルの年金を三年間下賜することとする。しかしそれだけであった。著作権や印税などが整備されていない時代、叙事詩一つでは身を養うのに十分ではない。「ウズ・ルジアダス」に対する賞賛の声は、やがて交易に没頭する人々の間で次第に薄れていった。

騎士王セバスチャン1世は、情緒不安定で虚栄心の強い王であった。十字軍の英雄になるという妄想に耽り、無謀な計画でモロッコに遠征する。そして一五七八年にムーア人との戦いで大敗を喫し、行方不明となった。

子のない王の後継ぎに、伯父であるスペイン王フェリペ2世が名乗りを上げている。自分の叙事詩を認めてくれた王はもういない。カモンイスの晩年は生活に困窮し、不遇であったという。

……遠い昔から黙して流れる優しいテージョ川。そのほとりに佇む郷愁のリスボンよ、お前は何もくれぬ、しかし何も奪わぬ。そうお前は無なるもの……。

死の直前、友人に宛てた手紙が残っている。

「私がこの世を去れば、皆分かるであろう。祖国を心から愛していた私は祖国で死ぬのではなく、祖国とともに死を迎えることを」

後にセルバンテスが、「ポルトガルの至宝」と呼んで讃えた隻眼の詩人は、ペストに罹り貧民病院の粗末なベッドの上で死んだ。カモンイスがこの世を去った一五八〇年、ポルトガルはスペインに併合され、同君連合という形で隣国の影響下に置かれる。ポルトガルは詩人とともに死を迎えたのだ。

詩人にとってせめてもの喜びは、ジェロニモス修道院にガマとともに棺が安置されたことであろう。カモンイスの命日とされる六月十日は、現在ポルトガルの日という祝日になっている。

大詩人カモンイスは、地球の東半分を渡り歩いた旅人である。

しかし行けずに終わった見果てぬ地がある。それは東の果て、霧の中にたたずむ島。やがて神の掟が明るく照らすであろう銀の島日本である。

第三章　銀の島

① プラタレアス諸島

西暦一五二六年頃、博多商人の神谷寿禎(じゅてい)は出雲沖を航海していた。シナ商人に売る銅を出雲大社近くの鷺銅山で購入する為である。寿禎は海上からはるか南の山が輝くのを見つける。驚いて船頭に尋ねたところ、その辺りは仙ノ山という地で、かつて銀が取れたという。

寿禎はすぐに山師を連れて仙ノ山の探鉱を始め、豊かな鉱脈を見つけた。石見銀山の誕生である。当初、採掘された鉱石は、そのまま沖泊や鞆ケ浦で積まれ、博多で取引されていた。しかしそれでは利が薄い。そこで自ら銀の精錬を始めるべく、朝鮮半島出身の宗丹と慶寿という技術者を博多から招き、天文二年(一五三三年)に灰吹法という精錬方法を導入する。

灰吹法と採鉱法の進歩により、産銀量は飛躍的に増加した。その後この技術は生野銀山、佐渡金銀山、延沢銀山(山形)、阿仁銀山(秋田)に伝えられ、日本は銀の大産出国となった。

灰吹法は、粉成(こなし)、ゆりわけ、素吹き(選別された銀鉱石と鉛・マンガンを加えて溶かす)という工程を経て、浮かび上がる鉄やシリカなどの不純物を除き、貴鉛(銀と鉛の合金)を作る。それを過熱した鉄鍋に敷いた灰に落とし、低融点の鉛を灰に染み込ませ、灰の上に銀を残すという作業を繰り返して純度を上げていくのである。

岩見銀山の特殊性は、採掘効率が非常に良い鉱床にある。鉱床がある仙ノ山の岩質は火山灰と火山礫で構成され、礫の間には隙間がある。その隙間に、マグマに接した熱水が銀を溶かして入り込み、冷えた後に網目状に銀鉱物が固まってできた鉱床である。

その鉱脈は幅数センチメートルの細いものであるが、網目状に立体的に広がっており、比較的軟らかい岩質なので掘りやすい。一方で軟質ながら亀裂が少なく、落盤の危険性は低かった。

採鉱には、露頭掘り・ひ追い掘り・坑道掘りがある。地面に露出している鉱物を採鉱する露頭掘り、ひ（鉱脈）を追って採鉱するひ追い掘り。

これに対し坑道掘りは、鉱脈が走っている方向を予め調査し、その方向に対して直角に水平坑道（横相（よこあい））を掘り、鉱脈にぶつかると鉱脈に沿って掘り進める方法である。坑道掘りには高度な測量技術に加え、落盤を防ぐ為の山留（やまどめ）や坑内の酸欠を防ぐ空気坑、地下水の排水技術などが必要であった。

坑道（間歩（まぶ））での採掘作業は過酷である。高温多湿の狭い坑道をかがみながら掘り進み、光源は螺（ら）灯（とう）（サザエの貝殻にエゴマ油や松脂を詰めた携帯灯）のみという暗い中で採掘を行う。

坑夫は過酷な労働と酸欠により疲弊し、螺灯の煤や粉塵で肺や腎臓を患うなど短命で、三十歳まで生きると祝いの宴が催されたという。その為経験と技術が必要な採掘鉱夫は、高い給金で優遇された。

一方で排水・運搬など単純作業は、浮浪人や犯罪者が低賃金で働かされ、精錬過程でも酸化鉛の粉塵を吸い込み、鉛中毒を発症する者が多かった。松浦党の次郎・四郎兄弟は、素吹き作業で酸化鉛の粉塵を吸い込み、体調を崩したのであろう。やがて石見銀山を去り、海に生きる男となる。

十六世紀初め頃まで、日本は銀の輸入国であった。銀の産出は、朝鮮の端川(タンチョン)銀山や、中国の福建・雲南の銀山で僅かにあったが、徐々にその産出量は減っていった。

一方で明王朝は対モンゴル戦争の兵站を銀で賄うようになり、銀需要は急速に高まっていく。まさにその頃日本で大量の銀が産出され始め、十七世紀半ばまで銀の一大産国として名を馳せるのである。

一五六八年にポルトガル人がゴアで作った「日本図」では、東日本の形が不明瞭で列島がエビ形となっている。ようやく日本という島が世界地図に現われ出した頃なので、北海道は記されていない。この地図の石見辺りにR・AS MINAS DA PRATA 銀鉱山王国と記載がある。

ザビエルも、ポルトガルの神父に宛てた手紙で「カスティーリャ人は、この島々(日本)をプラタレアス(銀)諸島と呼んでいる」と述べた。スペイン王室の地図製作者オルテリウスが、一五七〇年に初版を刊行した世界地図「世界の舞台」の一五九五年改訂版「日本図」では、石見銀山をHIVAMI ARGENTI FORDINA とラテン語で表記している。既に十六世紀後半、石見銀山は世界に名だたる鉱山として知れ渡っていた。

神谷寿禎は、はるか南の山が輝くのを見たとあるが、銀の鉱脈は黒い縞状となっており、月光に反射したという話は現実的ではない。寿禎は中国の銀需要が高まっていると聞き、昔の銀鉱山周辺を探鉱していたのであろう。その際、金属土壌を好むシダの一種ヘビノネコザを目印にしたと思われる。

② 連動する北虜と南倭

明王朝の洪武帝は農本主義を取り、建国当初の租税は米・麦・絹など現物であった。しかし農業生産が伸びると農産品価格が下落した為、一三七五年に世界最大の紙幣大明宝鈔（だいみんほうしょう）を発行し、この不換紙幣を流通させる為、金・銀や銅銭の使用を禁止した。やがて軍費調達の為に大明宝鈔は乱発されてその価値は下がり、結局税は銀納化されていく。その後銅銭の使用も復活したが、永楽帝が鋳造した永楽通宝の信用は低く、もっぱら対日交易に使用されたようである。その為永楽銭は現在の中国ではほとんど見られず、日本に多く残っている。

その頃日本では永楽銭の他に米が貨幣の役割を果たし、朝鮮でも米や布が貨幣として使われていた。十五世紀までの東アジアでは、明確な貨幣制度が定まらず、多種類の貨幣が雑然と使用されていたのである。

この頃、明王朝により中国本土を追い出されたモンゴル勢力は、モンゴル高原に北元を建国して明王朝と対峙していた。やがてモンゴル高原西方のオイラート部が勢力を強め、一四四九年にエセン・ハンが明領に侵攻する。これは明王朝が、オイラート部の朝貢に制限をかけたことが原因である。オイラート部の朝貢の目的は、朝貢に伴う下賜品及び交易品の絹や茶を得ることで、下賜品の量は朝貢使節員に比例して決められた為、エセン・ハンが次第に使節員を膨らませ、明王朝の財政を圧迫したことが背景にある。皇帝英宗は北京から五十万の軍勢とともに親征したが、河北省土木堡で僅か二万のモンゴル騎兵に大敗し、皇帝が捕虜になるという前代未聞の事態となる（土木の変）。

エセン・ハンの目的は交易拡大にあったので、和議により朝貢が復活すると英宗を釈放し、モンゴル高原に戻っていった。その後エセン・ハンは反乱で殺害され、オイラート部は衰退していったが、土木の変以降、明王朝は北方遊牧民の絶えまない侵攻、いわゆる北虜に悩まされることになる。

そこで明王朝は万里の長城を修築して九つの軍管区（九辺鎮）を置き、各辺鎮に数万の騎兵・歩兵を駐屯させた。現在に残る万里の長城は、主にこの時代に修築されたものである。

この九辺鎮を支える兵站は、嵩張る兵糧を前線に運ぶ困難さから、次第に価値が高く運びやすい銀を北方に持っていき、膨大な軍需物資を買い付ける形になる。やがて官僚も俸給を銀で支給するよう求めた為、明王朝は十六世紀の半ば頃から、租税や徭役を銀で代納する仕組みに変えていった。

北方に運ばれた銀は内地に還流せず、絶えず北方に吸い上げられる。これは官僚や特権商人が銀を秘匿した為で、彼らが都市部に戻った際に、贅沢な生活費に充てられた。国産銀が枯渇する一方、税や徭役の銀納化が進み、民衆は希少な銀を苦労して入手し、税として払わなければならない。

こうした銀納による民衆の窮乏が社会問題となった時、日本銀が突如現われたのである。

しかし日本から中国への銀の流れは、明王朝の海禁という堤防で堰き止められた。その堤防を乗り越えて登場したのが後期倭寇である。倭寇集団は、官憲の取り締まりに対抗する為に武装船団を組み、密交易のかたわら江南地方に侵入して略奪を行った。

こうして一五三〇年代以降、明王朝は倭寇集団の絶えまない侵攻、いわゆる南倭に悩まされることになる。倭寇とは日本の海賊を意味するが、それなら東倭になる筈である。

南倭の主体は、文字通り江南・華南の海商達であった。

王直の嘉靖大倭寇に見るように一五五〇年代は、倭寇の活動が最高潮に達した時期であるが、同時に北方でもモンゴル勢力の活動が最高潮に達している。

オイラート部が衰退した後、ダヤン・ハン率いるタタール部がモンゴル高原を支配し、その孫のアルタン・ハンはハーン（皇帝）を名乗り、明朝に朝貢と互市（馬市）を迫った。一五五〇年、これを拒否されたアルタン・ハーンは明領に侵攻し、三昼夜にわたり北京を包囲する。康戊（こうじゅつ）の変である。

北方のモンゴル勢力と南方の倭寇勢力が、この時期活動を激化したのは偶然ではない。それは北虜の圧力が強まるほど、軍事費が増えて銀需要が強くなり、銀需要が高まるほど日本銀を求めて南倭が活動するからである。このように北虜と南倭は、日本銀を媒介に連動していた。

康戊の変と嘉靖大倭寇を教訓とし、ここで明王朝は方針を変更する。一五六七年に海禁を一部緩和し、一五七一年にアルタン・ハーンと和議を結んで朝貢・互市を認め（隆慶封貢）、北虜と南倭をなだめたのである。タタール部はアルタン・ハーンが病死すると次第に分裂していったが、モンゴル勢力に代わって台頭してきたのが、女真族アイシンギョロ（愛新覚羅）のヌルハチである。

明王朝の方針変更は、銀の流れの二つの変化が背景にある。

まずはポルトガル勢力の台頭である。当初ポルトガル商人は倭寇と組んで密交易に参加していた。しかし王直処刑により倭寇勢力が勢いを失うと、逆に倭寇を攻撃し、その功を認めた官憲からマカオの居留を黙認された。そして倭寇の交易路をたどり、日本銀と中国の生糸、東南アジアの硝石・鉛の交易という利益の高い取引を確保し、巨利を上げるようになった。中国への日本銀の担い手が、手に負えぬ倭寇から、マカオの管理下にあるポルトガル商人に徐々に移ったということである。

次にポルトガル商人を追って、イエズス会の宣教師が交易拠点を布教拠点とし、ポルトガル商人も布教先に寄港するようになった。

一五八〇年、キリシタン大名大村純忠は長崎港をイエズス会に寄進し、長崎とマカオを結ぶナウ船交易が始まる。これを契機にポルトガルの東インド交易は、モルッカ諸島やインドから収奪した香辛料を本国に運ぶものから、日本銀と武器弾薬・生糸の仲介交易に重心が移っていく。

こうして日本銀産出のピークである一六〇〇年初頭まで、ポルトガルの黄金期が続いた。その交易の媒体となったのはイエズス会である。

③　人を喰う山

コロンブスの交換という言葉がある。コロンブスにより、新大陸からトマト・ジャガイモ・トウモロコシ・トウガラシ、そして梅毒がもたらされ、それと交換にヨーロッパから小麦・サトウキビ・鉄器・馬、そして天然痘とインフルエンザがもたらされたというものである。

しかし新大陸には、ジパングが産する金や、インドやモルッカ諸島が産する香辛料はなかった。一攫千金を狙うスペインのならず者達は、必死になってエル・ドラド、伝説の黄金郷を探し求める。

一五二一年にコルテスがアステカ王国を滅ぼし、王の金銀財宝を略奪する。一五三三年にピサロがインカ帝国を滅ぼし、皇帝アタワルパの身代金として黄金をせしめ、クスコ神殿の財宝を略奪した。

しかし真のエル・ドラドは、相次いで発見された銀鉱山である。

一五四五年に発見されたポトシ銀山は、標高四千メートルを超すアンデス山脈にあり、鉱山都市ポトシは世界最高地点にある都市である。

ポトシ銀山は水銀アマルガム法を導入したが、一五六三年に東アンデス山脈標高三千八百メートルにあるワンカベリカで水銀鉱山が発見されると、ここからの水銀安定供給で急速に生産を拡大する。

さらに一五四六年に発見されたメキシコのサカテカス銀山や、一五五八年に発見されたグアナファト銀山の銀も加わり、新大陸の銀は、世界の銀の流通量を押し上げていった。

銀の流れの二つ目の変化とは、新大陸スペイン銀の登場である。

スペインはマゼラン艦隊がフィリピンに上陸した後、一五六五年にレガスピ艦隊を派遣してフィリピンの支配を実質的に始めた。一五七一年にルソン島マニラの酋長ラジャ・ソリマンの砦を攻撃し、植民都市マニラを建設する。これ以降メキシコのアカプルコとマニラを結ぶガレオン交易が始まった。


新大陸で採掘された銀の多くは本国スペインに運ばれ、一部がガレオン交易でマニラに運ばれている。その量は定かではないが、ある研究者によると、一六〇〇年前後に新大陸からスペインに運ばれたのが、ざっと年間約二百五十トン。西に向かいマニラに運ばれたのが約二十五～五十トン。そのほとんどは、マニラに来航する華人海商により中国へと運ばれている。ヨーロッパからポルトガル船でアジアに持ち込まれた新大陸銀もある。

一方、日本銀の産出量は年間約二百トン、輸出量は推定年間約百五十トン。その内、ポルトガル商人らによって中国に運ばれた銀は推定約百トン。これを合算すると、中国に流入した銀は約百五十トンと推測される。

実際、北京の国庫から九辺鎮に毎年運ばれていた銀の額は約四百両、重さにして約百五十トンとなる。新大陸銀の輸出量を約三百トン、日本銀の輸出量を約百五十トンとすると、当時の世界の銀流通量の内、その三分の一を日本銀が占め、約三分の一が中国に流入していたことになる。

その頃ヨーロッパの銀生産は、南ドイツのアウクスブルグが中心で、鉱山経営者フッガー家は巨大な富を築き、ハプスブルク家のカール5世に巨額の融資を行った。

十六世紀はフッガー家の世紀という歴史家もいる。

ヨーロッパの銀精錬は水銀アマルガム法である。これは銀鉱石を粉砕したものに水銀を加えて泥状にし、沈殿させてアマルガムとし、これを加熱して水銀を蒸発させ、銀を分離する精錬法である。この精錬法は、低品位の鉱石から銀を抽出できる利点があるが、水銀の安定供給が必要条件である。

新大陸でも水銀アマルガム法を導入し、当初はスペインから水銀を調達していたが、ワンカベリカ鉱山の発見で水銀の安定供給がなされている。新大陸から大量の銀がヨーロッパに流入すると、激しい物価騰貴が起こり、地代収入に依存する封建領主層が没落していった。また銀の供給過剰はフッガー家の銀鉱山経営を圧迫し、さらに融資先のスペイン王室の破産宣告により、フッガー家は没落していくことになる。


スペイン人入植者は、ポトシ銀山をセロ・リコ「豊かな宝の山」と呼んだが、強制労働で酷使されたインディオは「人を喰う山」と呼んだ。

インディオは坑道内に食料を持ち込めない為、コカの葉を口いっぱいに詰め、疲労と空腹を押さえて長時間労働をしたという。ワンカベリカ水銀鉱山でも坑道内の粉塵や水銀中毒により、多くのインディオが命を落とし、「インディオの墓場」と呼ばれた。銀はまさにインディオの血と汗と涙の結晶であり、銀貨一枚にインディオ十人の命がこめられていると言われた。

新大陸ではエンコミエンダ制が導入されたが、これはスペイン王が入植者に対し、一定地域のインディオを委託（エンコメンダール）する制度である。元々の理念は先住民を保護し、キリスト教に改宗させる義務を付したものであるが、実態はインディオに強制労働を課す非人道的なものである。

その為、過労や疾病、落盤事故でインディオは次々と命を落とし、労働力不足で鉱山の産出量は落ちていった。アフリカの黒人奴隷は高地で寒冷な気候には適さない。そこでペルー副王トレドは、労働環境を改善した新たな労働制ミタを導入し、銀産出量を維持しようとした。

スペイン王は、ポトシ・サカテカス・グアナファトの三大銀鉱山からの税収入（産出銀の二割）と、国営ワンカベリカ鉱山権益により莫大な収入を得て、十六世紀はスペインの黄金時代となる。スペインは、三大銀鉱山の銀をもとにメキシコで銀貨を鋳造した。

このスペイン銀貨は、純度九十三％、直径約四センチの円形で、重さは約二十七グラム。当時のスペイン・レアル銀貨の八倍の価値があった為、八レアル銀貨、またはピース・オブ・エイトと呼ばれ、一五七〇年代に鋳造されてから十九世紀まで、世界通貨として広く流通する。

当時、東アジアの銀は秤量通貨でいちいち純度と量を測る必要があったが、八レアル銀貨は品質が一定で数えやすいので中国に広まり、円形から銀圓（圓は円の正字）と呼ばれた。その影響で中国では圓と同音簡易字の元が通貨単位となり、日本では円、朝鮮半島ではウオンとなるのである。

銀の流れの二つの変化により、銀の入手が安定すると見た明国政府は、一五八〇年代に一条鞭法を施行する。これはあらゆる税と徭役を一本化し、徴税を簡素化して銀で納入させるもので、万歴帝の宰相張居正のもとで全土に広められた。

一条鞭法の導入は、アジアにおける銀流通をさらに活発にさせていく。一方明王朝では、銀不足で窮乏する民衆と、銀を秘匿して贅沢な暮らしを享受する特権階層との絶望的な格差が、やがて民衆の暴動を誘発していくことになる。

④ 銀の世紀、海賊の世紀、バテレンの世紀

十六世紀は銀の世紀である。同時に銀を密輸・略奪する海賊の世紀、銀の交易路に沿って派遣される宣教師（バテレン）の世紀でもある。

銀・海賊（倭寇）・バテレン、その三つが深く交わる戦国時代の日本。

その日本に深く関わった男が、銀を追って五島・平戸に拠点を構えた倭寇の大頭目王直である。ザビエルを平戸に招いたのも彼である。その王直が伝えたポルトガル製鉄炮（ゴア製？）は、日本が近世に移行する大きな原動力となった。

鍛冶師の努力により、鍛鉄による頑丈な銃身と尾栓を螺子で塞ぐ技術を確立し、アジアで唯一の鉄砲量産国となった日本は、その五十年後には世界最大三十万挺以上の鉄砲を有するまでになる。日本において十六世紀は、鉄砲の世紀でもあった。

その主要製造地は紀州根来、和泉堺、近江国友である。種子島時堯から鉄砲一挺を買った紀州根来寺津田監物算長は、門前の鍛冶職人芝辻清衛門に複製を命じ、量産化に成功する。種子島に逗留して堺に鉄砲製法をもたらした橘屋又三郎は、その後芝辻清衛門を堺に招き、堺を鉄砲の一大生産地とすることに成功した。

もう一つの生産地国友の鉄炮伝来は、いささか複雑な経路である。

「国友鉄炮記」によると、種子島時堯は伝来銃一挺を島津家に献上し、さらに島津家はこれを第十二代将軍足利義晴に献上。義晴は管領細川晴元に鉄砲生産を命じると、晴元は北近江の守護京極氏に相談する。京極氏は自領国友村に優秀な鍛冶集団がいると推挙し、天文十三年二月（一五四四年）に国友村の鍛冶師善兵衛らに伝来銃を渡し、鉄砲生産を命じた。

善兵衛ら鍛冶師は、六か月後に六匁玉筒二挺を完成し、将軍に献上したと伝わる。

国友村は、東国・北陸・京都を結ぶ街道が通る交通の要所で、琵琶湖の水運を利用できる好立地にある。古くから製鉄が行われていたようで、出雲の良質な鉄材が敦賀に陸揚げされ、容易に入手できたことも鍛冶が盛んであった背景であろう。

国友村の鉄砲は張り立てが入念で、装飾性の高い堺の鉄砲よりも実用面で評価された。ただ当時の鉄砲価格は高く、装填に時間がかかるなど野戦用の武器として実効性に疑問符がついていた為、多くは大名が権力を誇示する装飾品として扱われ、武器としてのまとまった注文はあまり来なかった。

ところが天文十八年七月（一五四九年）、国友村に六匁玉の鉄砲五百挺の注文が来る。注文は橋本一巴という尾張の砲術家からという。主人の命により注文したとのこと。

善兵衛ら国友衆は喜んだものの、支払いは大丈夫なのか、そもそも誰が注文主なのか調べる必要がある。そこで善兵衛は国友衆の一人を尾張に派遣し、信用調査を行った。

調査結果はあまり芳しいものではなかった。注文主は織田上総介信長という。名を聞いてもピンとこない。尾張の守護斯波家の守護代として尾張下四郡を支配する織田大和守家、そのまた三奉行の一人織田信秀の嫡男らしい。要は守護代三奉行の一人という陪臣の家柄である。

「今は乱世。陪臣の家柄でも力があれば構わない。しかし……」、善兵衛は唸った。

その十六歳の若者は、城下で大うつけ（馬鹿者）と呼ばれていたからである。

第四章　尾張の大うつけ

① うつけと蝮（マムシ）

その若者は噂通りのうつけであった。

町中では人目を憚らず、瓜や柿をかぶり喰いながら供の肩に寄りかかって歩いている。その格好といえば、湯帷子（ゆかたびら）の袖を外して半袴をはき、猿回しのような縄の帯には瓢箪や草鞋・巾着などを数多く付け、茶筅髷（まげ）を紅色や萌黄色の糸で巻きたてている。

世間からは、奇矯な振る舞いを好む礼儀知らずの傾奇者（かぶきもの）と見られ、家中の宿老達からも厄介な若殿と見られているようである。

助大夫は、国友衆から改めて若者の素行調査に派遣された鍛冶師である。彼は砲術指南役も担っており、国友村へ鉄砲修行に来たことがある橋本一巴と知らない仲ではない。

早速一巴のもとに赴き、あの若者の評判や、五百挺もの鉄砲代金を支払う懐があるのか聞き出そうとした。踏み倒されては国友村が立ち行かない。

「心配召されるな、国友衆の方よ」

一巴は助大夫の用件を見抜いている。

「信長様はあのように奇矯な振る舞いが多いが、わしは武将としての器量を認めておる。いやわしを砲術指南として召し出したからではない。古き良きものは残し、新奇なものを躊躇せず試してみる。果断にして正義を重んじ、理に適っているか否かを全ての判断の基にするお方じゃ。尾張の武将らは、いずれ信長様の馬印の下に集まることになるであろう」

一巴はそう言うと、尾張の国の現状を教えてくれた。

……信長様は三年前（一五四六年）に元服し、幼名吉法師から織田三郎信長と名乗り、本年より上総介信長と称しておる。尾張の守護は斯波氏。細川氏・畠山氏と並ぶ三管領の由緒ある家柄で、越前を本国として尾張・遠江の守護を兼ねておった。

しかし応仁の乱で勢いは衰え、越前は守護代の朝倉氏に、遠江は駿河の今川氏に乗っ取られた。尾張の守護職も今や名目上のもの。尾張は上四郡を支配する岩倉城の織田伊勢守信安公と、下四郡を支配する清州城の織田大和守信友公に二分され、大和守が守護職斯波義統（よしむね）様を傀儡として擁している。他にも犬山城の織田信清公など、尾張には織田諸家が盤踞しておる。

織田氏の祖は越前織田荘織田劒神社の神官で、斯波氏が尾張の守護になると、守護代として尾張に移り住んだと聞く。信長様の父信秀公は、大和守の三奉行の一人、織田弾正忠家。なかなか武略に秀でたお方で、今や守護代を凌駕する実力者にのし上がっておる。その力の源は、津島と熱田であろう。

信長様が生まれた勝幡（しょばた）城の近くには津島神社がある。津島神社は牛頭（ごず）天王（素戔嗚尊）信仰の総本山で、織田家の氏神である。信長様の祖父信貞公が、木曽川に臨む川湊津島の経済力と牛頭天王社の全国的な情報網を手に入れるべく、津島を支配下に置いたと聞く。

さらに信秀公は、今川氏豊の居城であった那古野城を謀略で奪い取ると、勢力を伸ばして古渡(ふるわたり)城を築き、熱田の地を手に入れた。熱田は、三種の神器草薙の神剣が祀られている熱田神社の門前町として、また伊勢湾に面した湊町として栄え、その津料（停泊料）は信秀公の重要な財源となった。

信秀公が朝廷に献金して従五位下に叙任されたのは、津島や熱田の経済的な基盤があったからじゃ。従って国友衆の方よ、支払いは案ずるに及ばん。信秀公は、今は末盛城を居城として信長様の実弟信勝様とおられ、信長様には那古野城を任せておられる。いずれ家督を譲るであろう。

信秀公は戦上手であったが、天文十三年（一五四四年）の美濃攻めの大敗北で、美濃斎藤氏や駿河今川氏に挟撃され、苦境に陥ることになる。好機到来とばかりに、今まで信秀公に屈していた織田諸家は反旗を翻し、主筋の大和守や犬山織田氏にも囲まれ、まさに四面楚歌の状況になった。

信秀公もこれには困り果てたが、斎藤利政公（後の道三）の娘帰蝶様を信長様の正室として迎えることで、何とか美濃との和平を取り結んでいる。さらに朝廷の力を借りて今川氏とも和睦を結び、今はいずかたも静謐である。


だが美濃の舅殿は評判が悪い。謀略と暗殺で美濃の国を乗っ取ったからだ。

利政公の父は長井新左衛門尉(しんざえもんのじよう)というが、元は京都日蓮宗妙覚寺の僧で、その後還俗して油問屋奈良屋の娘婿となり、油売りの行商人として成功し、山崎屋と称した。やがて妙覚寺時代の弟弟子が、美濃の守護代斎藤家の家老長井家当主の弟であった縁を頼り、長井藤左衛門長弘・景弘父子に仕えたと聞く。一介の油問屋より、乱世の世で己の才覚を試してみたかったのであろう。当時守護の土岐氏は、兄頼武（よりたけ）と弟頼芸（よりのり）との間で家督を争っており、彼は長井父子とともに頼芸公を助けた。その功が認められて長井家の筆頭家臣となり、長井勘九郎と名乗る。

ここまでは立身出世の話じゃ。ここからが嫡男利政公の国盗りの話となる。

利政公はよく蝮に例えられるが、強い毒で獲物を麻痺させ、それからゆっくりと丸呑みするからであろう。利政公は頼芸公と組んで頼武公を越前に追放し、頼芸公の信任を得る。その後長井長弘を謀殺し、断絶した守護代斎藤家を継ぐ形で斎藤利政と名乗り、遂には守護につけた頼芸公を追放した。

その道具にしたのが娘の帰蝶よ。頼武公の息子頼純に嫁がせると頼純を毒殺し、その後頼芸公の弟頼満と再婚させ、やがて頼満も毒殺したと噂されておる。

このような悪辣な手段で美濃の国を奪ったとあれば、美濃の国人衆が反感を抱くのも無理はない。

利政公は美濃衆を懐柔する為、土岐氏の血を引く東美濃の名門明智氏から正室を迎え、稲葉山城下を整備して商業都市にしようと努力をされた。その城下に落書が貼られた。

「主を切り、婿を殺すは身の終わり、昔は長田、今は山城」

主とは長井長弘、土岐頼芸公。婿とは頼武公の息子頼純、頼芸公の弟頼満。長田とは源平合戦で敗将となった源義朝を騙し討ちした家臣の長田忠致、山城とは山城守利政のことだ。身の終わりは、美濃尾張にかけておる。主君を討ち、娘婿を殺害するなど非道な行いは、いずれ自分の身を亡ぼす報いとなって返ってくるであろうとする落書じゃ。

美濃尾張とあるので、利政公は次に尾張のうつけ殿を狙っておるともっぱらの噂である。

国友衆の方よ、信長様で大丈夫かと懸念されておるか？

安心召されよ。ああ見えて遊び惚けておるのではない。朝夕馬術を稽古し、川に入っては水練で鍛えておる。家来どもを集めて竹槍の模擬合戦をするが、よく見るがよい。二手に分かれて竹を打ち合い、長い槍と短い槍どちらが有利か見定めておるのじゃ。

普通であれば槍の長さは一間半（約二・七メートル）、これを手槍として乱戦で相手を突き伏せる。

これに比して長い槍は柄が重く、しなって突きにくいと思うであろう。突くのではない、穂先を揃えて上から叩き伏せるのじゃ。かなりの衝撃となり、陣笠や胴鎧などを粉砕することができる。これを一列となし、穂先を相手に向ければ槍ぶすまとなる。それでも突撃してくる相手に対しては、一斉に上から振り下ろし敵を粉砕する。

長槍を地上に斜めに固定すれば、騎馬武者の突撃を防ぐ逆杭にもなる。

信長様は、槍の長さを三間（約五・四メートル）と三間半（約六・三メートル）に統一して、専門の長槍部隊を編成しようとしておる。

その部隊の兵は家督をつぐ侍ではない。町や村のあぶれ者を銭で雇い、訓練するのじゃ。

弓は市川大介という者を、鉄砲はわしを、剣術は平田三位を召し抱えて稽古に励んだ。

弓や鉄砲は、的にあてる稽古だけでない。市川殿の話では、信長様は矢で確実に相手を射抜く距離をしつこく聞き、自分でも試されたという。矢の有効射程距離は二町（約二百二十メートル）ほど。

矢継ぎ早に連射すれば面を制圧できる。信長様は専門の弓部隊を編成して訓練し、連続斉射により面を制圧する武器にするつもりじゃ。

鉄砲の稽古もかなりご執心で、新奇なものに目が無いものとお見受けする。射撃の腕前はじきに上達されたが、わしも市川殿と同じ質問を受けておる。即ち確実に仕留める距離はどれほどで、再発砲までどれだけかかるのかと。弾の飛距離は三町（約三百三十メートル）ほどだが、確実に相手を仕留める距離は一町から半町（約五十五メートル）とお答えしている。

信長公は自ら射撃の動作時間を供の者に計らせた。発砲から再充填までは息十八回ほど（約五十秒、一分間にせいぜい一発）、熟練の者で息十五回ほどかかる（約四十秒）。

次に信長様は、家臣に鉄砲の有効距離一町を馬で駆け抜けさせた。状況によるが、息四〜五回（約十〜十五秒）で射撃手に迫ってくる。これでは初弾を命中させないと、次に発砲するまでに騎武者に討ち取られる。鉄砲は充填に時間がかかり、雨で火縄や火薬が湿る可能性もあるので、野戦用には向いていないということだ。

また五発以上撃つと銃を冷やし、燃え残った火薬滓を掃除しなければならないと説明すると、信長様は難儀なことよと苦笑された。それにしても五百挺とは多すぎる注文と思われるか。

国友衆なら教えて進ぜよう。信長様は、鉄砲の技術的弱点を戦術で補おうと考えておられる。攻撃力を活かす為に、百人の射撃手を一列に並べて斉射させ、その後ろに控える百人が連射する戦術だ。うまくいくか、試しながら修正を加えるのだろう。

信長様は鷹狩を好んでおるが、これも乗馬で体を鍛えるとともに軍事演習を兼ね、さらに領内の民情視察を目的としておる。また大の相撲好きで、相撲大会を催しては身分を問わず参加させ、勝者を家臣にすることもある。家名より実力を重んじておられるのであろう。

さて国友衆の方よ、信長様の話はこれで終わりじゃ。得心いったであろうか、五百挺もの注文をなされた背景を……。

助大夫は一巴に礼を述べるとすぐに国友村に戻り、詳細な報告を善兵衛にもたらした。安心した善兵衛はすぐに鉄砲の注文に応じ、翌天文十九年（一五五〇年）に納入を果たしている。

これ以降国友村は信長と密接に結びつき、鉄砲の一大製造地として栄えていくことになる。

② 尾張統一と美濃攻略

信長の尾張統一は容易ではなかった。七年もかかっている。

天文二十一年（一五五二年）、尾張の実力者である父信秀が病死する。美濃攻めの敗戦からようやく立ち直り、武威回復途上の無念の死である。尾張には織田諸家が盤踞しており、信長の兄弟も十一人いる。信秀は信長の器量を認め、いずれ家督を譲るつもりであった。宿老として林秀貞、平手政秀、佐久間信盛を付けていたが、一方で末盛城は実弟信勝が引き継ぎ、宿老柴田勝家らが補佐する形で、あたかも分割相続の様相を呈していた。

信秀の死後、早速家督相続が紛糾する。口火を切ったのは信長の実母土田御前である。

「亡き殿（信秀）の御霊前にて、位牌に抹香を投げつけるとは何たる愚行。この乱世というに、上総介にはこの弾正忠家を任せられぬ」

信勝は品行方正で家中の評判もよく、宿老らも信勝なら御しやすいと思っている。実母も信勝を可愛がり、当時の価値観では理解できない信長を疎んじた。

実母に疎まれることは子にとって辛いものである。信長の幼少期に暗い影を落とし、長じてその容貌に憂鬱な面影がさしたのも、母の愛を受けられなかった心の傷であろう。

「人間五十年　下天のうちをくらぶれば　夢幻の如くなり　一度生を得て滅せぬもののあるべきか」

信長が愛した幸若舞の「敦盛」である。

「死のふは一定　偲び草には何をしよぞ　一定語り遺すよの」

これも信長がよく口遊んでいた小唄である。

「誰でも死ぬと決まっている。自分を偲んでもらうに何を残そうか。後世の人々がきっと語り起こしてくれるであろうものを」

信長は後世に名を遺すことに強い執着心を持ち、天下の面目（世評）を絶えず気にかけていた。

実母から疎まれ、兄弟・親族から狙われながらも、信長は怯まず激しく反発しながら乱世を駆け抜けていくことになる。

信勝は、自分こそが家督を継ぐべき者と自負していた。実母も後押しをしてくれている。家老の柴田勝家も力強く言った。

「今川勢は尾張を虎視眈々と狙っており、舅の山城守（斎藤利政）も油断はできませぬ。上総介殿のうつけぶりでは、いずれ蝮に呑み込まれることになりましょう。今のままでは家中もまとめられませぬ。ここはお屋形様が前に出るべきかと存じます」

「焦りは禁物じゃ。まず然るべき時を待とう」

時は意外に早く来た。信長の傅役で宿老の平手政秀が、天文二十二年閏正月に諫死した。信長の奇矯な振る舞いを諫める為とも、嫡男の駿馬を所望した信長の要求を拒否し、不和になった為とも言われている。こうなると離反する家臣も出てくる。

主筋の清州城主大和守信友は、信勝や離反した家臣と組み、信長暗殺を企むが失敗する。天文二十三年（一五五四年）、信友は傀儡として擁していた斯波義統を殺害するという謀反を起こす。信長は義統の嫡男義銀（よしかね）を匿い、主殺しの大義名分を以て信友を攻めて自害させ、清州城に居城を移した。

弘治二年（一五五六年）、舅の斎藤利政（道三）が嫡男高政（後の義龍）に討ち取られた。道三とはその二年前に家督を高政に譲り、剃髪した際に名乗った号である。謀略と謀殺でのし上がった道三は、美濃衆から反発を買っており、隠居も重臣から強制された主君押込のふしがある。

高政の母は、道三が頼芸から貰い受けた側室深芳野であるが、当時から頼芸の子を宿していたのではないかと噂されていた。道三はこの噂を利用し、名門土岐氏の血を引く嫡男として家督を継がせ、美濃衆の反発を押さえようとしたようである。しかしその後、なぜか高政を疎んじて次男や三男を可愛がり、さらに娘婿信長の器量を買い、支援するようになった。

道三が信長の器量を認めたのは、天文二十二年（一五五三年）四月、美濃と尾張の国堺にある聖徳寺での会見である。

道三は、うつけの噂が本当ならば帰蝶に信長を毒殺させるか、尾張に攻め入ろうと考え、実物を見極めるために会見を申し込んだと思われる。

先に着いた道三は家臣を連れ、会見場所の途中の小屋で信長一行の様子を見ることにした。信長は相変わらず傾奇者の風体で馬に揺られ、道三もたわけとはこの若僧かと呆れたが、その家来衆を見て度肝を抜かれた。屈強な武者に三間半もの朱色の長槍を五百本ばかり、弓と鉄砲を合わせて五百挺を持たせ、整然と行進してくる。当時は一族郎党を引き連れた武将がばらばらと進軍するのが常で、長槍隊・弓隊・鉄砲隊と専門兵が整然と行進する風景などない。しかも高価な鉄砲を多数揃えている。

到着した信長は正式な髷を結って着替え、正装で現われた。対面した道三はその変身を見て、婿殿はたわけのふりをしていただけであったと見抜く。ただその振る舞いは相変わらずで、信長は双方の武将が居並ぶ中、知らぬ顔を決め込み沈黙する。道三もだんまりを決め込んだ。

しびれを切らした信長の家臣が、「山城守に御座候」と道三を紹介すると、信長は舅に対して、「であるか」とだけ言い、その後道三と湯漬けを食して盃を交わした。

道三は苦虫を嚙み潰したような表情で「また参会すべし」とだけ述べて帰っている。帰途、側近の猪子高就(いのこたかなり)は道三に水を向け、「何と見申しても、上総介は大たわけでしたな」、と信長の振る舞いを笑うと、道三は溜息をついて言ったという。

「あの尾張衆の槍が長く揃え立つのを見たか。美濃衆の槍は短い。あの鉄砲の数を見たか、美濃に鉄砲隊はいない。されば無念である。いずれ我が子らは、たわけが門外に馬を繋ぐことになるであろう」

道三の死後、猪子高就は信長に仕え、本能寺の変で嫡男信忠に殉じている。

道三がなぜ家督を譲った高政を疎んじたのかは不明である。

実権を握り続ける為に、または取り戻す為に、意に沿わぬ高政を廃し、素直な次男孫四郎を嫡子としようとしたのであろうか。やがて廃嫡の噂を漏れ聞き、高政は身の危険を感じ始めた。

一五五五年、高政は病と偽って、弟二人を枕元に呼び寄せ謀殺する。高政の謀反である。

弘治二年（一五五六年）四月、敵対した父子は長良川で激突する。道三軍二千七百、高政軍一万七千五百。結局、道三は美濃衆の支持を得られず、信長も道三の救援に急ぎ向かったが間に合わなかった。死の直前、道三は「美濃一国譲り状」という遺言状を残している。信長に美濃国を任すということの書状は現存していないが、道三の末子斎藤利治に託されたと伝わる。

その後利治は信長に仕えることになった。道三の予言通り、我が子がたわけの門外に馬を繋ぐことになったのである。その利治は、本能寺の変で同じ一族の斎藤利三に攻められ、二条新御所で猪子高就らとともに戦い、最期は自刃して果てている。

己の器量を認めてくれた父信秀や舅道三はもういない。傅役の平手政秀も自らの素行で自害させてしまい、信長は孤立無援となる。

一方高政は、岩倉織田信安や信勝らと組んで信長包囲網を敷いた。信長は何度か包囲網に遭っているが、この時が最大の危機であった。信長の家老林佐渡守秀貞までが、弟林美作守通具（みちとも）とともに裏切り、信勝に家督を継がせようとした。

弘治二年（一五五六年）八月、信長と信勝は稲生（いのう）で激突する。信勝軍千七百、信長軍七百と劣勢な状況下、信長軍は敗走寸前である。その時である。信長が怒声を発した。

「者ども引くでない。成敗されるは謀反者じゃ」

信長の甲高い声はよく通る。その尋常ではない大音声で謀反者とそしられた信勝軍は、その威光にすくみ、逃げ崩れていった。林美作守は討ち取られ、首実検で信長はその首を蹴飛ばしたという。敗退した信勝と勝家は末盛城に、林秀貞は那古野城に籠城したが、やがて母土田御前が仲裁に入り、自ら信勝・勝家らを連れて清州城の信長を訪れ、許しを乞うている。

信長は恭順を示せば寛大に扱う。しかし懲りない信勝は、織田信安とともに再度謀反を起こそうとした。これを稲生の敗戦後、信勝から疎んじられた勝家が信長に密告する。二度の謀反は許されない。永禄元年（一五五八年）十一月、信長は仮病を装い、見舞いに来させた信勝を自ら刺殺した。

ただ信長は自分を疎んじ、信勝派であった土田御前を丁寧に扱っている。その後土田御前は信長やお市の方とともに住み、幼い信忠・信雄・信孝や、お市の方の子茶々・江・初の面倒を見て生涯を終えたという。翌年、信長は岩倉織田信安を滅ぼした。次はいよいよ美濃攻めである。

美濃制圧も容易ではなかった。七年もかかっている。

道三の死後、高政は足利一門一色氏の家督継承を幕府に願い出て、斎藤高政改め一色義龍と称した。一色氏は土岐氏より格上にあたる為、その正統性を以て義龍は美濃衆をうまくまとめていった。

永禄四年（一五六一年）、義龍が病死する。正室と息子も同時に亡くなっており、世間は父殺しの天罰と噂した。当主として僅か五年。それ故に戦国史上あまり評価されていないが、立派な武将であったようで死の直前に父道三は、

「勢いの使いよう、武者くばり、人の配置、残るところ無き働きなり。さすが我が子にて候。美濃の国治めるべきものなり。とかく我、誤りたるよ」と見直す言葉を残している。

十四歳で家督を継いだ嫡男龍興は、若く経験が足りない。暫くは義龍の敷いた防衛体制により織田軍の侵攻を喰い止めていたが、信長は既に常備軍を組織し、毎年秋の収穫期を狙い田畑を荒らし回った。一方で美濃勢はまだ土豪が率いる農民兵主体。農繁期に兵が集まらない為、龍興は迎撃態勢を整えるのに手間取り、次第に劣勢になっていく。

信長がじわじわと美濃を侵攻する間、東から今川勢がじわじわと尾張に迫ってきた。当主今川義元は、甲斐の武田氏・相模の北条氏と甲相駿三国同盟を結び、西の尾張に勢力を拡大するつもりである。

織田軍の中にも勝機無しと見て、今川方に寝返る者も出始めた。義元は、尾張を南北に分断するかのように鳴海城と大高城を押さえている。大高城主は鵜殿（うどの）長照、熊野別当の子孫である。義元は、伊

勢湾に面する大高城と鳴海城から、鵜殿長照を介して熊野水軍を出陣させ、信長の財政基盤である津島と熱田を制圧しようとしていた。

信長も義元の戦略に気づき、大高城を丸根・鷲津砦で囲み、鳴海城を中嶋・丹下・善照寺砦で囲んで兵糧を断った。信長は、義元が出陣して大高城を救援に来ると読んでいる。

永禄五年（一五六〇年）五月、義元は松平元康（後の家康）率いる三河勢を先鋒隊として、最前線の大高城に兵糧を運び込ませた。危険な任務であったが、元康は首尾よく任務を果たし、丸根砦を攻撃して落とし、その後休息を取る為に大高城の守備に回っている。五月十八日、義元は二万五千の兵を率いて尾張の沓掛（くつかけ）城に入り、作戦会議を開いた。

一方、織田家宿老達は信長に籠城策を進めるが、具体的な軍議はなされず、家臣達は、

「運の末には知恵の鏡も曇るものよ」と呆れて清州城から下がっている。

翌十九日の明け六つ（早朝六時頃）、丸根砦と鷲津砦が攻撃を受けているとの急報を受けた信長は跳ね起き、幸若舞を舞って湯漬けを流し込み、軍装を整え小姓を引き連れ熱田神社に向かった。その後ばらばらと集まってきた軍勢とともに戦勝祈願をし、三〜四千名程の軍を率いて善照寺砦に入った。

同日、義元は輿に乗って大軍を率い、ゆるゆると進撃を始める。丸根砦・鷲津砦の陥落と中嶋砦の織田軍を蹴散らした報を受け、義元は、「わしの武略には天魔鬼神でも適うまい」と豪語している。

そして途中の桶狭間山で休息を取り、謡を楽しんで酒を飲み始めた。痛恨の油断であった。義元本陣の動静は、村人により信長側に筒抜けである。

善照寺砦の信長はこの報を受け、今川本陣への強襲を決断する。

桶狭間山から善照寺砦は見える距離である。運よくその時雹を交えた豪雨が振り出し、信長軍の行動を隠す効果となった。

信長は、善照寺砦に旗印を多数掲げて砦に居るように見せると、中嶋砦に移り自軍を鼓舞する。

「敵の陣は延びきり、本陣の守りは薄い。是非においては練り倒し、追い崩すべし。敵の首は討ち捨てよ。勝てば家の面目、末代の高名となろう。がむしゃらに打ち掛かれ」

今川軍二万五千は、前線に一万、後詰めに一万、本陣五千と分断されている。しかも豪雨で本陣の兵も散り散りになっている。その雨が止んだ。信長は自ら槍を取り、「者ども掛かれ、狙うは義元の首一つ」と大声で叫び、今川本陣を三千の兵で強襲した。

慌てふためいた義元本陣は、山上から麓に追い立てられ、深田にはまって次々と討ち取られていく。義元の旗本もよく防戦したが、その数は次第に減り、遂には服部小平太が義元に槍を付け、毛利新介が首を討ち取った。

大軍を強襲で破り、敵将を討ち取った信長は、深追いをせず清州城に帰陣している。

「勝ちに乗じて事を為す時には、必ず天魔波旬（法華経で仏道修行を妨げる第六天魔王）につけ入られる」、信長自戒の言葉である。

桶狭間の戦いは白昼の強襲であり、信長なりに情報を駆使して綿密な計画を練ったものである。

まず鷹狩で近辺の地理を把握し、領民からの情報を収集している。義元の調略で山口教継父子が寝返ると、信長は森可成を商人の姿で駿府に潜入させ、山口父子は織田方の潜入者であると噂をばら撒かせた。今川家臣は次第に疑心暗鬼となり、遂には山口父子を敵方として討っている。また実際の内通者も潜入させている。

戦いの第一の功は槍を付けた小平太でもなく、首を取った新介でもない。今川義元の居場所を掴んで報告した梁田政綱であった。

それにしても雨天に助けられた乾坤一擲の勝負であった。その後信長は、二度とこのような一か八かの戦いを行っていない。

桶狭間の戦いに巻き込まれずにすんだ大高城の松平元康は、残党狩りを振り払い、今川城代山田景隆が捨てた三河岡崎城に入った。その後今川氏を見限って信長と講和をし、永禄七年（一五六二年）に清州同盟を結んでいる。翌年に元康の嫡男竹千代（後の信康）と信長の娘との婚約が成立すると、元康は今川氏との絶縁を宣告、元康から家康に改名した。

家康との同盟で東の憂いを解いた信長は、本格的な美濃攻めに入った。

永禄六年頃（一五六三年）小牧山に城を築き、美濃攻めの橋頭保とする。龍興は次第に求心力を失い、最終的に西美濃三人衆の稲葉良通・氏家卜全・安藤守就が信長に内応し、永禄十年（一五六七年）八月に龍興は降伏して稲葉山城を開城し、北伊勢長嶋に落ちていった。

その後龍興は朝倉義景のもとに身を寄せ、信長の越前攻めで戦死している。

③ 太田牛一の見た信長 ——天下布武——

……芸は身を助く。弓の腕を認められたわしが良い例じゃ。

わしの名は太田牛一(ぎゅういち)、尾張春日郡の土豪の出である。

若い頃は天台宗成願寺の僧侶であったが、還俗して斯波義統公に仕えた。その後義統公が謀殺されると、わしは嫡男義銀様とともに那古野城の信長公のもとに避難した。

電光石火とは信長公のこと、すぐさま義統公の弔い合戦をした。わしはその戦いで弓の腕を認められ、槍三人・弓三人六人衆の一員として信長公の馬廻衆になったというわけだ。

わしにはもう一つ芸がある。元僧侶であったから筆まめなのじゃ。その文筆力を認められ、今は近習の書記を勤めておる。

世間では信長公を傲岸不遜な大うつけと呼ぶが、わしは果敢にして道理を重んじる英傑だと思っておる。身近に仕えてこの眼で見ておるから間違いない。日々の記録をつけておるから忘れることもない。偽りあれば天罰を受ける覚悟だ。

信長公は美濃を制圧すると、居城を小牧山城から稲葉山城へ移し、井口(いのくち)を岐阜、稲葉山城を岐阜城と改名した。岐阜の名の由来は、禅僧沢彦宗恩(たくげんそうおん)が提示した三つの候補名「岐山」「岐陽」「曲阜」の内、信長公が岐山の岐と曲阜の阜を組み合わせて命名したと聞く。

岐山とは、古代シナ「周の文王岐山より起こり、天下を定む」の故事にちなむもの。曲阜は孔子の生誕地である。殷王朝の暴虐な紂（ちゅう）王を倒した文王、文化が栄え八百年続いた周王朝にあやかり、新たな国造りを行うという意気込みを示すものである。

稲葉山の別名金華山（標高三百二十九メートル）の頂上からは、眼下に広大な平野や、悠然と流れる長良川・木曽川を一望におさめることができる。信長公もこの息をのむような絶景を見て、天下布武を公言したのであろう。

武という漢字を分解すると戈を止めるとなる。すなわち天下布武とは、戦いを止めて、泰平の世を創るという決意を示す標語である。

ただ当初は、五畿内（天下）に幕府を再興（布武）するという意味であったようじゃ。

信長公は自らの印璽に天下布武の文字を刻んだが、天の字は唐（武周）の武則天が制定した則天文字を使っている。何故だか分からん。

どの戦国大名も、天下布武など大それた野望を抱く者はいなかった。名乗りを上げても、周りの敵対勢力から潰されるのがおちだからであろう。その中で尾張統一・美濃攻略にそれぞれ七年かけてやっと二国の領主になったばかりの信長公が、天下布武を公言した。

公方様（足利義昭）は、もともと興福寺の僧で生涯を終える筈であった。

ところが永禄八年（一五六五年）五月、第十三代将軍足利義輝公が三好義重（義継）・松永久通に討ち取られるという永禄の政変が勃発する。実弟義昭公も命を狙われたが、幕臣の細川藤孝殿・和田惟政殿に助けられて近江に脱出、その後幕府再興を目指して各地の大名に支援を求めた。

信長公が名乗りを上げたが、三好勢と組んだ近江の守護六角承禎が離反して上洛計画を阻止した為、義昭公は朝倉義景を頼って越前に下っている。

一方信長公は、永禄十一年（一五六八年）二月に六角氏と関係の深い北伊勢の長野氏・神戸氏を調略して傘下に置くことに成功する。また同じ頃、北近江の戦国大名浅井氏と同盟関係を結び、妹のお市の方を浅井長政に嫁がせた。これで信長公は六角氏を牽制し、上洛経路である近江口を確保する。

義昭公は上洛意思の無い義景を見限り、再度信長公に上洛を呼びかけ、信長公も機は熟したとばかりに上洛作戦を開始。永禄十一年九月、信長公は六万の大軍を率いて京に向かい、その途上南近江の六角氏・京周辺の三好勢を追い払い、上洛を果たした。

十月十八日、義昭公は朝廷から将軍宣下を受け、第十五代将軍に就任する。幕府を再興するという天下布武は、公言から僅か一年で達成されたのじゃ。その後天下布武の視野は、五畿内から西国、日本、シナへと広がっていく。その過程で信長公は、次々と諸改革に取り組んでいかれた……。

④　太田牛一の見た信長　——流通改革——

……信長公は年貢に頼る領地経営より、交易拠点を押さえることに関心があった。永楽通宝という旗印も交易を重視した信長公らしいもの。

　上洛を果たすと、信長公は堅田を拠点とする琵琶湖水軍を傘下に治めた。琵琶湖は、都の水源と同時に都へ物資を運ぶ交通の要である。日本海側の魚・米・材木を敦賀で荷揚げし、深坂峠を越えて琵琶湖北岸の海津湊や塩津湊で湖船に積みかえる。そして湖上輸送により堅田・大津で荷をおろし、京に物資を運び込むのである。

　琵琶湖水運の重要さは、瀬戸内の水運を支配した平清盛公も認識していたようで、息子重盛に敦賀～塩津の運河建設を検討させている。


　永禄十三年（一五七〇年）四月、織田・徳川連合軍三万は京を出陣、若狭・越前に向かった。当時若狭は、守護武田氏に代わり、朝倉方の武藤氏が治めていた。公方様は、武田氏再興の為に若狭攻めを信長公に命じたが、信長公には別の狙いがあった。琵琶湖水運の日本海側拠点敦賀を押さえる為、朝倉義景を討ち越前を制することである。

　既に北伊勢を攻略、九鬼嘉隆を臣従させて伊勢水軍を傘下に治めている。南伊勢五郡を支配する名門北畠氏は、永禄十二年（一五六九年）大河内城の戦いで屈服させた。紀伊半島南部の熊野水軍も押さえて、伊勢湾を支配下に置いている。あと敦賀を支配できれば、日本海～琵琶湖～伊勢湾に繋がる交易の大動脈を押さえることができる。

　信長公は、公方様の名で義景に二度にわたり上洛を命じたが、朝倉氏は越前を百年治めている名家。「信長なぞ尾張の田舎大名に過ぎない」、と上洛命令を無視した。

これで越前攻めの大義名分ができたというわけだ。

ところが織田・徳川連合軍が進撃して金ヶ崎城を落とし、一乗谷に迫ろうとした時である。同盟相手の浅井長政が、同盟の際に交わした朝倉不戦の誓いを破ったとして信長公に矛先を向けてきた。

このままでは浅井・朝倉両軍の挟撃を受け総崩れとなる。この時最前線には家康殿が布陣し、明智光秀・木下藤吉郎殿と後の天下人が揃っている。

織田・徳川連合軍は危機に陥ったが、統率を乱さず各々奮闘し、信長公はわずか十騎で金ヶ崎を脱し、京へ逃げ帰った。金ヶ崎の退き口である。信長公はすぐに反撃に転じ、元亀元年（一五七〇年）六月に姉川の戦いで浅井・朝倉連合軍を破っている。

同年八月、三好三人衆が摂津で挙兵し、織田軍が三好勢の野田城・福島城を攻めている時であった。九月十二日、突如大坂本願寺の早鐘がなった。宗主顕如が、「信長が大坂本願寺の破却を通告してきた。仏法を守る為に戦え」と本願寺門徒に檄を飛ばしたのである。

本願寺勢力（一向宗）を弾圧したわけでもないのに、突然の攻撃を受けた信長公は仰天する。大坂本願寺と三好勢のために摂津戦線に釘付けになった織田軍を見て、浅井・朝倉連合軍が湖西を南下。延暦寺僧兵もこれに加わり、総勢三万の軍勢が織田方の大津宇佐山城に襲い掛かり、重臣森可成殿と信長公の弟信治殿が討たれている。第一次包囲網（浅井・朝倉・延暦寺・本願寺・三好・松永）の形成である。

信長公は摂津陣から転進して湖西に兵を向けると、浅井・朝倉連合軍は比叡山に籠り、織田軍と睨み合った。北伊勢では、顕如の檄文を受けた長島一向一揆が信長公の弟信興殿を討ち、南近江では甲賀に逃れていた六角承禎が近江一向衆を率いて挙兵。信長公は粘り強く個別の講和交渉を行い、一五七〇年末までに本願寺・浅井・朝倉・三好勢と和睦し、朝廷と公方様の調停で延暦寺とも和睦を結んで危機を脱している。

元亀二年（一五七一年）、信長公は浅井氏の支城佐和山城を落とし、丹羽長秀殿を置いて北国・東国街道の要所草津を確保し、湖東を制圧する。

しかし湖西側は比叡山延暦寺の荘園が多く、街道や湖上に関所を設けて勝手に関銭や湖上銭を徴収し、琵琶湖水運の流通を妨げていた。仏教の総本山延暦寺は世俗権力化し、僧兵を繰り出しては利権を要求し、女人禁制の聖域に女性を連れ込むなど、規律は乱れ腐敗しきっていた。

信長公は浅井・朝倉連合軍に加担した延暦寺に対し、

「織田方に付くならば、元の荘園を回復させよう。それが不可ならばせめて中立を保って欲しい。それも不可ならば全山焼き討ちにする」と警告するも返答は無かった。

三か月ほど睨み合いを続けた後、元亀二年（一五七一年）九月十二日、遂に信長公は延暦寺焼き討ちを遂行する。僧侶・学僧・児童・女性など三千人ほどことごとく首を刎ね、多くの伽藍を焼きはらったのじゃ。王城鎮護の霊場延暦寺を焼き討ちにするなど、人々には仏罰必至の暴挙と映ったが、信長公は仏罰など全く気にしておられなかった。信長公にすれば、

「僧侶としての本分を忘れ、警告を無視し、敵対勢力に加担した罪は重い。大義名分は我にあり、仏罰など糞くらえ」ということである。

また焼き討ちした九月十二日は、大坂本願寺が織田軍を襲撃した日。

つまり本願寺側に対し、敵対を続けるとこうなるという警告である。

信長公は、総攻撃の前に降伏を勧め和睦に努めるが、それを拒否して敵対し、また裏切る者は容赦なく根切り（皆殺し）を行った。後顧の憂いを断つ為とは言え、根切りはやはり酷いものじゃ。

延暦寺焼き討ち後、信長公は明智光秀に湖南の要所として大津坂本城を築かせ、甥の織田信澄（信勝の息子）には、高島に大溝城を築かせ、湖西を押さえた。

天正元年（一五七三年）八月には一乗谷の朝倉氏を滅ぼし、九月に小谷城の浅井氏を滅ぼすと、秀吉公に今浜（長浜）の領地を与え、小谷城の遺構を移して長浜城を築かせ、湖北の要所とする。三城とも三面が湖に面した水城で、城から城への移動は船が使われた。

天正四年（一五七六年）一月、信長公は丹羽長秀殿を総普請奉行に任命し、湖東の安土山に築城を開始する。安土の地は近江の穀倉地帯を睨み、東海道・北陸道・中山道が交差する交通の要所で、京と岐阜・尾張を結ぶ中間点でもあった。

こうして信長公は、安土・長浜・坂本・大溝の四城で琵琶湖の東西南北の四拠点を押さえ、伊勢湾・若狭湾の海上交易路も確保して、城・町・街道・湊を組み合わせていかれた。

信長公は上洛時に堺にも手を伸ばしている。

当時の堺は、会合衆と呼ばれる豪商達が自治運営する都市国家であった。堺は国友村と並ぶ鉄砲の生産地で、その弾薬（硝石・鉛）や材料（軟鉄・真鍮）の一大輸入港でもある。信長公は、堺を押さえることで海外交易の利益や、鉄砲生産地・弾薬輸入港を確保しようとしたのじゃ。

公方様が上洛の褒美として副将軍か管領の地位を与えようとした際、信長公はこれを固辞し、代わりに海上交易の要所堺、湖上物流の要所大津、北国・東国への街道要所草津の支配権を求めたという。この三箇所を押さえると、鉄砲・弾薬が東国大名に流れにくくなる。鉄砲も弾薬が無ければただの鉄筒というわけじゃ。

信長公は、矢銭（軍資金）二万貫（約二十四億円）を会合衆に要求する。会合衆は当初徹底抗戦の姿勢を見せたが、織田軍が大軍で堺を包囲すると抗戦の愚を悟り、永禄十二年（一五六九年）に矢銭の支払いを呑んだ。信長公は、会合衆を説得した納屋今井宗久や、天王寺屋津田宗及などの宥和的な豪商の自治を通じて堺を間接統治した。特に今井宗久には、但馬の鉄鉱山や生野銀山の管理を任せ、宗久は代わりに鉄砲・弾薬をふんだんに供給するとともに、茶の湯を信長公に伝授している。

次に信長公が狙ったのは大坂の上山台地である。当時の大坂平野は、雨が降れば一面水浸しとなり、満潮時には海水が淀川や大和川の奥まで逆流していく湿地帯。難波や浪速の名前の通り海や川の波が迫る河の内、河内と呼ばれていた。その中で上山台地は唯一乾いた高台で、その北端に巨城を築けば堺の通過点を押さえ、淀川の河口から京の朝廷を睨み、西国大名討伐の前線基地にもなる。

しかしそこには大坂本願寺が立ちふさがっていた。大坂本願寺は三方を海や川・湿地帯に囲まれ、唯一の攻め所は南側の天王口だけ。ここを濠や石垣で固めれば容易に防御ができる天然の要塞である。

信長公が大坂本願寺攻めを重要視したのは、一向宗撲滅を狙ったわけでなく、天下布武の戦略拠点を確保する為であった。

楽市・楽座は、既に美濃の斎藤氏や駿河の今川氏、一向衆寺内町で行われている。信長公は、領内に積極的に進めたものの、特定の座に安堵状を渡し、堺のように特定の豪商に特権を与えることもしている。その経済政策は、既存の形態でも利用価値があれば利用し、旧態依然として変革すべきものは破壊するというめりはりを持っていた。

信長公は、貨幣制度の安定に着目した武将でもある。当時は永楽銭が流通していたが、次第にシナからの流入が減った為、精銭（きれいな銭）は退蔵され、摩耗・破損した鐚銭（びたせん）や私鋳銭が出回って受け取りを拒否される場合があった。

悪貨は良貨を駆逐し、貨幣の不足は円滑な流通を妨げる。そこで信長公は、永禄十二年（一五六九年）に撰銭令を定め、鐚銭は精銭の十分の一の価値として貨幣の流通を促している……。

＊（永楽銭は一枚＝一文（約百二十円）、一貫＝千文。従って一万貫は約十二億円という計算）。

⑤　太田牛一の見た信長　――政教分離・経教分離――

中世の寺社勢力は、荘園という不動産業、宋や明からの輸入銭による中央銀行業、土倉への貸出しという金融業、座の許認可権や関所による製造業・流通業の独占を財源としていた。

また旧寺社勢力は寺院・神社一体で、一つの宗教団体にあたかも寺院部と神社部があった様相を呈している。競合する寺社勢力に対抗する為、また座や関所などの既存権益を守る為に、旧寺社勢力は強力な傭兵部隊、僧兵＝寺院部、神人（じにん）＝神社部を有していた。

……信長公は流通拠点を押さえ、交易を盛んにしてそこから上がる利益を財源として常備軍を創ろうとされていた。その政策が楽市・楽座であり、関所の撤廃である。

しかしそれは寺社勢力の縄張りに踏み込んでいくことを意味した。当然寺社勢力は、徹底的に抵抗する。その代表例が延暦寺で、比叡山焼き討ちは、武力を有する利権団体を討ったに過ぎない。

一方、一向宗や日蓮宗などの新興勢力は、寺内町の経済力、即ち町人の寄付を収入源としていた。寺内町が栄えれば栄えるほど、寺院は収益が増える仕組みである。

従って荘園や座・関所を財源とする旧寺社勢力や、鎌倉・室町幕府と結託してシナ交易を独占し、金貸しや東班衆の会計代行業を財源とする臨済宗五山勢力とも異なる。

一向宗とは不思議な宗教団体である。

そもそも仏教とは何か。わしはこう見えても天台宗の元僧侶である。仏教とは仏陀の教えという意味ではない。仏陀になる為の教えである。ダルマと呼ばれる法だけが絶対的なもの、これを悟った者だけが仏陀に成る。

悟りとは何か、どうやれば悟りの境地に達して仏陀となり得るのか、解は無い。深い瞑想・思索と厳しい修行の中で体得していくものじゃ。最初の仏陀お釈迦様がいかに悟りの境地に達し、安らかで煩悩の無い状態（涅槃）に辿り着いたのか、これを弟子達が様々に解釈したものが仏教の経典であり、どの経典を重視するかで様々な宗派が存在する。

仏教の心とは、識（心）の在り方である。視覚・味覚など五つの知覚を前五識と呼び、これらを統合して知・情・意を司る識を第六識とする。さらにその先の無意識や潜在意識の領域まで広げたのが第七識、これを末那識と呼ぶ。末那識により自己という意識を生み出すが、一方で自己に執着する心、即ち我執というものも生み出す。この我執が煩悩に繋がるのじゃ。

それではどうすれば我執・煩悩から逃れることができるのか。それには末那識のさらに奥深くに潜む生命の根源である第八識、阿頼耶識まで進む必要がある。それではどうやって阿頼耶識に進むことができるのか。

残念ながら経典では、これに対する明確な答えは用意されていない。真理を得るには、文字や言葉では完全に伝えられず（不立文字）、優れた師によって以心伝心で直接教えを受ける（面授）ほかない。

しかしこれでは民衆は救われない。何とか悟りに辿り着く為の補助線が、縁起の理法である。

縁起とは「全てのものは因果関係（原因と結果の一方通行の関係）と、相関関係（一方の変化により、他方も変化する）により成り立っており、全ては刻々と変化し、移り変わっていく」という万物流転の考えである。

因果関係により何か一つ変わってしまうと、相関関係により世の中全てが変わってしまう。その為、世の中には絶対的なものなど無い。これを空という。空は無でも有でもない、無も有も大きく包む概念で、この世に物質的現象（色）は存在しない（空）、全ての色は空から生じるという色即是空、空即是色である。正直、凡人のわしにはよく分からんがのう。

いずれにしても、仏教の真髄は「空」、仏教における法とは「縁起」、仏教の心とは「識」であるとだけ言っておこう。それらを学ぶ大寺院が、焼き討ちにされた比叡山延暦寺というわけじゃ。延暦寺は円（法華経）・律（戒律）・禅・密（密教）を体系的に整理した天台宗の総本山である。

空・識・縁起からなる仏教と、伴天連の説く唯一絶対神デウスとは相容れないものである。

ところがこの伴天連の教えに似ているのが、浄土真宗（一向宗）というわけじゃ。浄土宗は阿弥陀仏（如来）のみを選択し、ただひたすら口に念仏を唱えれば良いというものである。なぜならば阿弥陀仏の本願は、「我を十回念仏すれば、皆浄土に往生させる」からである。

この教えの真髄は、「来世（浄土）」と「平等」である。阿弥陀仏に帰依し、口に念仏を唱えれば、必ず平等に浄土へ往生できるからである。浄土とは悟りを開いた仏の住む清浄な世界。浄土に往って生まれ変わり（往生）、末法の現世では難しい悟りを開くことが本来の目的である。やがて阿弥陀仏の極楽浄土を目指すことが、最終目的と変貌していった。

この浄土宗をさらに先鋭化したのが、親鸞の浄土真宗じゃ。その教えは、阿弥陀仏に帰依（信仰）することこそが全てで、一切を阿弥陀仏にお任せするという絶対他力の立場を取るものである。「阿弥陀仏一仏に向け」という教えから、世間が勝手に一向宗と呼んでおる。その教えの真髄は「信仰心」と「現世」である。信仰のみが救いをもたらすという教えが、伴天連の教えに似ておる。

浄土真宗では、その信仰心ですら阿弥陀仏より授かったもので、南無阿弥陀仏という念仏は、阿弥陀仏への感謝の気持ちであるとする。そしてゆるぎない信仰心を得ると、この世において心は深い喜びに満ちるとして、現世重視の救いをひたすら説いた。

浄土真宗のもう一つの特徴は、二種回向という教えじゃ。衆生が往生できるのは、阿弥陀仏の計り知れない功徳が回向として振り向けられた結果であり（往相回向）、往生した人間は浄土に留まるのではなく、苦しんでいる衆生を救済する為に、再びこの世に戻ってくる（還相回向）というもの。

この世では深い信仰心で喜びに満ち、阿弥陀仏の往相回向で極楽浄土へ往き、衆生を救済する為に還相回向でこの世に復活する。これは見事に死の恐怖を和らげた。この深い信仰心と平等意識・二種回向により、寺内町や農村は団結し、死を恐れぬ一向宗門徒として信長公を苦しめることになる。

ところで宗主顕如は、なぜ十年間も信長公と対峙したのであろうか。顕如が各地の本願寺門徒に送った檄文では、信長公が大坂本願寺の破却を命じてきたからとあるが、これは表向きの理由であろう。顕如の決断には、本願寺の内部事情があるようじゃ。

諸国の本願寺門徒は、寺内町の免税や不入の特権を領主から認めてもらう為、領主と良好な関係を維持する必要がある。大坂本願寺は総元締めとして、各地の大名と良好な関係を維持することを門徒から求められていた。従って信長公に敵対する浅井・朝倉（娘婿が顕如の嫡男教如）・三好勢などが信長包囲網を敷いた為、各地の門徒の要請で本願寺も包囲網に加わったというのが真相であろう。

それにしても大坂本願寺はなぜ長期に亘り織田軍に対抗できたのか。それは戦国一の鉄砲集団雑賀衆と、戦国最強の海賊村上水軍が与していたからである。雑賀・根来は鉄砲の生産地で、海上交易も担っていた。硝石や鉛は種子島や博多・豊後でシナ商人から調達し、瀬戸内海の航行は村上水軍が安全を保証する。塩硝（硝石）は越中五箇山の門徒から上納されたとも聞く。なんでも土と蚕糞と干し草を混ぜて自然生成（バクテリア発酵）するようだ。

信長公は、顕如が降伏して退去する際には一切手を出さず、惣赦免事つまり今までの罪を許すとして関係者を処罰していない。一向宗を弾圧するつもりなどなく、信仰の自由は保証しているのだ。ただ徹底抗戦で向かってくる狂信の徒は根切りにした。長島一向一揆では二万人、加賀一向一揆でも一万人を根切りにしている。恐ろしいことである……。

＊（信長による徹底した政教分離により、それ以降日本では、ヨーロッパで生じたような過激な宗教戦争は発生していない）。

⑥ 太田牛一の見た信長 ――軍事改革、兵農分離――

……尾張の兵は弱いと評判じゃ。それは尾張が豊かな商業地域で、領地拡大の為に命を賭けて戦う意味合いが薄いからであろう。そんな弱兵でも勝つ為にはどうしたらよいか、信長公は知恵を絞った。

そこで考えたのが俸給で足軽を雇い、常備軍にする方策である。

応仁の乱当時の足軽は、放火や略奪など後方攪乱を担っていたが、規律も無く無法行為で治安を悪化させ、軍の評判を貶める存在であった。

これに対し、信長公は家督や稼業を継げぬ次男以下の持て余し者を長期雇用し、厳しい軍律の下、しっかりと訓練を施して戦列に加えた。そして彼らを鉄砲隊・長槍隊・弓隊・黒鍬者（工兵隊）・荷駄者（輜重隊）などの専門兵科に編成し、特に鉄砲を野戦兵器として活用していった。

野戦兵器としての鉄砲の弱点は、装填に時間がかかること、雨天の場合に火縄が濡れることである。

そこで信長公は、着火装置に覆いを付け、射手に隊列を組ませて列ごとに連続斉射する戦術を編み出した。また食料・弾薬の補給を担う荷駄者や、砦・橋を速やかに作り上げる黒鍬者を強化し、機動力を上げていったのじゃ。

＊（連続斉射は雑賀衆が編み出したとする説もある。ヨーロッパでは、オランダ独立軍司令官マウリッツが、一五九四年に連続斉射の戦術を用いたが、信長はこれに先立つこと二十年前に実践している）。

信長公は交易・物流の拠点に居城を築き、米の年貢ではなく貨幣で徴税してその資金で常備軍を整え、常備軍や馬廻衆を城下に住まわせて彼らを消費者とした。また城下を区割りして家臣に分譲し、家臣の領地は一族から代官を任命して管理させるように仕向け、家臣を徐々に城下に集めていった。城下町による兵農分離である。

こうして岐阜や安土をあっという間に大都市にし、城下町を栄えさせた。城下町は防衛力・機動力を備えている。織田軍は、いつでもどこでも迅速に出陣し、いつまでも戦闘できるのじゃ。

一方で岐阜城や安土城は、絢爛豪華な城郭で公家や他の大名、文化人らをもてなし、その権威と権力を誇示する空間でもある。信長公は、海外に負けない建造物を造るという思いを強く持ち、異国にもその威容・評判を届けたいと考えていたようである。

安土城は、安土山（標高百九十メートル）に築かれた独創的な城である。安土の名は海神族安積(あずみ)からの転訛であろう。岐阜城にも天守台と望楼はあったが、最初に本格的な天守閣（安土城は天主と称す）を備えた城は安土城である。

信長公は南蛮建造物に興味がおありで、南蛮様式を伴天連どもから聞き、望楼をより豪華な外観を持つ天守としたのであろう。天守を居住の場にしたのも信長公だけである。高石垣・天守・瓦葺きという新たな形態の城郭は、信長公の安土城によって完成した。

信長公は勢力拡大に伴い、柔軟に家臣団の組織を変えていった。尾張統一後の家臣団は、宿老など有力武将、旗本（馬廻・小姓衆）、連枝衆（親族）、吏僚（祐筆・奉行衆）の四つに分類される。

その後美濃の浪人明智光秀や素性の知れない木下藤吉郎、甲賀忍者出身の滝川一益などを起用する。能力重視の人材登用であるが、その代わり彼らを徹底的にこき使った。

やがて軍団制へと移行し、各方面を制圧するための方面軍を編成し、有能な武将を司令官としてその配下に与力や専門部隊を付け、万単位の大軍団を指揮させた。軍団長は、戦いで切り取った地域を新たな領地として与えられる。

信長公は参謀を置かず、自ら全てを判断して行動する体制を取り、その命令は絶対であった。本能寺の変では、馬廻衆は勿論のこと、奉公人に至るまで誰一人逃げずに戦い、信長公に殉じている。

天正八年（一五八〇年）八月、本願寺顕如の降伏後、信長公は宿老佐久間信盛に十九箇条の折檻状を送り付け、怠慢の罪で高野山に追放した。また筆頭家老林秀貞も、二十四年前の弟信勝を擁立した罪を挙げ、追放している。戦況が落ち着くまで我慢し、用意周到に追放の機会を睨んでいたとしか思えない冷酷な仕打ちである。

この人を機能でしか見ないという扱いが、やがて松永久秀や荒木村重、そして明智光秀の相次ぐ謀反に繋がっていくのであろう。

⑦ 太田牛一の見た信長 ――三度にわたる包囲網――

第一次包囲網までは、信長公と公方様は団結して当たっていたが、第二次包囲網の中心人物は、その公方様と武田信玄である。信長公は朝廷や幕府の権威を利用したが、やがて自分は傀儡であると気付いた公方様は、次第に信長公に反発していく。

その頃まで信長公と信玄は同盟関係にあった。北条・上杉・徳川と三方に囲まれ苦戦していた信玄を、信長公は公方様を通じて講和をまとめ上げ、信玄に貸しがあると思っておられた。しかし延暦寺焼き討ちにより、天台座主が甲斐に逃れて仏敵討伐を訴えると、仏門に入っていた信玄は信長公を倒す決意をする。

元亀三年（一五七二年）九月、信長公は公方様に対する十七箇条の詰問書を送り、朝廷を蔑ろにして公務を省みない欲深い悪しき御所と、人格否定までして公方様を非難する。

公方様は信玄にすがった。その一か月後、信玄が大軍を率いて遠江・三河に侵攻し、同年十二月の三方ヶ原の戦いで家康公を完膚なきまでに叩いた。

信玄の進撃を知った公方様は決意を固め、元亀四年（一五七三年）一月に反信長の兵を挙げた。信長公は公方様の離反を、幕臣が勝手に企てたのかと俄に信じなかったという。

公方様は朝廷の仲介で一旦講和したものの、七月に宇治槇島（まきしま）城に籠って再度蜂起する。しかし既に明智光秀や細川藤孝などの幕臣は公方様を見限っており、信玄も四月に病死して武田軍は甲斐に撤退している。公方様はなすすべもなく信長公に敗れて追放され、ここに室町幕府は終焉を迎えた。

天正三年（一五七五年）五月、一万五千人の武田軍と三万八千人の織田・徳川連合軍が設楽原（しだらがはら）において激突した。長篠の戦いである。連合軍は三千挺あまりの鉄炮を用い、武田軍に圧勝した。

武田軍も鉄砲保有率は東国大名としては高い。ただ内陸の甲斐では、鉛・硝石の調達が難しい。長篠城の近くには鉛鉱山があり、武田勝頼の狙いはその鉱山を確保することにあったようだが、戦いに間に合わず、弾薬不足で戦いに臨むことになった。

連合軍は別動隊で勝頼本陣の裏を突かせ、設楽原に押し出す作戦を取る。武田の騎馬隊に蹂躙されない為には、連続斉射が必要となる。そこで信長公は、馬防柵を三重に構えて柵の前には逆木を置き、鉄砲隊を二列に配置して連射させ、その後は装填できた者から自由に射撃させたのじゃ。

武田軍はぬかるむ水田・沼地を避け、何本かの細い道筋から攻撃を開始。最初に鉄砲隊と弓隊で一点突破をはかり、突破後は騎馬隊が切り込む戦法である。

武田の騎馬隊は、馬防柵の左右から連射を受けながら、最初の馬防柵は何とか突破したが、二重目・三重目の馬防柵の内側に退いた鉄砲隊にさらに射撃を受ける。豊富な弾薬を備える織田・徳川連合軍の連射は止まらず、やがて武田軍の騎馬兵は次々と撃たれて壊滅していった。武田側は譜代家老や多くの重臣が戦死し、勢いは徐々に衰えていくことになる。

一方本願寺勢力は、大坂・長島・越前の三拠点で信長公と戦っていたが、一五七四年に長島の一向一揆が殲滅され、一五七五年には越前の一向一揆も根切りにされた。顕如はたまらず信長公に誓詞を納め、再度の和議を請うた。ここに第二次包囲網は瓦解する。

天正四年（一五七六年）、信長公は右近衛大将に任じられ、その後正二位、右大臣に叙任されたので、義昭公より官位が上になる。つまり朝廷は、信長公が天下人であることを公認したというわけだ。

しかし信長公は二年後に、右近衛大将・右大臣の両官をあっさり辞官し、前右大臣（さきのうだいじん）と呼ばれる。辞官の理由は分からない。源頼朝公の故事に倣ったと言われておるが、単に官職など関心が無かっただけかも知れぬのう。

天正四年（一五七六年）春、第三次信長包囲網が敷かれる。

主力は毛利輝元と三度挙兵した大坂本願寺、これに上杉謙信が加わった。

激戦となったのは、水陸からの本願寺包囲戦である。第一次木津川口の戦いでは、毛利方村上水軍の秘密兵器焙烙（ほうろく）火矢によって、九鬼水軍はひとたまりもなく炎上して敗北。海上封鎖が破られ、兵糧・武器弾薬が本願寺に運び込まれてしまった。その後、信長公は雑賀衆の頭目鈴木孫一を降伏させ、さらに再度謀反を起こした松永久秀を天正五年（一五七七年）十月に討ち取っている。

天正六年（一五七八年）三月には、上杉謙信が春日山城で病死。謙信死後の跡目争いに乗じて、柴田勝家殿が能登・加賀を制圧している。

しかし同年三月に播磨国の別所長治が、また十月には摂津国の荒木村重が謀反を起こし、毛利軍・大坂本願寺と手を結んで信長公に敵対した。村重の与力である中川清秀や高山右近は、信長公に脅されて説得に当たったオルガンティーノ神父に従い、村重には味方しなかった。

信長公はこの間、大筒を装備させた鉄甲船を造らせている。鉄甲船は防御力に優れているものの、鉄の重みで動きは鈍り、何より鉄は海水に弱く錆びやすい。しかし木津川口に浮かばせている分にはその問題もなく、大筒を積んだ浮かぶ鉄の城は、焙烙火矢も通じず守りにも攻めにも強い。

天正六年（一五七八年）十一月、信長公は六隻の鉄甲船を伊勢大湊から大坂湾へ回航し、村上水軍を打ち破った。第二次木津川口の戦いである。この勝利により、織田軍は大坂湾の制海権を奪い返し、本願寺の兵糧路を断つことができた。

天正七年（一五七九年）九月、荒木村重が有岡城から撤退、天正八年（一五八〇年）一月、別所長治が籠る三木城も陥落する。同年三月、正親町天皇の勅命のもと、本願寺宗主顕如は信長公と和睦（降伏）し、八月に大坂から退去した。


信長公は何度も裏切りや謀反に遇い、その都度危機を脱している。しかし果断にして道理を重んじるお方が、人の心だけは読めなかった。いや己のなすことに自信があり過ぎ、よもや裏切られるなど理に適っていないと思われていたのであろう。

謀反を起こした実弟信勝の赦免後、再び裏切られている。義弟浅井長政が裏切った際も、北近江の支配を任せているのに不満など無い筈、虚報であろうとにわかに信じなかった。領国を安堵したのは自分であり、家臣に準ずると考えていたのであろうが、長政にすれば、六角氏に戦勝し北近江の支配権を固めたのは自分であり、家臣扱いされる謂れは無いと反発し、離反したのであろう。

裏切られた信長公の怒りは凄まじく、浅井父子と朝倉義景の頭蓋骨を薄濃(はくだみ)にし、馬廻りばかりの酒宴の肴として披露したという。伴天連から聞いた異国の王の振る舞いに倣ったとも聞く。

大坂本願寺が挙兵した際も、信長公はなぜだと驚いておられた。公方様が反旗を翻した時も俄に信じなかった。松永久秀には三度裏切られ、荒木村重には何か不満があれば申してみよと翻意を促したが、村重の心を変えることができなかった。

その苛烈で激昂しやすい御性格が相手を威圧し、不満を鬱積させていったのであろうか。遂には最も信頼していた家臣に、寝首を掻かれる最期となってしまわれた。

⑧ 太田牛一の見た信長 ――信長公と石――

古来日本では、神々は磐座(いわくら)と呼ばれる巨石に降臨すると考え、御神体とした。磐座は日本庭園における石組みの原型とされ、石の絶妙な配置は日本庭園の大きな特徴となっている。

神霊が宿る石の扱いは、その意思を汲んで行われるべきものである。この石を極めて政治的に活用した人物こそ信長公であった。この世に残るは世評(記憶)と石だけ、そう思し召したのであろうか。

二条御新造に、戦勝の象徴である藤戸石を細川屋敷から移し、公方様を新たな天下人であることを誇示している。藤戸石とは、備前国児島の藤戸の戦いで、源氏の佐々木信綱が騎馬で浅瀬を渡り、対岸の平氏軍を破った際の浅瀬の目印にした石。世阿弥の謡曲「藤戸」に取り上げられている。

「藤戸」に感じ入った将軍義満公は金閣寺に藤戸石を移し、その後義政公の時に銀閣寺に移され、さらに十二代将軍義晴公の時に細川高国に譲った。歴代の天下人に引き継がれたことから「天下人が所有する天下の名石」とされている。その後関白殿下の聚楽第に移され、解体後は醍醐寺三宝院の主石となっている。

安土城には、一万人を使って昼夜三日間で運び上げた蛇石と呼ばれる（百トンを超える）巨石が置かれ、安土城一階の南側座敷には盆山石と呼ばれる石を置いて、自らを御神体とした。

信長公は、石垣を天下人の威厳を示すものとして活用している。

地震・降雨量の多い日本で、急斜面に高石垣を積むのは容易なことではない。本格的な石垣を持つ城は、信長公が大津坂本を中心に活動する穴太衆（あのう）という石工集団に出会って実現している。

石垣は、加工程度によって野面積み・打込み接ぎ・切込み接ぎの三つに分けられる。

野面積みは自然石を積み上げる方法である。石の形に統一性が無い為、石どうしが噛み合っておらず、隙間や出っ張りができて登られ易いという欠点があるが、排水性に優れ頑丈である。

打込み接ぎは石の表面や角を叩き、平たくして石どうしの接合面に隙間を減らし積み上げる方法である。野面積みより高く、急な勾配が可能になる。

切込み接ぎは、方形に整形した石材を密着させ、積み上げる方法である。石材が密着して排水できないため、排水口が設けられている。

穴太衆の祖先は、古墳時代に朝鮮半島から日本にやって来た渡来人であろう。古墳や石棺の造営を担った技能集団で、延暦寺の創建にも関わっている。

元々朝鮮やシナの石積み技術は、接着剤の役目を果たす漆喰を用いていた。しかし雨の多い日本では、漆喰を用いると水を含んで崩落しやすくなる。しかも山がちな日本では、急斜面に対応しなければならない。そこで穴太衆は工夫しながら、日本の風土に適した独自の石工技術を進化させた。その名声を高めたのは、延暦寺焼き討ち後のことである。

信長公は延暦寺の遺構を徹底的に潰す為、丹羽長秀に石垣の打ち壊しを命じた。しかし石垣は頑丈すぎてなかなか崩すことができない。その石垣は穴太衆という石工集団が手掛けたものだと長秀が報告すると、信長公は穴太衆を呼んで石組みを説明させ、穴太衆の技術は非常に理に適ったものであると感心したという。

大きな石と小さな石、奥行きのある石を組み合わせ、裏手にぐり石と呼ばれる小石を組み上げる。地震の揺れにあっても、小さな石が遊びとなって緩衝材の働きをして揺れを逃がすのじゃ……。

⑨　フロイスの見た信長

……第二のザビエル神父になる。私（フロイス）はそう決意した。リスボン王室秘書庁の書記見習いとして働いていた時のことである。

ザビエル神父はゴアに赴き、一万人以上の異教徒に洗礼を施し、「洗礼の十字を切りすぎて私の右腕は壊れそうだ。それでも右腕が使えなくなれば左腕で十字を切るまで」と報告し、ザビエル神父贔屓の国王ジョアン3世を喜ばせている。

私はそんなザビエル神父に憧れ、遠い異国の地に福音を広めることを夢見た。夢は実現させてこそ。まずイエズス会に入り、聖職者にならなければならない。私の父は当然反対した。聖職者になれば跡取りがいなくなるからだ。

イエズス会に入会するということは、異国に赴きおそらく故国には戻らぬことを意味するが、私の決意は固い。十七歳になるとイエズス会に入会し、入会から二か月後の一五四八年三月にインドのゴアに向かった。二度と故国に戻らぬ覚悟である、と両親に許しを請う手紙を残して。

十月にゴアに着いたが、神の御業であろう、ここで憧れのザビエル神父に会うことができた。神父はアンジェロ（ヤジロー）という日本人を連れ、翌年に日本へ布教に向かうという。

アンジェロは元海賊で殺人の罪を犯し、ポルトガル船長の導きにより、悔い改める為にゴアに辿り着いたという。今は同じ聖パウロ学院で神学を学んでいる。彼を見る限り、日本人は礼儀正しく利発で、現地改宗者に比べても神学の理を良く理解している。ザビエル神父が日本布教に期待するのも無理はなかろう。

ゴアにはポルトガルを逃れてきたユダヤ教徒やマラーノが多い。またアフリカ・アジア各地から様々な奴隷が集まっている。モザンビークの奴隷市場から、ハブシと呼ばれる黒人奴隷が運ばれ、その他マラバル人・シャム人、マラッカ人、さらにシナ人や日本人の奴隷もいる。彼らはみな戦争捕虜か、海賊にさらわれた奴隷であろう。

ゴアのポルトガル人は、大体が一攫千金を狙う食い詰め者である。急に富を得た彼らは傲慢で、目を背けたくなるような奴隷虐待は日常茶飯事、いつか神の裁きが降りるであろう。

私は聖パウロ学院長の秘書を務め、「文筆の才有り。判断力に優れ、天性の高い語学力を持ち、良き教師たらん」と評価された。ただ「いささか冗長で饒舌」という評も付けられている。物事を事細かに記述する性癖は、長所でもあると自負しているのだが。

一五六一年に司祭（パードレ）に叙階され、各地の報告書を扱う任にあたる。

ある日、収監されている男の告解を受けた。自らを大詩人と名乗る男で、大航海を成し遂げたポルトガル人の栄光を叙事詩にするのだという。

詩人というだけあって、想像力豊かで話はおもしろい。勇猛な騎兵部隊クズルパシュを擁するイスマーイール1世が、宿敵ウズベク王を倒した際、その王の頭蓋骨に金箔を塗って髑髏杯にした話。マムルーク朝を滅ぼしてムスリム世界の盟主となった新興オスマン朝が、新兵器の大砲・鉄砲を使ってクズルパシュ騎兵を撃退した話など、詩人の話は尽きなかった。

その詩人は、銀をよく産する日本という島に行きたかったが果たせなかったと残念がっていた。私もザビエル神父から日本事情を聴き、日本伝道の志を高めている。

一五六三年夏、私は遂に日本の横瀬浦に上陸を果たした。横瀬浦は、トーレス神父が洗礼を授けた大村純忠公の交易港である。トーレス神父はザビエル神父とともに来日し、その遺志を引き継いで布教に努めているが、戦乱の続く日本での布教はなかなか困難であるとのこと。

横瀬浦も、純忠公に敵対する後藤貴明により焼き討ちに遭い、平戸の度島(たくしま)に避難する羽目になった。しかもそこで病魔におかされてしまう。困難な出だしであるが、これも銀を練るような神の試練。

度島では、フェルナンデス修道士から習得が難しいとされる日本語を学んだ。ザビエル神父いわく、日本語は悪魔の言語だと。確かに主語が不明瞭で、助詞や敬語の使い方、曖昧な表現法など複雑である。もっともザビエル神父の故郷バスクの言葉も習得困難で、悪魔の言語と言われているようだが。
＊（仏バスク博物館には「かつて日本にいた悪魔がバスクに移った」とある）。

十か月あまり度島で過ごした後、京都へ向かうことになった。京で布教しているヴィレラ神父とともに布教活動を行う為である。度島は天使の島だった。島を去る際、子供達は波打ち際まで追ってきて私の服の裾にすがり、泣きながら別れを惜しんでくれた。

京ではヴィレラ神父と元琵琶法師のロレンソ了斎修道士の熱心な働きかけで、公方様（義輝）から宣教許可を授かり、順調に布教が進むかと思われた。

日本の統治者は内裏（天皇）であるが今は権威のみとなり、最高権力者は武士の公方様である。しかし乱世で公方様の地位さえも危うい。一五六五年、布教を許可してくれた公方様が三好勢に討ち取られると、我らを疎ましく思っていた三好勢や京の仏僧どもは、ここぞとばかりに内裏の勅命で我々を京から追放した。「デウス祓い」である。

我々は堺に避難し、極貧生活に喘ぐことになる。ヴィレラ神父は豊後に去り、私が畿内の布教責任者となったが、布教再開のめどは立たず、またしても苦難の僕(しもべ)となる。

私はヴィレラ神父に泣き言を書き送った。

「こちらは何ひとつうまくいっていません。信者は増えず運営費も乏しい。この三年半というもの食事は米少々、大根の葉の煮物か蕪の味噌汁だけ。贅沢を求めているのではないのですが、清貧といえどもこれだけでは体力が持たないのです」

しかし神は我らを見捨てなかった。尾張の国主信長公が、亡き公方様の弟義昭公を将軍職に就かせ、あの憎き三好勢を駆逐し、松永久秀を臣従させたのである。

そして幸運なことに、ロレンソ了斎の説話に感動して洗礼を受けた高山父子(ダリオ高山飛騨守、ジュスト右近)の計らいで、摂津領主の和田惟政殿が、我らを京へ呼び戻してくれた。

一五六九年三月、私とロレンソ了斎は、和田殿の案内で京都妙覚寺を宿所としている信長公に京帰還の御礼を申し上げに伺った。ただその時は部屋の奥で音楽を聴いており、直にお目見えすることは叶わなかった。

我々は信長公への贈り物として、大鏡・孔雀の尾飾り・ベンガル産の藤の杖・ビロードの帽子を贈ったが、信長公はビロードの帽子だけを受け取り、あとの三つは返している。物欲の無いお方である。

我々は言葉を交わせなかったが、信長公との謁見を果たせ満足であった。しかし信長公の布教許可を取り付けなければならない。

後で聞くところによると、我々を敵視する松永久秀が信長公に忠告していたという。

「殿、気を付けなされ。伴天連どもは危険な存在。彼らが説く悪しき教えが広がると、常に領国が分断する様は私が確かに目にしたところです」

これに対して信長公は不快感を示し、即座にこう返したという。

「汝のような古狸が何と小心なことよ。一人の異国人が、この広い日本において一体どんな悪を及ぼすというのか。余は逆に、かくも遠路はるばる教えを説くために異国人がやって来たことを、我が名誉と思うのだ」

そうは言ったものの、後日我々に直接会わなかった理由をこう述べられた。

「余が単独で汝らと語り合わなかったのは、教えを説く為に遠路はるばる来た伴天連を、どのようにして迎えたらよいか分からなかったからである。汝らの活動を苦々しく思っている輩も多い」

ほどなくして信長公から、「伴天連に会いたい」と言ってきた。場所は建設中である公方様の二条御新造、つまり建設現場である。

先の訪問で、信長公が我々と口をきかなかったことを残念に思った和田殿の粋なお計らいであろう。信長公も我々に興味をお持ちのようである。信長公は、多くの人夫を動員して陣頭指揮をされていた。その格好は貴人というより奇人。すぐに座れるように虎の皮を半袴の腰に巻き、粗末な服装で片手に鉋（かんな）を持ち、甲高い声で指示を出している。

私は遠くから深くお辞儀をすると、信長公は近くに来るように手招きし、並んで濠の橋の上に腰かけるよう命じた。信長公は終始くつろいだ雰囲気ながら、我々を質問攻めにした。

「年齢は幾つか。ポルトガルやインドから日本まで、どれだけの距離を航海し、またどれだけの期間を要するのか。日本で汝らの神の教えが広まらなかったらインドに帰るのか」

私は躊躇なく答えた。

「たとえ信者が一人でも、この地に留まりその人の為に生涯を捧げる決意です」

感心した信長公は、「なぜ都には教会が無いのか」と尋ねられた。

これに対しては通訳のロレンソ了斎が答えている。

「仏僧（ボンズ）らは、我らを目の敵にして、布教活動の邪魔をします。日本には我らの説く神の教えに帰依したいと願う者が多いのですが、こういう妨害を見て躊躇しているのです」

すると信長公は、遠巻きにして我らを見ている仏僧を見とがめ、彼らを指さして罵った。

「あの仏僧どもは純粋な信仰心を持っておらぬ。今は放任しているが、民衆を欺き己を偽る傲慢な輩で、いつかは成敗しようと思っておる」

私は、すかさずこの機会を捉えてお願いした。

「我々の唯一の願いは、救世主デウスの教えを広めること。それ以外の野心はありません。そこでお願いがあります。是非ともこの都に教会を建て、布教を行う許可を授けて下さい。そうしていただければ、殿の名声は、ヨーロッパのキリスト教の国々に広がることでしょう」

確答は得られなかったが、好意は得たようである。彼は伴天連との交流は気に入った、今後もしばしば語り合おうと言ってくれたからである。和田殿は、我々が差し出した銀の延べ棒に自費で何本か加え、信長公に献上して下さった。信長公は一笑に付して進物を受け取らず、

「余は金銀など欲しくない。異国人から金銀を受けとって許可状を出したとあれば、世間はどう見るか。インドやヨーロッパでの自分の評判はどうなることであろう」と言った。

そして和田殿に朱印状を作成し、公方様の名で制札を出すように命令されたのである。

横瀬浦に上陸して六年余り、ようやく理想的な庇護者が現われた。それでも仏僧の妨害行為は止まらない。特に信長公に気に入られている日蓮僧の日乗は、松永久秀と同じことを言った。

「伴天連どもは必ずや騒乱を起こし、世を乱します。岐阜城に戻られる前に、あのフロイスとかいう伴天連を追放するようお考え下さい」

信長公は既に朱印状を出していたので、「余は貴様の肝がこうも小さいことに驚いておる」と相手にしなかったと伝え聞く。

ところが四月二十日、信長公が岐阜城に戻る際、宿所妙覚寺に呼ばれ訪れたところ、あの日乗が居合わせ論争が起きた。妙覚寺は日蓮宗の寺、信長公は宗教論争を一度行わせたかったのであろう。

信長公が双方の宗旨の違いを問うと、まず日乗から切り出してきた。

「汝ら伴天連は誰を崇めるのか」

こちらはロレンソ了斎が相手となる。

「万物の創造者、唯一絶対神にして救世主のデウスである」

「汝らの言う神デウスなるものは、いかなる色（形）を有するのか」

「眼で見える形はない。しかし在る」

日乗は切り込んできた。

「汝らはその眼に見えない神にどのように仕えるというのか」

ロレンソも切り返す。

「汝ら仏僧は、神仏を金銀で飾り、食物・酒をお供えするそうだが、我らの神はそのようなものは要求しない。神を信じ、掟を守る者は誰でも至福を授けられるのだ」

一瞬、虚を突かれたような表情を見せた日乗は、信長公に向き直った。

「殿、これは人を惑わす便法、伴天連はこのように人を欺き騙すのです」

信長公は一笑に付し、日乗を煽った。

「気後れしたか日乗。問うてみよ、彼らは答えるであろう」

信長公も質問を挟み、論争は二時間も続いた為、老齢のロレンソに代わって私が論争の相手となった。その後万物の創造主・知恵の源泉など日乗に尋ねると、知らぬ存ぜぬの連続である。

そんな日乗に対して、私が永遠不滅の霊魂の存在を説いた時である。苛立った日乗は、

「汝ら伴天連が霊魂の不滅を説くならば、今ここに見せるべきである。霊魂が不滅ならば、ここでロレンソの首を斬ったとしても、肉体的には死んでも精神的に生きているのだから何ら問題なかろう」

と口走り、部屋の隅に掛けてあった長刀（なぎなた）に突進し、鞘を外そうとした。

論争を武器でもって終わらすとは、悪魔ルシフェルの為せる業である。和田殿・木下殿は、日乗を

取り押さえて拘束した。論争は我々が勝った。信長公は日乗に対し、「余の前で無礼であろう。仏僧が為すべきは武器を取ることではない。根拠をあげて自らの教法を弁護することであろう」と諫めるに留まっている。

＊（仏教の相対的な空の哲理と、キリスト教の絶対神は、発想の次元が異なる宗教思想であり、論争は噛み合っていない。フロイスが一方的に勝ったというのは一人よがりであろう。信長も日乗を罰していない）。

しかし日乗はしつこい。信長公が岐阜城に戻ると、内裏（正親町天皇）に働きかけて宣教師追放の勅命を取り付けた。

一五六九年五月、我々はこの窮状を信長公に訴える為に岐阜へと向かった。岐阜の町は商人や旅人で賑わっており、まるでバビロンの混雑を再現したかのようである。信長公は我々の来訪を喜び、「余の館を見せたいが、ヨーロッパやインドの宮殿と比べて見劣りすると困るので、躊躇しておる。だがわざわざ余を訪ねてくれたのだから、特別に余が案内してお目にかけよう」

謙遜しているのだろう。なぜなら人々は、その宮殿をパライゾ（極楽浄土）と噂しているのだから。信長公は、常にインドやヨーロッパとの比較を意識しておられる。その館は、山（金華山）の麓に立つ贅を凝らした宮殿である。巨石を並べた石垣に囲まれ、劇場のような壮麗な建物が我々を迎えた。不思議なことに石垣は、石灰で固められていない。

庭は大小四つあり、山の岩肌には人工の滝が流れている。橋の回廊が四階建ての宮殿を取り囲み、数えきれないほどの部屋・廊下が巧妙に造られている。

なるほどパライゾ・デ・ノブナガである。さて本題の布教許可である。信長公は我らに言明された。「内裏がいかなる綸旨を出そうとも心配に及ばず。一切は余の力のもとにある故、汝らは余の言うことに従い、汝らの欲する場所にいて差し支えない」

感激に打ち震える我々に、信長公は館で菓子をふるまってくれた。

我々が岐阜を去る際も、山の頂上にある望楼を見るようにと勧められている。かなり険しい道であったが、頂上からの眺めは息をのむほど素晴らしい。

信長公は嬉しそうに、「インドにもこのような城があるか」と聞いてきた。

昼食にも招かれ、信長公は自ら私に食膳を持ってこられた。私は謝意を表わす為に食膳を頭上に持ち上げると、信長公は笑いながら、「汁をこぼさぬよう気をつかわれよ」と言った。何から何まで最高のおもてなしであった。

信長公は中くらいの背丈で華奢な体躯である。織田家は美男・美女の家系と評判で、信長公は端正なお顔立ち、妹のお市の方も美女の誉れが高い。信長公は髭が少なく、声は太く甲高い。はなはだ性急で決断が早く、名誉心に富み正義に厳格である。

時おり怒りを露わに激昂するが、幾つかの事では人情味と慈愛を示した。ただときおり憂鬱な面影を宿すことがある。彼は自らの意見に絶対的な自信を持ち、絶対君主としてふるまっている。優れた理解力と判断力によって、迷信や祟りなどを軽蔑し、宇宙の創造者や霊魂の不滅は無いと公言している。彼が極めて優秀な統治者であることは間違いないであろう。

彼は酒をあまり嗜まず、食も贅沢をしない。米に白湯をかけた（湯漬け）ものに、胡桃を混ぜた焼き味噌を乗せて食べるのを好んだという。栄養価の高いものを手早く食べるのが性に合っているのであろう。甘いものが好きなようで、私がバナナや金平糖を献上すると喜んだ。

赤ワインを献上すると、その色の深紅の様を不思議がり血のようだと言った。私は最後の晩餐の話をし、この色は主キリストの血の色で、我らの儀式ミサで信者と分け合うものであると説明すると、不思議そうな顔をされ、日本の酒とは色も味も違うものであると感心されていた。この赤ワインは航海用の酒精強化ワインで甘みが残っており、甘いものが好きな信長公はお気に召したようである。その後珍陀酒として日本でも飲まれるようになる。ポルトガル語のヴィーニョ（ワイン）・ティント（赤）がチンタ酒になったのであろう。

＊（信長を感心させたのはキリスト教の教義ではなく、堕落した仏僧とは異なり、清貧・貞潔・従順という三つの請願を守る修道士の生き方であった。富や名誉ではなく、布教の為に幾千里の波濤を越えてやって来たヨーロッパの宣教師は、信長にとってとても気になる存在であった）。

岐阜城訪問以降、彼の強力な後ろ盾により、畿内の布教は順調に進んだ。

ただ信長公の改宗は期待できないであろう。はっきりと霊魂の不滅など無い、死後には何も存在しないと公言して憚らないからである。

日本布教長のトーレス神父は一五七〇年に亡くなられた。尊師ザビエルとともに布教に携わった日本開教の祖である。信徒から父のように慕われ、実際に父のような慈愛を信徒に与えた。日本人の資質を高く評価し、日本の文化を尊重して日本の風習に倣った。

商人であったアルメイダは、トーレス神父に感化され、それまでの富と名誉を棄て日本イエズス会に入会した。医師免許を持つ彼は、嬰児殺しや間引きを目の当たりにし、私財を投げ打って孤児院や病院を建て、トーレス神父の慈愛を実践している。また二千ドゥカードを会に寄付し、この資金で生糸交易に投資し、会の運営費用を賄った。交易に手を出すのはイエズス会規則に反するが、トーレス神父は黙認した。国王からの扶助金など、一向に届かなかったからである。

トーレス神父の温かい人柄と篤信で、日本イエズス会が豊後・肥前に福音を広め、畿内に確固たる橋頭保を築けたのは間違いない。彼とともに来日したフェルナンデス修道士も既に亡くなり、これで最初に来日した宣教師達は、みな神のもとに召された。

一五七〇年六月に来日したのが、新たな布教長カブラル神父とオルガンティーノ神父である。

カブラル神父はスペイン系軍事貴族で、神学に通じ、インドで学院長などを勤めた権威主義者である。赴任そうそう宣教師らを集めて、絹服の着用を禁止し、生糸交易の投資を禁止した。

しかし我々は従わなかった。贅沢をしたいわけではない。絹服を着用しないと日本人は信用してくれず、交易収入が無いと会の運営がままならないからである。

カブラル神父とオルガンティーノ神父は犬猿の仲である。来日前に手違いからインド管区長代理の権限が両名に与えられ、それが元で諍いを起こしたのだが、日本に来てからも布教方針で対立した。

日本人観と日本人会士の扱いに対する考えも全く異なる。カブラル神父は日本人に好意を持たず、日本の風習を悪し様に言った。

「そもそも日本人ほど傲慢で強欲、かつ欺瞞に満ちた民を見たことがない。隙あらば人の上に立とうとし、服従の生活をすることに耐えられない。彼らは喜怒哀楽の感情を押し殺し、自分の心中を他人にさらけ出さない。常に相手の心を探り、相手から自分の心を探られないようにする。従って日本人を入会させないことだ。日本人がヨーロッパ人よりも人数が増えれば、彼らだけで結束して我々を追放するかも知れぬ」

残念ながらこれでは信者は増えない。アジアを劣ったものと見なす布教長の方針に、日本人会士は反発して離反していった。


一方、オルガンティーノ神父は日本人をこよなく愛し、日本文化や風習を尊重した。

トーレス神父の適応主義を引き継いで米食を好み、仏僧のような墨染めの服装を常とした。イタリアの素朴な農民らしい明るさと、魅力的な人柄で日本人から「宇留岸伴天連」や「ウルバン様」と慕われ愛されている。彼はよく言った。

「日本人は世界で最も賢明かつ優秀な国民である。彼らは名誉と面目を重んじ忍耐強い。さらに優雅で礼儀正しく理性によく従う。この点ではヨーロッパ人よりよほど優っている。従って柔軟で融和的に付き合えば、かくも聡明で賢明な人々への布教は容易であろう」

彼は正しい。来日三年ほどで、信者を三倍に増やしたからである。ただ適応主義の行き過ぎは、キリストの教えを曲げるものと懸念している。日本人は戒律を守ることが苦手だ。優雅で聡明であるが、七つの大罪に溺れやすい。やはりヨーロッパ流の布教方針が好ましいと考える。

それより大いなる不思議は、顔のない日本人である。日本では、喜怒哀楽の表情を露わにすることを、礼節に欠けた下賤な者として軽蔑する。感情が露わに出るのは修養が足りないからで、いかなる状況でも泰然自若に振舞うべきとする。その為、相手を知るには日本人のいう「肚の内を探る」ことが必要となる。これがカブラル神父のいう欺瞞と偽りであろうか。

女性の化粧も無表情を演出する。白粉を厚く塗り、歯を黒く染め、目と口を小さく見せる。いわゆる死人の化粧である。

おもしろい話がある。焼き討ちにあった仏僧（天台座主覚恕法親王）が保護を求めて武田信玄のもとに逃れ、信玄はこれを受けて信長公を非難する手紙を出した。いわく、

「信長は延暦寺を焼き討ちにした仏敵であり、自分は天台座主沙門（座主に仕える弟子の修行僧）として必ずや正義の鉄槌を下し天下を静謐にする」

これに対し、信長公はこう返している。

「実父を追放し、小田原攻めで城下を焼き払い、俗体でありながら大僧正を僭称するなぞもってのほか。見掛け倒しの仏法修行などわしが邪魔してやる」

そして第六天魔王（仏教修行の邪魔をする魔王）と署名したという。見掛け倒しの仏法修行を謗(そし)る

のは痛快だが、魔王と名乗るのはどうか。最近信長公は、自らを神格化するようになり感心しない。
私は十二年に及ぶ畿内布教を終え、オルガンティーノ神父に後を託し、一五七七年十二月に豊後へ向かった。豊後を支配する大友宗麟公は、伴天連やキリシタンを保護して下さるので、家臣団のうちから次々と入信者が出始めている。

この年、宗麟公は家督を嫡男義統（よしむね）に譲り、府内城から臼杵城（丹生島城）に移り、一五七八年に洗礼を授かった。洗礼名はドン・フランシスコ。ザビエル神父の名をいただいたものである。

一五七七年に日向の領主伊東義祐が島津軍に敗北し、伯父である宗麟公のもとに逃げてくると、宗麟公は島津討伐を決めた。一五七八年三月、三〜四万の大友軍は日向に入り、キリシタン家臣が日向の神社仏閣を徹底的に破壊した。神の義に適う良き行いである。同年八月、宗麟公は私とカブラル神父とともに、赤い十字架旗が掲げられた軍船で日向に入り、無鹿（むしか）に本陣を置いた。

宗麟公は、日向に理想のキリシタン王国を建国し、隠棲の地とするつもりである。しかし十一月の耳川の戦いで大敗を喫する。大友軍は総崩れとなり、豊後へと敗走していった。

「全て伴天連のせいだ。伴天連は国を亡ぼす悪因ぞ、こ奴らを追放せよ」

豊後では数多くの無礼な言葉を浴びせられ、辛い思いをした。

しかし悪いことばかりではない。良い知らせも届いている。東インド管区のヴァリニャーノ巡察師が日本に来るというのだ。ヴァリニャーノ神父は、イエズス会総長アクアヴィーヴァのローマ学院時代の学友で、巡察師は総長代行の権限を委ねられている。

彼は新たな東インドの布教構想を抱く鋭敏でやり手なお方と聞く。我々の現状を知ってもらい、人的・資金的に支援いただかねばならない。また行き過ぎた適応主義も修正していただく必要があろう。かくも早く、我らの主なる神の恩寵をいただけるとは。父と子と精霊の御名(みな)において、アーメン……。

第五章　ハブシ

① マカオ攻防戦

――一六二二年六月二十四日　マカオのポルトガル人居留区――

……空をオランダ艦隊の砲弾が切り裂いていく。煙幕を張り、上陸を開始した約八百名のオランダ兵が、勝利を確信してトランペットを吹き、太鼓を叩いて気勢を上げている。

こちらも負けじと砦から太鼓を叩き、戦意を示す。しかし砦にはポルトガル兵五十人、武装した市民が百名ほど、あとは私が指揮するハブシ（黒人奴隷）のにわか兵約百名だ。

沖合から十三隻のオランダ艦隊がさかんに艦砲射撃をしてくる。

ここマカオは、ワコー退治と地代の支払いを引き換えに、定住を黙認された居留地に過ぎない。常に明国政府の官僚が反旗を翻さないかと介入し、我らが強固な防御を敷くことを許さなかった。

オランダ人は砦の防御が手薄だと知っている。そしてポルトガル商人が、年一回の広州交易会に出かける隙を狙って攻撃してきたのだ。運が悪いことに、明国政府は侵入してきた女真族を撃退すべくポルトガル兵を徴兵し、砦から大砲を数門持ち出している。残されたのは、約百五十名のポルトガル人と私が率いるハブシ隊だけ。イエズス会の司祭や修道士も勇敢に戦った。

対日交易の重要な拠点マカオを奪われてはいけない。守備隊は聖パウロ天主堂近くの砲台から砲撃を加え、私は進撃してくるオランダ兵を待ち伏せ攻撃で応戦した。

この戦法は日本で学んだ。寡兵で相手を殲滅する「釣り野伏せ」である。兵を中央隊と左右の三隊に分け、まず中央隊が敵に突撃し、敗走を装って退却する。相手が勝ちに乗じて攻め急ぎ、戦隊が延びたところを伏せている左右隊が側面攻撃を行う。そして敵が浮足立ったところを中央隊が反転して逆襲し、三隊で取り囲んで敵を殲滅するというものである。

ハブシ隊は、この戦法でオランダ兵をおもしろいように倒していった。ポルトガル人も「サンティアゴ〜」と鬨の声を挙げて総攻撃を行い、三日間の激戦で遂にオランダ軍を撃退した。敵側の死傷者は、司令官も含めておそらく三百名を超えたであろう。

なぜ日本の戦法を私が知っているのかだと?

それは私が誇り高き日本の戦士サムライだったからだ。

そう、私は偉大なる殿、信長公に仕えたサムライであった。

太腿と横腹に受けた銃創が血と体力を奪っていく。突撃した際に受けた傷だ。釣り野伏せは自らを犠牲にする覚悟がいる。死を恐れぬ日本人らしい戦法だ。

次第に目も霞み寒くなってきた。神に召される前に一つ願いを聞いて欲しい。勇敢に戦ったハブシを奴隷から解放してくれないか。マカオを守った勇者だ。

私の一生は夢のようだった。薄れゆく意識の中を記憶が蘇ってくる。

特に蜃気楼のようなあの一年余りが……。

＊（マカオ攻略に失敗したオランダ東インド会社総督ヤン・ピーテルスゾーン・クーンは、ポルトガル側の勝利は主に黒人奴隷らの奮闘によるものだったと述べている。戦勝日六月二十四日は、中国に返還されるまで「マカオ市の日」として祝日であった）。

――ユリウス暦一五七〇年頃　アビシニア（エチオピア）高原――

その日の早朝、私の部落は突如襲われた。女達の悲鳴、子供らの泣き声が村を駆け巡る。小屋で寝ていた私は何事かと驚いて跳ね起き、隙間から外の様子を窺った。

黒いターバンを巻いた男達が次々と現われ村人を捕まえていく。ムスリムの人さらいだ。男達は黒い肌に模様を描いている。歯向かう者は、断末魔の声とともに砂煙の中に討ち倒れていった。老人は邪魔だとばかりに蹴り飛ばされ、幼子らは突然のことに立ち竦んでいる。

「逃げて！　早く」、母が叫びながら私と弟の背中を押し、小屋の裏口から逃がそうとした。

「あの森に逃げ込むのよ！」

手には短剣を持っている。少しでも時間を稼ぐためであろう。

「お母さん、一緒に逃げよう」

母にすがりつこうとしたが、母は振り向いて再び叫んだ

「早く！　あの森に」

そして小屋の外に出ていった。それが私の見た母の最後の姿である。

私と幼い弟は小屋の裏口から外に出たが、途方に暮れて立ち尽くした。既に村は馬に乗った黒いター

バンの男達に取り囲まれている。やがて髭を生やした一人の男が近づいてきて言った。

「大人しくしていろ。命は取らん」

そういうと男は私達を縄で縛り、鎖を付けて連行した。どこに連れていくのかは分からない。人さらいは奴隷商人とも言う。つまり奴隷にされたというわけだ。

さらわれたのは十代から二十代までの若い男女、父や母の姿はない。

アビシニアに住む我々は、キリスト教の一派コプト正教徒である。ムスリムは異教徒の我々を敵視し、聖戦の名のもとに略奪と殺戮を行った。奴隷売買は、奴らの伝統的な生業である。


炎天下の中、私達は縛られたまま徒歩で連行された。地獄の始まりである。道中、奴隷商人は私達を舐めるように見ながら仲間と喋っている。

「アビシニアの若い男は勇敢で身体能力が高い。忠誠心も強いので兵士や護衛役としてインドでは高く評価されている。女性も美しく体つきが良いので高値が付くであろう」

船に乗り、荷車に乗せられて何日経ったであろうか。モザンビークという島に着いた。長旅の終点地であるらしい。それまでに何人かが疲労と虐待で命を落としている。

奴隷商人は既に我々を売り飛ばしたのであろう、姿を消している。ここはポルトガルという白人の縄張りである。ポルトガル人は、主要な交易港からムスリムを追い払い、内陸のモノモタパ王国と連携して海外交易を行っている。奴隷も重要な交易商品だと聞いた。ポルトガル人も奴隷売買を生業としているらしい。

モザンビークの奴隷市場には、様々な部族が集められている。モンガ族、マクワ族、バントウー族、ただお互い言葉が通じない。ここではポルトガル語とスワヒリ語が使われている。スワヒリ語は少し分かるが、白人が何を言っているかは分からない。

奴隷市場は奴隷と商人でごった返していた。せりにかけられる奴隷は、台の上に腰巻ひとつで立つ。男も女もだ。奴隷商人は奴隷のまぶたを開いて白目に異常が無いか確かめ、歯の状態を検査する。その後台の上の奴隷をぐるっと回らせてせりが始まる。ある者はポルトガル領の要塞に、ある者はブラジルの農園に、そしてほとんどの者はインドに売られていく。私と弟の行先もインドであった。

帆船の船底に詰め込まれたが、狭い船室は身動きもままならず、寝られる隙間があればどこにでも寝た。与えられる水や食べ物は僅かで腐りかけており、飢え・渇き・悪臭にうめく日が何か月も続いた。極限状態が続くと人は獣になる。生きる為に人の水や食べ物を奪い合い、遂には発狂する者もいる。動かなくなった奴隷は、船員が鼻を布で覆いながら引きずり出し、甲板から海に放り込んだ。

そんな船員らもやせ衰え、髭や髪が伸び放題で、悪臭を放っている。

私の弟も次第に衰弱して動かなくなった。水や食べ物を分け与えたが回復せず、やがて息を引き取り神に召されていった。私は静かに十字を切り弟の冥福を祈ったが、渇きの為か涙は出なかった。

地獄の船旅は終わり、ゴアという港湾都市に着く。百人強いた奴隷は、六十名ほどに減っている。体力と運に恵まれた者だけが生き残れるのだ。

私はポルトガル商人のもとに売られ、召使として下働きをすることになった。

私の主人はキリスト教徒としてふるまっているが、実際はユダヤ教徒であるらしい。私がコプト正教徒と聞くと、扱いもましになった。ポルトガル語や現地の言語（ヒンズー語）も少しずつ理解できるようになってきたので、ゴアの状況も次第に分かってきた。

黄金のゴアと呼ばれるこの都市は、ポルトガルのアジア戦略拠点で、西のムスリム勢力に対抗しながら、東へ東へと拠点を広げていっている。今ではマラッカやモルッカ諸島、マカオに拠点を広げ、シナという巨大な国や、日本という銀をよく産する島に進出しようとしているらしい。

ただポルトガル本国の人口は多くないようで、常に人手が足らない。奴隷が必要というわけだ。男の奴隷は、召使・農園労働者・奴隷兵として使われ、女の奴隷は家事の雑用に使われた。主人の愛人になる者も多いが、飽きられると捨てられ、無惨に殺される者もいたと聞く。

この地のポルトガル人は成り上がり者が多く、教養や知性が乏しい。倫理感にも欠け、同じキリスト教徒として恥ずかしいぐらいだ。奴隷を虐待するなぞ日常的に行われ、気に入らなければすぐ暴力を振るう。それに比べれば、私の主人は比較的温厚で悪い人ではなかった。

しかし三～四年ほど働いた頃であろうか、私の主人は突如姿を消した。異端審問でマラーノとして告発され、火炙りの刑に処せられたらしい。主人の家屋・財産は没収された。隣人への愛という福音を届ける教会が為すことであろうか。いずれにせよ私は自由の身になったらしい。

インドでは、私のように北東アフリカ出身の黒人奴隷をハブシと呼ぶ。私の故郷アビシニアがハブシの語源になったらしい。ポルトガル人は黒人奴隷を総称してカフルと呼ぶ。

インドでは「良き戦士はハブシ、良き召使もハブシ」と言われている。その勇敢さと忠誠心の厚さが高く評価されているようである。ゴアの守備を担う傭兵隊長はハブシから選ばれる。

そこで私は軍隊に入った。自由の身とは言え、奴隷兵と同じ扱いだ。しかし軍隊の待遇は悪くなく、十分な食料と教育・訓練が与えられた。ハブシはみな強制的にキリスト教徒に改宗させられる。私はキリスト教徒だと言ったが、コプト正教会は異端だと否定され、改めてカトリックの洗礼を受けさせられた。今はもうポルトガル語に不自由しない。私は良き戦士として評価され、砦の守備隊として鉄砲・大砲を扱い、インド総督の警固を行うこともあった。

軍隊に入って暫く経った一五七八年、私はゴアのイエズス会に呼び出された。日本という国に派遣される宣教師の護衛役を、誰にするか見定めるとのこと。私のような屈強な黒人を護衛として雇うことはよくある。私は背が高く、強靭な肉体と怪力が自慢だ。しかし宣教師が護衛をつけるのは珍しい。護衛の対象は、イエズス会東インド巡察師ヴァリニャーノという。


私を教会に連れてきた守備隊長のポルトガル人は誇らしげだった。

「ヤスフェ、彼はイエズス会総長代理としてインドから東のアジア全域を統括する重職を担う。その護衛役は重要な任務、我が隊の名誉である」

私の名はヤスフェシュ・ディババ。ヤスフェと呼ばれている。

「隊長、命令とあれば行きますが、日本という島は遥か遠く、海賊が跋扈する海域に浮かんでいるとのこと。果たして生きて戻れるのでしょうか」

「世界の果てに神の福音を届ける大切な使命。その使命を負った神父を守るのであれば、死んでも間違いなく天国に行ける。心配するには及ばん、神のご加護で必ず戻ってこられる……であろう」

一方で宣教師達も何やら話をしている。ヴァリニャーノ神父は、護衛を付けるのを渋っておられる様子である。

「イエズス会は奴隷を認めておらん。所有してても使用してもならぬ」

「ヴァリニャーノ師、この男は、今は自由の身で砦の守備隊に務めております。元コプト正教徒で、今はカトリックに改宗しています」

「元は奴隷であったのであろう。あのザビエル尊師も特別扱いを嫌い、船には一般船室で皆と苦労を共にしたというではないか」

「今から向かうシナ海域にはワコーと呼ばれる海賊が跋扈しております。また日本という国は戦乱の地、危険です。使命を全うする為にも、是非この屈強な護衛をお付け下さい。彼は奴隷ではなく契約労働者です」

押し問答の末、最終的に彼は私を護衛に付けることを承服したようである。

やがて巡察師一行は、ゴアを出発してマラッカ経由マカオに到着し、一年ほど滞在して日本へ出発した。巡察師は日本に数年間滞在するという。

私はマカオで日本という国の予備知識を仕入れ、日本語の勉強を始めた。日本の礼儀作法や風習を学び、ある程度会話ができれば任務を果たしやすい。

マカオの宣教師によると、「日出ずる国」日本は、理性に基づいて行動する白い肌の人々であるという。ただ宣教師の出身地であるヨーロッパとは全く別の世界で、文化・習慣が異なる様は「逆さまの国」であるとのこと。

ユリウス暦一五七九年七月二十五日、遂に「日出ずる国」「逆さまの国」に到着する。到着した港は口之津というさびれた漁港である。いずれにせよ危険で不潔な船の生活が終わると思うと、神に感謝したくなる。暫くは新鮮な食事と足を延ばせる寝床を楽しむとしよう。

まだこの時には思いもよらなかった。この国であのような数奇な運命が待っているとは……。

② 巡察師ヴァリニャーノ

……巡察師が私と口をきくことは滅多にない。彼は従者を引き連れることにわだかまりがあるようだ。ただ私の肌の色を見下すことは無かった。これに比べ日本布教長カブラルや一部の宣教師は、あからさまに黒い肌の者を差別し、カフルとしか呼ばなかった。

（巡察）師は背が高く、厳しくも聡明な目つきであるが、ときおり憂鬱な面差しを見せる。肌は日に焼けて浅黒く、話し方は生き生きとして、立ち居振る舞いも上品で威厳があった。

彼はインドにおける布教の実態を目の当たりにすると、

「ここには政府も秩序もない。現地の人々は洗礼を受けても、すぐに元の土俗信仰に戻ってしまう」

と嘆き、改めて広大なインドを三年もの間巡察し、宣教に努めたと聞く。マラッカでは、「商人の多くがマラーノであり、キリスト教徒も含めてふしだらな生活を送っている。宣教師らのアジア人蔑視も甚だしい」と愕然としていた。

日本でも、日本イエズス会の現状に深い幻滅と失望を味わったようだ。布教方法をめぐる内部対立や、ヨーロッパ人宣教師と日本人修道士・助士（同宿）の相互不信、生活習慣の違うヨーロッパ人に対する日本人信徒の反感や侮蔑など問題が山積し、信者の数も伸び悩んでいる。師はザビエル神父や他の宣教師から日本人を称賛する情報を得て、布教は順調だと思い込んでいただけに、正直失望したと呟いていた。

しかし彼は諦めず精力的に動いた。豊後臼杵で早速宣教師や修道士を集めて協議会を開き、会の建て直しと新たな方針を打ち出す。彼の信念は、郷に入っては郷に従えである。即ちシナや日本などの文明度の高い所では、まずは布教地の習慣に適応すること。その為には言語を習得し、精神的・知的に人々の信仰心を呼び起こす方法が必要であると説いた。

また会の組織をシモ（九州）、ブンゴ（豊後）、ミヤコ（畿内）の三つに分け、布教活動の管理体制を整えるとともに、セミナリヨ（小神学校）やコレジオ（大神学校）を各地に設け、日本人司祭の養成を目指すことにした。さらに宣教師達がばらばらに本国に送っていた報告を、「日本年報」として年一度に纏めるよう指示を出し、一五七九年から実施させている。

師は二年間シモの宣教にあたった。シモの巡察を進めるうちに、彼は改めて民衆の識字率が高く、みな好奇心と向上心が強いことを知る。また武将の多くが難解な禅を理解し、文明度の高い日本人に適応主義を採用するのはやはり正しいと再認識したようである。

これに対し布教長カブラルらは異論を唱え、托鉢修道会のフランシスコ会やドミニコ会も師の適応主義を非難した。この為師は、イエズス会以外の修道会が日本での宣教を行うことを阻止しようとし、その後托鉢修道会と対立することになる。

師の日本人に対する洞察は的確である。私もシモの人々と接して、共感できることが多い。

彼の日本人論は次の通りである。

「人々はいずれも色が白く、極めて礼儀正しい。庶民や労働者でも、礼節をもって上品に育てられている。そして理性によく従う。家屋は板や藁で覆われた木造で、屋内にはどこもコルクのような畳が敷かれていて清潔に保たれている。工芸技術も精巧で繊細である。

日本人は、世界で最も面目と名誉を重んずる国民であると思われる。彼らは侮蔑的な振る舞いや、怒りを含んだ言葉に耐えることができない。また彼らは感情を表わすことには甚だしく慎み深く、胸中に抱く感情を外部に示さず、憤怒の情を抑制して怒りを発するのは稀である。日本語は、語彙が豊富で思想を良く表現できる優秀な言語である。

結論的に言って、日本人が優雅で礼儀正しく、理性や道理に従う点で、我らヨーロッパ人に引けを取らないことは否定できない」

彼はこう褒めながらも、一方で非難すべき面も有るとする。

「最大の悪は、色欲上の罪に耽ることである。特に最も堕落した男色につき、彼らは重大な罪と認識しておらず、相手もこれを誇りとして隠そうとしない。第二の悪は、主君に対してほとんど忠誠心を欠いていることである。反逆により自らが主君となっても、これによって彼らは名誉を失わない。

第三の悪は、虚言を弄し、陰険に偽り装うのを怪しまないことである。その心の中を知るのは困難で、言葉だけでは何を考えているのか分からない。第四の悪は、はなはだ残忍に、軽々しく人を殺すことである。第五の悪は、飲酒と饗宴に耽溺し、堕落して折角の天性を損なうことである」

師の指摘につき、特に第三の問題は私も困惑することが多い。日本人、特に貴人やサムライは、自分の考えや感情を滅多に表に出さない。日本語の難解さがこれに拍車をかける。相手によって使い分ける敬語や謙譲語、助詞の微妙な使い方など複雑で、文章や会話には主語が無く、誰が誰に対してものを言っているのか分からない。


日本人信徒は、相手の本音を知ることを「肚（腹）の内を探る」と表現するのだと教えてくれた。また「肚の虫が治まらない」「虫の居所が悪い」「虫が好かない」「虫唾が走る」など不思議な感情表現がある。どうも日本人の肚の内には、正体不明の虫が潜んでいるらしい。その虫の考えや感情を探るのが「肚の内の虫を探る」ということなのだろう。

サムライの名誉ある死の儀式切腹も、己の腹に潜む虫を始末して見事に果てるということであろうか。師も次のように述べている。

「彼らの性格は隠蔽的であるから、心を触れ合おうという気持ちを起こさせることが肝要である。なぜなら、信仰や堅固な徳操に到達するには、日本人の隠蔽性ほど大きな障害はないからである」

私は師とともに二年ほどシモの宣教活動に従ったが、彼は偏見や先入観を取り払い、異文化の特性を客観的に分析しようとした。これは異文化に敬意を払わず、アジア人やアフリカ人を見下す一部イエズス会士の傲慢さや、狂信的な熱意だけで布教を行う托鉢修道士の独善性と対照的である。

私は師に対して畏敬の念を持つようになり、彼の生い立ちを知りたくなった。そこで宣教師達の噂話に耳を澄ませ、長崎に来ていたミヤコ布教長オルガンティーノ神父にも話を聞いてみた。

以下は師の略歴である。

彼の名はアレッサンドロ・ヴァリニャーノ。イタリアキエーティの名門貴族に生まれ、ヴェネチア共和国の名門パドヴァ大学で法学を学んだ。一五五七年、ヴァリニャーノ家と親交のあった教皇パウルス4世に引きたてられローマで働いたが、教皇の死によりパトヴァ大学に戻り学業を続ける。

しかし彼は、ここで刃傷事件を起こしてしまう（一五五八年）。原因は定かではないが、酒場で口論の末に若い女性の顔を傷つけたらしい。彼は告発され、ヴェネチアの監獄に放り込まれてしまう。若気の至りとは言え、女性の顔を傷つけたという深い悔悟と絶望の中で、彼は生き方を変え、残りの人生を神に奉仕する決意を固めたという。

彼がときおり見せる憂鬱な面差しは、この事件が尾を引いているのであろう。

その後イエズス会に入会し、ローマ学院で哲学と神学の勉強に励んだ。イエズス会総長アクアヴィーヴァは、この時の学友である。彼の布教方針は、健全な漸進主義と適度な柔軟性である。

イエズス会総長は、会内部で対立しているスペイン人とポルトガル人の融和を図る為に、イタリア人のヴァリニャーノを東インド巡察師に起用したらしい。しかしポルトガル人司祭らは、イタリア人が重職に就くことを快く思わず、総長の決定に異論を唱えた。ポルトガル領東インドは、当然彼らがその任を担うものと考えていたからである。そして厳格な服従と清貧を求めるヨーロッパ中心主義を主張し、師の適応主義を糾弾した。

それにも拘わらず彼が選ばれたのは、

「本質を見抜く洞察力と柔軟性を兼ね備えた現実主義者で、明確な構想を描く才能に長けていたからだ」とオルガンティーノ神父は説明してくれた。

③　京の馬揃え

師はカブラル布教長の頑固さに手を焼いている。来日前、師はカブラル神父の要請に応えて二十六名に及ぶ司祭や修道士を日本に送り込み、日本語を学ぶように指示を出していた。しかし彼らは全く日本語教育を受けていなかった。カブラル神父をなじると、

「あなたは日本語の難解さを知らない。日本語教育など無駄なことだ」と反論した。

また師が日本人司祭を育てようとすると、

「日本人が司祭になると、彼らだけで勝手なことをするであろう。彼らはあくまでヨーロッパ人に奉仕する立場に置くべきだ」と言い放った。

カブラル神父は向上心が強い日本人に、会の主導権を奪われるのを恐れているようである。

師がミヤコの巡察を行おうとすると、

「私が既に何度か巡察しているので不要である。インドで問題が起こっているようだから、巡察師はすぐに戻るがよかろう」とまで言った。よほど師が煙たかったのであろう。

一方、大の日本人好きで根っからの適応主義であるオルガンティーノ神父は、是非ミヤコに来てくれと催促してきた。偉大なる殿――信長公の信頼厚く、ミヤコの布教でめざましい成果を上げている状況を、是非見て欲しいということである。師はインドに戻らず、ミヤコに向かうことを決めた。その後カブラル布教長は更迭(こうてつ)され、インドに戻ることになる。

一五八一年三月、師はフロイス神父らと供にミヤコへ向かった。勿論護衛役の私も一緒である。途中の堺では大歓迎を受け、次に高槻という町に入った。この地の領主ジュスト(高山右近)は、洗礼名通り(ジュストとは「義の人」という意味)信仰心の篤い高潔な人物とのことで、オルガンティーノ神父の信頼も厚い。ジュスト様は我々を手厚くもてなしてくれた。

師は彼の要請に基づき聖週間の典礼を高槻で行ったが、巡察師が来たと伝わると周辺の熱狂した信徒が押し寄せ、おまつり騒ぎの歓迎を受けることになる。師は堺や高槻での歓迎ぶりに喜び、心強く思ったに違いない。

日本では受洗した信徒をキリシタン、宣教師をバテレンと呼ぶそうだ。

シモでは、領主が洗礼を受けると領民もそれに倣うという形で、大友領・大村領・有馬領におけるキリシタンは増えている。シモの領主が受洗した背景には、イエズス会の仲介により、ポルトガル商人から武器・弾薬を調達できるという側面がある。

しかしミヤコのキリシタンの多くはこうした交易の利ではなく、純粋な信仰心をもって受洗しているのだ、とオルガンティーノ神父は胸を張っていた。

ミヤコでは、殿の庇護があるので信徒の数は増えつつあるらしい。勿論オルガンティーノ神父の手腕もある。彼は日本に馴染み、日本人を愛し、日本人から愛されているからである。ただミヤコの中心地京のキリシタンはまだ少ない。これはバテレンを敵視する仏僧が多い為らしい。


きらびやかな巡察師一行は、行く先々で一目我らを見ようとする大勢の群衆に囲まれた。

それにしても凄まじい群衆で身の危険を感じる。ジュスト様は群衆から身を守る為に護衛や馬を用意し、私まで乗馬するようにと勧めてくれた。ゴアで騎兵の訓練を受けていたので乗馬は得意だ。

背の高い師は、馬に跨ると更にその高さを増し威厳も高まった。しかし群衆の目当てはどうも私らしい。確かに初めて見る黒い肌の大男が馬に乗ると、見世物としては最高であろう。

「キリシタン国より黒坊主参る」、この噂は忽ち京に広がり、好奇心の強い信長公は、早速その黒い大男に会わせろと命じてきた。

師も護衛役のハブシがこれほどまで注目され、ミヤコの実力者の関心を惹きつけるとは思いもしなかったであろう。オルガンティーノ神父は早速私を連れて、信長公のおられる本能寺へ赴いた。

神父は粗相が無いようにと、貴人に会う際の礼儀作法を手ほどきしてくれた。とにかく頭を低く深々と下げるお辞儀を忘れぬようにと、そしてこの謁見には日本イエズス会の命運がかかっているのだとも言った。私は緊張しながら広間の隅で頭を低くして、信長公が「近こう寄れ」と命じるまで待つ。

信長公は実に不思議そうな顔で私をまじまじと見られ、そばに来るように命じ、私を立たせた。さらに上半身の服を脱ぐように命じ、私の黒い肌を洗って布でこすり、色が付いていないか調べた。やっと本物であると納得した信長公は、微笑まれて言った、「(本物)であるか」と。


信長公は私に次々と質問をしてきた。どこの生まれだ、そこは巨人国か、皆肌の色は黒いのか、背の高さは等々、好奇心の強いお方である。

始めはオルガンティーノ神父が通訳してくれたが、その後は私が日本語で話をした。シモの二年間で私の日本語もだいぶ上達している。私はアフリカの生まれで、インドでは兵士であったと説明すると、信長公は地球儀を持ってこさせ場所を確認した。地球儀を使いこなすとは驚きである。

神父によると、地球儀(一五三六年制作フォペルの地球儀と同型)を献上した際、信長公は色々と質問をし、神父にヨーロッパから遠路どうやって来たのか説明を求め、その勇気と信念を褒め讃えたという。そして、「世界が球形であることは理に適っている」と即座に納得されたという。

信長公は世界が広大なこと、その中で日本は小さな島国であること、ヨーロッパ人がその世界の裏側から大型帆船で航海してきたことをよく理解していると神父は言う。極めて知性の高い人物であるようだ。

信長公が、「兵士であったならばその技を見せよ」と命じられたので、私は広間の真ん中で、レスリング（相撲）をする羽目になった。相手は体格のよい家臣であるが、私の強靭な肉体には適わない。格闘術もインドで学んでいる。突進してくる相手をがっちり受け止め、背中に回りこみおもいっきり投げ飛ばした。信長公は、「これぞ十人力の剛力」と大喜びであった。信長公の子供らも喜んでくれている。信長公は私を黒い戦士として気に入ってくれたようである。

日本語をある程度話し、礼儀作法をわきまえていたことが幸いしたのであろう。褒美として銅銭の束を十ばかりもらった。私が重い銅銭の束を軽々と担ぎ上げて深々とお辞儀すると、家臣らは感嘆の声を挙げた。大役を果たして教会に戻る途中、安堵したオルガンティーノ神父は、

「もしこれが墨を塗った単なる大男であれば、お前の首はあの鋭い日本刀によって胴体から離れていたであろう」と聖職者らしくない冗談を言った。
＊（太田牛一の「信長公記」では、「キリシタン国より黒坊主参り候。年の齢（よわい）二十六、七と見えたり。惣の身の黒き事、牛の如し。彼（か）の男、健やかに器量なり。しかも強力十の人に勝れたり」とある。徳川家の松平家忠の日記には「身は墨のごとく、丈は六尺二分＝一・八メートル強」と記されている）。
三月二十九日（天正九年二月二十四日）、師はオルガンティーノ神父、フロイス神父と私を連れて本能寺を訪れた。日本イエズス会の行方を決定する重要な会見である。信長公は恭しく我らを迎えてくれたが、師の背の高さに驚き、その憂いを秘めながらも聡明そうな青い目に魅了されたらしい。

師は「日出ずる国」の権力者に会えた僥倖を神に感謝するという意味の挨拶をし、贈り物を献上した。オルガンやクリスタルの器に時計、それに黄金の飾りを施した緋色のビロード張りの豪華な椅子一脚である。

信長公は、特に豪華な椅子を興味深く眺め、やや甲高いが遠くまで響く張りのある声で言った。

「よくぞ参られた神父よ。はるばるインドから京まで来られたと聞き、誠に感謝致す。道中体調を崩されたと聞いたが、具合はいかがであろうか。何か余にできることがあれば、何なりと言って欲しい」

誇り高く傲岸不遜と言われている信長公が、師の身を気遣っている。信長公は贈り物のお礼を丁寧に述べられ、簡単な食事と珍陀酒を運ばせた。

師は信長公の深く射るような視線を浴び、緊張していたようだが、ワインが場を和ませ、次第にくつろいだ雰囲気となる。

信長公は、私の時と同様に矢継ぎ早に質問を繰り出した。師はオルガンティーノ神父と同じイタリアで生まれたこと、そこでは人間中心主義の運動（ルネッサンス）が盛んであることを説明した。さらにローマ教皇がキリスト教界の最高位であること、イエズス会は教皇に忠誠を誓って世界にその教えを広げる役目を担っていること、自分はそのイエズス会の総長代理権限をもってインドの東を統括する任務を担っていることも説明している。

信長公は世界地図を持ってこさせ、一つ一つ確認しながら頷いておられる。最後に師に、「日本のことはどう考えておるのか」と尋ねられた。

師と通訳のオルガンティーノ神父は、言葉を選びながら話を進める。

「我々宣教師は、布教する国の伝統と文化を尊重して、隣人への慈愛を伝道すべく日々励んでおります。この日出ずる国日本は、人々の好奇心・向上心とも他国に抜きんでており、豊かな伝統と文化を兼ね揃えております。願わくば、我らの福音を広める活動を保護していただきたく存じます。さすれば殿の御威光と御高名は、遠くヨーロッパの国々まで広がることでしょう」

「貴殿らバテレンは、無私無欲で清貧を心掛けておる。我が国の堕落した仏僧とは大いに異なるようじゃ。余がいる限り心配無用である。安心して布教に励むがよかろう」

信長公はこう述べた後、くつろいだ様子で話題を変え、微笑みながら私の怪力ぶりをおもしろおかしく語った。その時、オルガンティーノ神父がさり気なく師に目配せをした。すると師はおもむろに信長公にこう申し上げた。

「お気に召せば、この黒い戦士を殿に献上させていただきたい」

師も神父も抜け目がない。予め示し合わせたのか、より一層の保護を得るために私を献上したというわけだ。勿論信長公は大喜びで師に礼を述べ、私を直臣にすると言った。極めて名誉なことである。アフリカでさらわれた奴隷の私が、サムライという日本の戦士になるのだ。

その後も会話ははずみ、晴れやかな会見は成功に終わった。

信長公は、師の上品で威厳がある佇まいと高潔な人格を好ましく思っている。師も信長公の理に適った考えと、ひたむきで己を偽らない姿に共感を覚えたようである。自己の理想を実現する為に、全てを燃焼させようとする二人の相互理解と尊敬が生まれた瞬間である。

上機嫌の信長公は、師一行を四月一日に催される京の馬揃えに招待した。前年に仏教勢力（大坂本願寺）を降し、ミヤコを平定した信長公が、天下に威を示す一大行事であるという。

その後師一行は、信長公に別れを告げて教会に戻った。私は明日からサムライだ。

感慨にふける私に、オルガンティーノ神父が去り際にそっと囁いた。

「たまには教会に顔を出せばよかろう。殿中のことも教えて欲しい」

信長公の動静を探る情報源にしたいのだろう。イエズス会には恩が有る。気さくなオルガンティーノ神父にも世話になった。異論はない。


信長公は乗馬で体を鍛え、相撲を好み、新しい武器に関心がある。上背が有り頑丈で黒光りする私は、馬を乗りこなして鉄炮・大砲を操作し、怪力で相撲も強い。また日本語を喋り礼儀作法もわきまえているので、信長公は私を重用してくれた。

主君は上様と呼び敬わなければならない。私の身分は小姓衆、家臣団の中から選抜された若きサムライ集団である。主君の護衛や身の回りの世話する名誉ある仕事で、特別任務も与えられる。

私はもっぱら上様の道具持ちを任された。名前はヤスフェでは言いにくいからと、弥助と名付けられている。扶持（給与米）や従者、豪華な刀も下賜され、安土の城の一角に私邸を与えられた。

この恩に報いる為に、私は命を懸けて上様に尽くすつもりだ。

上様はときおり私の邸宅を訪れ、くつろいだ様子でインドの軍隊やポルトガルの軍船の様子を聞いた。安土では上様に目を掛けられた黒い戦士として、ちょっとした有名人である。いずれ領主に取り立てられるであろうと噂する者もいたほどだ。

四月一日（天正九年二月二十八日）、上様が師一行を招いた馬揃えは、内裏の東において絢爛豪華な桟敷席を設え、広大な馬場を用意して行われた。祭り好きの上様が催す一大行事で、主賓は内裏と公家衆である。師も見晴らしの良い桟敷席に着座した。

上様は馬揃えの準備役を信頼する光秀公に命じ、騎馬武者には豪華で目を引く衣装を用意するように指示している。ものすごい数の民衆が押し寄せ、会場は大混雑である。総動員された織田家のサムライ達は、思い思いの豪華な装束を凝らして参加し、飾り立てられた自慢の駿馬に跨っている。

馬上の上様は、馬六頭を先触れにして華やかな装束の従人五十人余りを配し、その装束と言えば、シナの皇帝が身に着けるという金紗や、紅梅に白の模様を配した鮮やかな錦の小袖を纏っておられ、白の袴と緋色のビロードの帽子と、誠に神様のような豪華ないでたちであった。その後ろには従者四人が、献上された緋色のビロードを張った金飾りの椅子を肩の高さまで掲げて歩いている。

勇壮に行進していた騎馬行列は、その後十五騎ずつ一組になって疾走し始め、さらに三〜四組が一緒になって入れ替わり立ち替わり隙間なく乗り回し、会場の熱気は最高潮に達した。

いよいよ私の出番である。それまでサムライ達と交じって馬を掛け巡らせていた上様が、おもむろに師が献上した金飾りの椅子に座り、師にゆっくりと手を振った。私はポルトガルの服装を纏い、椅子の傍で控える役である。

内裏や公家衆は怪訝な様子でこれを見ている。この趣向は上様の師に対する心遣いであろうか。いや、この豪華で勇壮な様を、インドやヨーロッパに伝えろということに違いない。観衆は歓声を上げ喜んでいる。師も笑顔で深々とお辞儀を返した。後に聞くところによると、内裏は上様に勅使を派遣されて、「これほどまでに大規模で豪華な催しを見たことがない。大変楽しかった」とお褒めの言葉をいただいたそうな。

④　安土城のルミナリエ

馬揃えが成功裡に終わって暫くすると、上様は師一行を安土城に招待し、私を伴い自ら城を案内された。安土城は五層七階の豪華な城である。

上様は、自分の誕生日五月十一日を吉日として安土城に入城している。地下一階から地上六階（高さ三十五メートル）の美しい塔のような建物は、天主閣と呼ばれている。

天主とは神を意味するのであろうか。安土城は琵琶湖に突き出す形となっており、琵琶湖の水運を利用して京まで出るのに便利で、交易路（中山道や北陸道）に通じる交通の要所である。城の内部には数階をぶち抜いた吹き抜けの空間があるが、これは宣教師から聞いたヨーロッパの教会、または京都の南蛮寺の構造を参考にしたのであろうという話である。その空間には宙にせり出した舞台が設置され、宙に浮いて舞うという幻想的な世界を演出する能舞台となっている。

地下一階には宝塔が据え置かれている。これは、仏教の聖人（釈迦牟尼）が遂に最高の教えに達した際、宝塔が宙に舞い上がり、大音声で褒めたという古の話に由来するものらしい。吹き抜けの空間は、宝塔が宙に舞う為にも必要だったのであろう。

天主閣は、望楼と呼ばれる物見櫓を乗せた構造で、階層ごとに壁が異なる色で塗り分けられている。五階は八角形の構造となっており、部屋の壁には仏教の聖人が描かれ、金箔を貼った太い柱には龍が描かれている。六階最上階は金色と青色で塗られ、屋根も金箔飾りの青い瓦で葺かれている。その屋根には、聖獣（金の鯱鉾）が置かれた。最上階（約六メートル四方）の座敷の内にはシナの伝説の帝王や聖人（三皇五帝）が描かれている。同輩の小姓衆によると、ここに描かれた帝王は上様を祝福する構図となっており、上様は内裏やシナの皇帝、あらゆる聖人を超越するという思いをこの城に託したのだという。

安土城は、奇抜な構造を持つ美しく壮大な見せる城、権威と権力を示す上様の神殿であろう。

面白いことに、上様は一五八二年の正月参賀に安土城を民衆に公開し、参拝料を自ら徴収し、それを後ろ手に放り投げるという演出を行った。私は傍らに控えて、放り投げられた銭を箱に収める役目である。天下人自ら参拝料を受け取り、黒い大男が箱に収めるという風景だけでも参拝料に値するというわけだ。

師は安土城の豪華さと威容に驚き、「ヨーロッパでこれに匹敵するのはローマのサン・ピエトロ寺院ぐらいであろう」と賞賛している。

座敷の一室に通された師一行は、上様と会談を持った。上様はくつろいだ表情で、

「安土城は天下統一の道標。余は次に大坂の地に安土城をしのぐ巨城を建造するつもりだ」と語った。

そしてその後に驚くべきことを表明した。

「余は日本六十六ヶ国を制した後、シナに渡って武力でこれを奪う為、一大艦隊を準備するつもりである。シナの次は天竺（インド）である」

壮大な遠征計画である。師は流石に緊張して息を呑んだ。

「さすれば」、ここで上様は間を空けた。

「貴国の軍船と大筒を供与してもらえれば、シナでの布教を認めることにしたい。イエズス会は仲介できるであろうか」


この国には遠洋航海に耐える軍船と、これを操船する船乗りがいない。師は軍事に巻き込まれることを極力避けたが、この申し出は魅力的である。シナにおける宣教は、はかばかしくなかったからである。あの広大なシナに布教の道が開かれる、師は一瞬そう思ったであろう。

しかし師は慎重であった。頷いて微笑んだだけで、肯定も否定もしない。上様は穏やかに続け、

「いや未だ先の話、心に留めておいてもらえればそれで良い。それはそうと、貴殿に帰国の土産を用意している。当国一の絵師に描かせた安土城の屏風である。この屏風を内裏の高覧に供したところ、献上を所望されたが断っておる。これを遠路はるばる我が国を訪ねてくれた貴方へ、敬意を込めて贈

りたいと思う」と勿体をつけた（狩野松栄に描かせた「安土山図屏風」）。

師は畏まって礼を述べ、会談は無事に終わった。上様に丁寧に見送られて安土城を出ると、師はフロイス神父に囁いた。

「信長公のあの発言は、日本年報に載せてはならない」


オルガンティーノ神父は、京の南蛮寺から安土の教会堂に移っている。神父は安土城が完成するとその壮麗さに驚き、何とか安土城下の一画に教会堂を建てたいと願った。そうすればイエズス会の威信が増し、安土城下で信者も増える。

上様は即座に神父の願いを聞き届け、新しい埋め立て地の一画を提供してくれたという。

ジュスト様も人夫を提供して、教会堂は短期間で完成した。

教会堂は青い瓦で屋根を葺いた三階建ての豪華な建物で、一階には客室と茶室が設けられている。

「すべてのカザ（修道院）には、清潔で美しい茶室を設けること。そして茶の湯の心得のある同宿を住まわせねばならない」

師は日本の文化を尊重し、茶室が客人との談話に欠かせないことを良く理解している。

二階は大広間で寝室となり、三階はセミナリヨにあてられ、既に二十二名の生徒が学んでいる。

上様はオルガンティーノ神父が上長になると知って大層喜び、教会堂に多額の支援金を下賜された。上様は神父を信頼している。上様は私を連れて幾度か教会堂を訪れ、セミナリヨの少年達が弾くオルガンやヴィオラ、クラヴォの演奏に耳を傾け、くつろいでおられた。

日本人は西洋楽器の演奏を好む。教会側も神の荘厳なることを体感させる為に音楽を重んじた。オルガンは豊後と安土に各一台しかないが、オルガンティーノ神父は、百台あれば全民衆をキリシタンにすることができると豪語している。

ある日師が内裏に拝謁したいと申し出ると、上様は冷たく言い放った。

「その必要はなかろう。余が全てを決めるからだ」

権力なき者に、敬意を表する必要など無いということである。

この頃からフロイス神父は、上様が自ら神になろうとし、安土城がその神殿として建てられたのだと眉をひそめて非難しだした。確かに上様は自分の誕生日を聖なる日とし、その日に城へ参詣するよう命じている。神は内裏より上の存在、その神たらんとしたのであろう。

オルガンティーノ神父から、師がまもなく帰路に就くと聞いた。

このことを上様に申し上げると、師を安土城で行われるうら盆の提灯飾り（ルミナリエ）に招待するので、それまで安土に留まるように伝えよと私に命じた。うら盆（盂蘭盆会）とは、先祖を供養し亡き人を偲ぶ行事で、八月半ばに行われるらしい。

師はミヤコでの会見・馬揃えの招待・安土城での会談を通して、上様の布教庇護を確信されている。その証として豪華な土産も得たので、その成果をローマに早く報告したいと珍しく焦っておられた。

八月半ば（邦暦七月十五日）、その日がやって来た。日暮れからルミナリエが始まるという。安土の町には多くの提灯が吊るされ、町中が浮き立っている。

夏の陽が湖水の先の山の端に沈んで、空を橙色から藍色に染めてゆく。しかし家々の提灯には火が灯されず、やがて夜の帳が下りても町は宵闇に沈んだままである。町の人々は何も知らされず、ただ家に居て明かりを灯すなとだけ命じられている。巡察師も教会堂で何が起こるのであろうかと固唾をのんでいることであろう。

私は上様の側に控えてその時を待っている。

やがて大きな火矢が城から放たれ、それを合図に安土城の各層に隙間なく取り付けられた提灯に火が灯された。同時に城のいたるところに置かれた何百という篝火も燃え上がり、城から百挺もの火縄銃の空砲が放たれた。提灯に縁どられた安土城は赤々と映し出され、まるで燃えているように見えたであろう。町の人々はどよめき、やがて歓喜の声をあげた。お祭り好きらしい上様の趣向である。

ただ光の祭典はこれだけに止まらない。上様が、「参るぞ」と声を張り上げると、私を含めた小姓衆十騎ばかり、みな小袖の上に朱色の肩衣を来て町々を駆け抜ける。その後ろには燃えさかる松明を持った騎馬武者二十騎あまりが火の疾走を披露する。

火の行進はやがて教会堂に着くと立ち止まった。驚いたことに、上様は教会堂の二階から光の祭典を楽しんでいる師に手を振って挨拶している。暫くルミナリエを一緒に眺めると、やがて我々は城の方に駆け戻った。町では許しが出て一斉に提灯が灯され、人々が屋外に出て歓声をあげている。

安土の城も町も赤く燃えている。夢のような光の祭典であった。

翌日、上様は教会堂の前を通り、挨拶に出向いた師や宣教師達に、光の祭典はいかがであったかと

尋ねている。師は感激した面持ちで、

「上様のおもてなしやこの国での忘れえぬ記憶は、終生心に刻むつもりだ」、と心からの感謝の言葉を返すと、上様は非常に満足した様子で、「また会いたいものだ」と名残を惜しんだ。

「死のふは一定　偲び草には何をしよぞ　一定語り遺すよの」

上様がよく口遊む小唄である。死ねば霊魂も何も残らない、ただ記憶だけは残る。世の人々の記憶、即ち歴史に名を刻むには何を為すべきであろうか。

上様の構想ははっきりしている。六十六ヶ国を制して天下泰平の世を創り、シナやインドまで力を及ぼすつもりである。そして国政や外交は武将が、交易は商人が、田畑の耕作は農民が専らとする。朝廷の権威は認めるが、神事や文芸の継承に専念すべきである。個人の信仰は認めるが、宗教者は政治や経済に介入すべきでない。それが上様の理に適った世界である。

そしてこれを実現できる者は自分の他にいない。そうした自分の姿を、馬揃えや安土城の威容、光の祭典で師に示したのである。それをヨーロッパに伝えてもらいたい、それをできるのが高潔な人格と権限を持つ彼しかいないと睨んでいた。

師も日本における宣教の成功を確信し、信長公の意を受けて、自ら少年使節を率いてヨーロッパに赴くという構想を抱き始めたのであろう。

オルガンティーノ神父によると、師は、「信長公は、あのマキャベッリが理想とした君主像なのであろう」と呟いたという。私がマキャベッリとは誰かと聞くと、いやこの話は忘れてくれ、禁書となった本を書いた同郷の外交官だと言って首をすくめた。

日本イエズス会の懐は火の車で、国王や教皇の支援金も一向に届かず、今は生糸交易の投資で何とかやりくりしている状況である。そこで師はインドの東には優れた民族の国があり、その国の統治者の保護を得て、神の福音を広げつつあるという成果を喧伝し、国王とローマ教皇から改めて支援金を引き出そうと考えたようである。

各々の構想とは別に、私は上様と師の間に、同士としての友情があったのではないかと思う。うまくは云えないが、理想を実現する為に燃え尽きるまで前へ進もうとする生き方、そして何か心の奥に潜む孤独感といったものを両者に感じるのだ。

師が別れを告げた時に見せた上様の名残り惜しそうな表情は、初めて私に見せる素の姿であった。

⑤　四人の少年　～天正遣欧少年使節～

師はミヤコの巡察を終え、豊後、天草滞在後、一五八一年十二月に長崎で宣教師協議会を開き、日本イエズス会の意思を統一したと聞く。ここで日本布教区は準管区に昇格したと発表され、準管区長はカブラル派のコエリョ神父に決まったと、オルガンティーノ神父が残念そうに伝えてくれた。私には彼が選ばれなかった理由が分かる。

師は人が良く日本人に受けの良いオルガンティーノ神父を任命したかったのであろうが、彼は熱情のあまり会の規則を無視して、修道院や病院など信徒の為に多額の金を惜しみなく使ってしまう。これでは会の財政が破綻してしまうのだ。

その財政問題につき、師は経費に見合う収入が覚束ない現状、生糸交易の関与は引き続き継続すると決定した。マカオにはアルマサンという組合がある。共同で出資して広州で生糸を調達し、それを長崎でパンカドと呼ばれる一括売却方式で売却するのである。収益はその売上金から必要経費を引き、出資金に応じて組合員に配分する。

オルガンティーノ神父によると、師はイエズス会総長から聖職者たる者、生糸交易に関与すべきでないと警告されているという。しかし会の収入状況を知るにつけ、交易からの収入は会の命綱であり、欠くことができないと判断、アルマサンに加入する契約を結んだのである。

さらに師は日本イエズス会士礼法指針を出し、様々な決定を下したという。日本食を原則とし、服装は黒い修道服と黒い帽子を着用すること。日本人宣教師を育成する為、セミナリヨを有馬・安土に、コレジオを豊後府内に、ノビシャド（修練所）を豊後臼杵に設立すること。大村純忠からの長崎・茂木の寄進につき、審議の結果これを受け、ここでの停泊料や交易仲介料を資金源とすること。カテキズム（教義解説書）やヨーロッパの書籍を日本で出版する為に、活版印刷機を日本に導入すること、などである。

＊（これらの決定事項は、翌一五八二年一月六日の決議文で纏められたが、ここには少年使節派遣構想についての記述が無い）。

オルガンティーノ神父は、少年使節について興奮気味に語ってくれた。

「ヴァリニャーノ師の目的は三つある。一つは、我らイエズス会が営々と築いてきた布教の実績を、生きた少年の姿でヨーロッパに示すことである。残念なことに、ゴアやマカオでの宣教は、貧民に及ぶのみで支配層の入信は得られなかった。しかしここ日本では、シモの有力領主三人（大友・有馬・大村）が自領をキリシタン化している。彼らの名代たる貴公子がはるばる波濤を越えてローマを訪れたとあれば、カトリック諸国に新たな感動の渦が巻き起こる。ローマ教皇やフェリペ2世が、その帰依に対して直ちに日本イエズス会への物質的・精神的な支援を果たしてくれるであろう。

二つ目は、ローマカトリック教会の威信回復である。異端がはびこるヨーロッパにおいて、我らイエズス会の努力で、カトリック教会の教えが新たな世界に広まっていることを喧伝することができる。

三つ目は、少年達にヨーロッパ文明の偉大さとキリスト教界の栄光を目のあたりにさせ、それを日本人に広めることである。何せ日本人の中には、我らが神の教えを説くのは口実で、日本で財をなそうと企んでいるのでは、と偏見を持つ者もいる。我らが偉大なることを知れば、宣教師や教会に敬意を払うであろう。

この少年使節派遣の構想は、鋭い洞察力と卓越した企画力を持っているヴァリニャーノ師なればこそ思いつくものである」

「なぜ使節が少年で四人になったのですか」

神父は笑って答えた。

「無垢で先入観が無い少年ならば、ヨーロッパ文明の偉大さやキリスト教界の栄光を受け容れやすいからだ。なぜ四人か？　これは答えるのが難しい。あくまで私の推測である。師は三人のキリシタン大名を、東方の三賢者に見立てたのであろう。協議会の決議文は一月六日付、三賢者の礼拝の日（公現祭）である。三賢者とは、一月六日に彗星に導かれて東方からイエス様の誕生を祝福しにやって来た三人の王（又は占星術師＝マギ、マジックの語源）のこと。少年らは東方の三人の王の名代として派遣され、ローマ教皇に拝謁する筈である。ならば三人で良いのではだと？　もう一人は、そうだな……万が一の控えであろう」

ただ神父によると使節選びは難航したらしい。名のある武将は跡取りの大切な息子を、生きて戻れるか分からない長旅になど出さない。それでも四人は何とか揃ったようである。

四人の少年の世話係は、安土のセミナリオでラテン語を教えていたポルトガル人のディエゴ・デ・メスキータ修道士が選ばれた。メスキータ修道士は、師の考えに共鳴する良識的な人物である。

こうして師は、四人の日本人少年使節、ロレンソ・メシア神父やメスキータ修道士、印刷技術習得要員コンスタンティーノ・ドレードとアウグスティーノの二人の混血少年、その他日本人修道士らを連れて、一五八二年二月二十日（邦歴一月二十八日）に長崎を出港した、と神父は伝えてくれた。

⑥　信長公の最期

上様の天下統一は間近に迫っている。あの最強騎馬軍団と恐れられた武田氏も滅びた。次第に内部崩壊を始め、次々と家臣に離反された当主勝頼公は、邦暦一五八二年三月に夫人・嫡男ともども自害したのだ。

「人は城、人は石垣、人は堀、情けは味方、仇は敵なり」

父信玄公の言葉である。人の石垣が崩れた時、どんな無敵の城も儚く消えていく。

上様は武田討伐の帰路、四月十日に富士山見物に出掛け、その美しい山の裾野で鷹狩をした。まだ武田の残党が潜んでいるかも知れないのに、上様はたまに大胆な行動を取られる。今まで何度も暗殺や謀反で命を狙われ、仏僧や忍者に二度狙撃されても都度難を逃れており、自分は死なないという自信があったのであろう。

上様はその後も名所旧跡を巡り、四月二十一日に安土城に凱旋した。残るは中国の毛利氏と四国の長宗我部氏だが、既に勝敗の帰趨は決しており、シモや東北の大名達も上様に誼を通じてきている。今思えば、この頃が上様の絶頂期であった。

五月十五日、同盟者である家康公とその重臣らが、武田氏征伐の戦勝の祝いと駿河国拝領の御礼を兼ねて安土城を訪れた。上様は光秀公にその接待役を命じ、光秀公は十五日から十七日まで家康公一行を大いにもてなしている。

上様は大坂本願寺が降伏した一五八〇年に、織田家宿老佐久間信盛を叱責して追放した。筆頭重臣であることをいいことに、戦いぶりに覇気がなく、戦況報告もないという理由である。

これに対し、明智光秀公は丹波・丹後攻略で天下の面目を施し、羽柴秀吉公も毛利方の数か国を制圧して、上様から両名比類なしと激賞されている。これにより織田軍団は再編成され、最も勢いのあるのは近畿方面軍を率いる光秀公と、中国方面軍を率いる秀吉公となった。


秀吉公は、卑賤の身から出世した剽軽な小男である。風采は上がらないが、持ち前の明るさと才覚を上様に愛でられ「ハゲネズミ」とか「サル」と親しみを込めて呼ばれている。ただ人たらしと呼ばれたその眼差しの奥に、卑賤の身と容姿に対する劣等感の影がよぎっていた。

フロイス神父は秀吉公に対して手厳しい。秀吉公の女漁りを非難し、極度に淫蕩で悪徳に汚れ、気品に欠けているとし、また我ら宣教師に対して大らかに接する度量がないと謗っている。

確かに秀吉公は、

「あのバテレンどもはスペインやポルトガルの手先となり、我が国を支配下に置こうとしているのでは」と上様に告げている。上様は一笑に付して相手にしなかった。

「サル、あの南蛮人が遠路はるばるヨーロッパやインドから我が国に攻めよせてきたとしても、我が十五万の軍に粉砕され、上陸した途端に自分の首が肩から離れるのを虚しく見るだけであろう」

光秀公は、教養もあり古典に通じた六十歳半ばの落ち着いた武将である。苦労を共にした亡き妻を偲び、今も独り身を貫いているとのこと。今や織田家の中でも最高位となる近畿方面軍司令官としてミヤコを管轄している。

フロイス神父は光秀公に対しても辛辣である。

「裏切りや密会を好み、己を偽装するのに抜け目が無い。忍耐力に富み、狡猾な謀略を得意とする策謀の達人である」

己を偽装するのに抜け目が無いという批判は、多くの武将にあてはまるのではないか。明るくふるまう秀吉公などその最たるお人だ。

光秀公は上様に似ている。軍略と才智に富み、冷徹でいてときおり慈しみの情を示す。そして奇妙なほど上様から信頼されているのだ。光秀公は、領民からも慕われていると聞く。

その光秀公が家康公の饗応を任された時の話である。

饗応の準備に関する打ち合わせであろう、安土城の一室で上様と光秀公が話をしている。私は隣の部屋で控えていた。迂闊にもうとうとし始めた時である。

突然上様の甲高い怒声が聞こえてきた。思わず姿勢を正して耳をそばだてる。

「四国の仕置きは既に決まったこと、間もなく信孝を総大将として討伐軍を差し向ける」

「殿、それでは私の面目が立ちませぬ。今一度お考え直しを」

「そもそもこの話、稲葉家を出奔した斎藤利三が仕組んだもの。その利三が稲葉家の重臣を引き抜き、一鉄も怒っておる。沙汰通り利三を処罰せよ」

上様の話は要点だけで簡潔すぎる。何が起こっているのか私には分からない。光秀公も粘っておられたが、押し問答の末、いきなり上様は立ち上がり、「黙れ、光秀」と怒りを込めて一度ならず二度、光秀公を足蹴にしたようである。

上様は気が短く、時に怒りを抑えられず逆上することがある。上様は怒って部屋を出られてしまった。追いかけなければならないが、光秀公の様子も気になり部屋に入った。

光秀公は姿勢を崩してうずくまっている。その表情は思いつめた暗いものであった。

私は思わず、「大丈夫でございますか」と光秀公を抱え起こすと、光秀公はいきなり現われた背の高い黒人に驚き、私の手を振り払った。やがて落ち着くと、光秀公は、「かたじけない」と礼を述べ、立ち上がって部屋を出ていった。

あれほど光秀公を重用している上様の逆上ぶりに私はびっくりしたが、いざ家康公一行が安土城に到着すると、光秀公は何事も無かったように饗応の大役を果たされていた。


五月十七日、光秀公の饗応役が突然解かれた。毛利攻めをしている秀吉公から援軍の要請が届き、上様が光秀公に出陣を命じたのである。毛利方は秀吉軍の西進を防いでいるが、本陣（毛利輝元・小早川隆景・吉川元春）は決戦を避けている。秀吉公は得意の兵糧攻め・水責めで備中高松城を包囲していたところ、毛利方の本陣が後詰めに来たので、上様に出陣を要請したようである。

最後の詰めを上様にお御膳立しようという秀吉公らしい忖度であろう。

上様も、「サルめ、やりおるわ」と喜び、光秀公に毛利方の後背地を攻めるように命じ、光秀公は坂本城に戻って軍備を整える準備に入った。

五月二十五日、三男信孝殿は安土城にて上様に謁見し、四国（長宗我部元親）攻めの兵士・軍馬・兵糧を与えられ、二十七日に渡海場所である大坂住吉に向け出陣していった。四国の領地配分は既に決められており、讃岐は信孝殿、阿波は三好康長、土佐と伊予は上様が出陣した際に決めることになっている。

既に備中高松城主清水宗治は、城兵を守る為に切腹する覚悟をされていると聞く。

上様は満を持して出陣の準備に入った。光秀公も軍備を整えて五月二十六日に坂本城を発ち、翌日に丹波亀山城に入ったという。

上様のお考えでは、六月二日に信孝殿の四国討伐軍が渡海し、四日に上様が美濃・近江衆の軍勢を引き連れて安土から出陣。京にて出陣式を行った後淡路島に寄り、四国の国分けの指示を出した後に、秀吉軍が待つ備中高松城に向かうつもりであった。光秀公もこれに先駆け、五月末までに丹波亀山城から出陣する予定である。

しかし不思議なことに、上様の出発が急に早まった。

京に急ぎ用がある故、近習らは速やかに支度をせよとのお達しである。上様は安土城から茶道具の名物三十八点を持ち出し、六月一日に京で道具開きの茶会を催すらしい。上様は茶の湯が好きである。いや茶道具の名物狩りが好きであると言った方がよいか。

茶会の目的は、博多の豪商島井宗室が保有する楢柴肩衝を譲り受けることである。

肩衝とは陶器の茶入れで、肩の部分が張っている形にちなんだもの。私から見れば、土くれに釉薬を塗っただけの雑器である。しかし茶人達はこの茶入れに美を見出した。特に初花・新田・楢柴は、天下三肩衝と呼ばれる名物として茶人達の垂涎の的である。既に初花・新田を手に入れた上様は、何とかして楢柴も手に入れようとしていた。

一方宗室殿は、勢いを増す島津氏に博多の交易権を奪われるのを恐れ、五月に博多商人神屋宗湛とともに安土城を訪れて上様の保護を求めている。そこで上様は、交易権の保護と引き換えに楢柴の供出を求め、最後の一押しとばかり、博多に戻ろうとする宗室殿を引き留めた。そして茶頭の宗易殿を介して道具開きの茶会を提案したところ、京にいる宗室殿から、「六月一日なれば上様の御館に参上仕る」と返事があったのが、上洛を早めた背景である。

五月二十九日、大雨の中、上様は我ら小姓衆二〜三十人を率いて安土城から京に上った。

家臣には、上洛後直ちに中国へ出馬するので、命令次第すぐに出陣できるよう軍備を整えよと指示が出ており、今回の上洛は、軍兵を率いていない無防備な状態である。上様の京の主な宿所は妙覚寺であるが、このたびは合流する信忠殿の宿所を妙覚寺に、自分の宿所を本能寺に変えられていた。

関東管領の滝川一益公は、関八州の鎮撫にあたって北条氏を牽制している。筆頭家老の柴田勝家公は、越中に侵攻して跡継ぎ騒動に揺れる上杉氏を追い込んでおり、二番家老の丹羽長秀公は、信孝殿が率いる四国討伐軍の副将としてまもなく出陣予定である。徳川家康公は重臣を引き連れて堺に遊覧されており、信忠殿は既に妙覚寺に入っているとのこと。

天下統一に向けて万事順調……の筈であった。

後から振り返ると、地域的には京の周り、期間としては六月一日から三日までが軍事的空白となっていた。名物の茶道具欲しさに、上様は一瞬の隙を見せてしまった。茶の湯に呑まれたのである。
＊（邦暦では、五月は小の月であるため、翌日は六月一日である）。

六月一日午前、上様は宗室殿を正客とする道具開きの朝茶会を催し、宗室殿に楢柴供出の念を押したようである。茶会の後、上様は近衛・鷹司・勧修寺・土御門ら公卿の表敬訪問を受け、彼らをお凌ぎ（軽い食事）や酒でもてなし、非常に上機嫌で、「西国攻めなど手だて造作あるまじきこと」と述べ、四日の出陣の話などをされていた。

ところが丑の刻（午後一時から三時）に、部分日食が起こった。日食は凶事の前触れとされ、忌むべき現象。朝廷では穢れた日光を内裏が浴びないよう、御所を菰で包む習わしがある。

しかし朝廷の定める京暦では日食を予測していなかった。そこで上様はかねてから朝廷に要求していた改暦を強く求め、公家衆に苦言を呈した。

いわく、「自分が推す三嶋暦では本日の日食を予測していた。早々に三島暦に改暦すべきである」と。

公家衆は、「とても無理なことを言われる」と呟いていたが、凶事の前触れゆえ、「御出陣は、御止めなされては」と言う公家もいた。上様は迷信に過ぎぬと一笑に付しておられたが——。

この時、私は六月一日という日のもう一つの意味に気付いた。上様が京に急ぎ用があると言ったのは、三島暦では六月一日が部分日食、京暦では予測していないことを知り、公卿にその日の日食を実体験させ、実勢に合わない古の京暦を改暦させる意図であったことを。

そういえば、上様は公卿達の出迎えや進物を断って、彼らと距離を置いていた。宗室殿の茶会も、これに合わせて上様が六月一日を指定したのかも知れない。

盛りだくさんの茶会・会食・表敬訪問をこなすと、上様は夜の酒宴において、妙覚寺から訪れた信忠殿と久しぶりに親子の盃を交わしている。酒宴後、上様は名人という称号を与えた本因坊算砂の囲碁対局を見て就寝された。私も久しぶりにくつろいだ気持ちで眠りについた。


天正十年六月二日（ユリウス暦一五八二年六月二十一日）、早朝のこと。外が騒がしい。

上様は、「誰かある」と小姓の私と森成利殿を呼び、何事かと尋ねた。

その時は、下々の者が喧嘩しているのであろうと思っていた。

しかし鬨（とき）の声が聞こえ、鉄砲を撃ち掛けてきたことで謀反だと分かった。

「いかなる者の企てぞ」、と問われ、部屋の外に出て見ると、鮮やかな水色の五角形の花紋が揺れている。明智の桔梗紋である。すかさず森殿が、「明智が者と見え申し候」と言上すると上様は「是非に及ばず」と叫び、白帷子のまま弓を取り、迎え撃とうとされた。是非に及ばずの意味はよく分からない。「けしからん」という怒りか、「是も非もない！　すぐに応戦せよ」という鼓舞の声か。

私にとって初めての実戦、今こそ上様の恩に報いるときである。

無論勝ち目は無い。無防備なところを大軍に囲まれているのである。それでも上様は弓を放ち、弓の弦が切れると薙刀にて戦われた。我ら小姓衆や家臣達も一人一人と倒されながらも応戦する。

本能寺に泊まっていた宗室殿や宗湛殿は、名物を何点か抱えて逃げだしている。

やがて上様は腕に銃弾を受けて部屋に退き、まだ館に残っている女房衆に向かって言った、「女は苦しからず、急ぎ罷り出よ」

女房衆を退去させた後、上様は火薬の扱いに長じた近習の甲賀衆に命じ、館に火薬を撒くよう指示した。本能寺や妙覚寺は、織田軍の補給基地の役目も持っており、火薬が備蓄されている。

やがて炎（ほむら）が巻き起こると、上様は私に自分の刀を託し、こう言った。

「弥助、お前はこの刀を持って妙覚寺の信忠のもとに参れ。光秀はまだ信忠の存在に気づいておらぬかも知れぬ。この刀を余の遺品として信忠に渡し、安土か岐阜に逃れるよう伝えるのじゃ。何としても生き残るのだと。これが余の最後の下知である」

そして上様はもはやこれまでと、火薬を撒いた奥深くの部屋に入り、戸を閉めて嘆かわしくもご自害なされた。御遺体は、火薬の炎で焼け尽くされたと思われる。日食は確かに凶事の前触れであった。

小姓衆や奉公人は誰一人逃げず踏みとどまった。女房衆も上様の最期を見届けようとしている。私も最後まで戦い抜き、上様に殉ずるつもりであったが、上様の遺命は果たさなければならない。

私は炎の中に消えていく上様を見届けた後、館の裏手の堀を乗り越え、通りを避けて屋敷や寺の庭を駆け抜け、妙覚寺に向かった。明智勢は暗闇に溶けた私の姿に気づかず、気づいても何者かと驚くだけである。

妙覚寺に信忠殿の姿は無かった。寺の者は、より防御が堅い二条新御所に向かったばかりという。

私は二条新御所に走り、何とか追いついた。

信忠殿は本能寺に向かうか、籠城するか、脱出するか協議に入っている。

私は上様の遺刀を差し出して信忠殿に訴えた。

「上様は御自害なされました。本能寺に向かってはなりません。上様の遺命はこの刀を守り、急ぎ安土に逃げよというものです」

信忠殿は幼き頃より上様の薫陶を受けて育ってこられ、父上を大変尊敬されている。その父が謀反で命を奪われた。信忠殿は悲しみに顔を伏せ、暫く沈黙しておられる。私はすがりつくように叫んだ。

「お逃げ下さい。再起を図って上様の仇を討つのです」

家臣も逃げるべきだと賛同してくれた。しかし信忠殿は決断された。

「あの光秀のことじゃ、針の先ほどの隙間もなく包囲し、よもや我らを逃すことはあるまい。父上の遺命ながら、織田家の家督を継いだ者として名を惜しみ、最後までここで戦い抜くとする」

信忠殿は光秀公をよく知っている。父親に似て果断にして用意周到、軍略に長けている。京の明智屋敷は本能寺から遠くはない。予め本能寺や妙覚寺の状況を把握している筈と思われたのであろう。

しかし後から聞いた話では、この時点では光秀公は信忠殿の所在を把握していなかった。

実際、上様の弟（織田有楽斎）は逃げ果(おお)せている。信忠殿はやはり逃げ延びるべきであった。今でも残念でならない。そうこうするうちに、ほどなく明智軍が二条新御所を取り囲んだ。

二条新御所の主である誠仁親王に避難していただいた後、合戦が始まった。明智軍は二条新御所の隣にある近衛前久邸から鉄砲を撃ち掛け、信忠殿の家臣を次々と倒していく。私は刀を振り回して戦い続け、サムライとしての名誉ある死を遂げるつもりでいる。

既に信忠殿は自害されたのであろう、館から炎が噴き出し、火薬がはぜる音がする。

上様・信忠父子は儚くも地上からその姿を消してしまった。


やがて私は明智勢に取り囲まれ、最後の時を迎えようとしていた。

槍ふすまの中で兵士が刀を差し出せと命じ、私は観念して刀を差し出した。ただ彼らも黒いサムライをどう扱うか、戸惑っている様子である。

そこへ馬上の光秀公が現われた。家臣が光秀公に尋ねている。

「殿、こ奴は信長近習の黒奴と覚しき者。如何致しましょう。首を刎ねまするか」

光秀公は、馬上から私を見て何事か考えているようである。暫くして冷たく言い放った。

「黒奴は動物で何も知らず、日本人でもない故に殺すまでもない。南蛮寺にでも置いておけ」

かくして私は一命を取り止めた。

不思議なことに、光秀公は数人の兵をつけて南蛮寺まで送り届けてくれた。

本能寺に近い教会では、早朝のミサの為にカリオン神父が早くから起きていてこの謀反に気づき、事の次第を朝から見守っていたという。京の町では容赦無い残党狩りが行われ、捕らえられた織田の敗残兵は容赦なく打ち首となり、匿った町人も同様の目に遭っている。明智の兵に届けられた私を見てカリオン神父は驚いたが、奥の部屋に通し介抱してくれた。何より嬉しかったのは、巡察師の護衛役であった私を覚えてくれ、無事に戻ってきたことを神に感謝してくれたことである。

後に聞くところによると、明智軍は総勢一万三千人、その内本能寺を襲ったのは明智弥平次秀満と斎藤利三率いる二千余騎の兵であった。光秀公は信長公を討ち漏らさないよう、鳥羽で後詰をしていたようである。

その後安土の城は焼失したという。無敵と恐れられた武田氏が滅亡してから僅か二か月半、上様とあの壮麗な安土城は、この世から消え去ってしまった。安土の教会堂も焼失したと聞く。


オルガンティーノ神父は無事であろうか。

数日後、そのオルガンティーノ神父が南蛮寺にひょっこり姿を現わした。歴戦の勇士オルガンティーノ神父は、簡単には死なない。神父は安土にいては危ないと考え、神学生を連れて湖上の島（沖島）に逃れ、途中で盗賊一味に危うく殺されるところであったという。

幸いにも信徒の親族が明智に縁のある者で、光秀公に使いを出し、神父一行の保護をお願いするとともに船を手配してくれた。光秀公の居城坂本城に無事たどり着いた神父に対し、光秀公は高槻のジュスト様に手紙を送り、明智方に味方するよう説得しろと命じた。

神父は日本語の手紙で光秀公の意向を伝えたが、別のポルトガル語の手紙で、

「恩ある信長公を殺した光秀に、絶対従ってはいけない」と書き、ジュスト様に送ったという。

結局、光秀公は西国から大返しで戻ってきた秀吉軍、というより最前線に布陣したジュスト様ら摂

津衆に攻められて敗走し、その後落ち武者狩りに遭って命を落とされた。十一日間の天下であった。

天下を守れなかった理由の一つは、上様の首を取れなかったことであろう。

フロイス神父は光秀公に良い印象を持っていないが、私は違う。あの安土城の密室で、上様に足蹴にされた時の暗い悲し気な顔、二条新御所の戦いで、馬上から私を見た時の戸惑った表情。光秀公は上様に似て崇高で孤独な魂を持っている。

あの時、光秀公は安土城での借りを返そうとし、私の命を救ってくれたのだろうか。


——一五八四年五月（天正十二年三月）　シモ沖田畷——


シモ北部では、キリスト教の敵竜造寺隆信が勢力を伸ばしていた。大村殿は既にその勢力下に入ったが、重要な交易港長崎を渡さない為に、一五八〇年に長崎を日本イエズス会に寄進している。会から軍資金を借り入れ、その返済分として譲渡したとも言われているが。

一方、シモ南部では島津氏が勢力を伸ばし、有馬殿と結び竜造寺氏と敵対していた。有馬にはセミナリヨがあり、二万人もの信者がいる。イエズス会はこの戦争をアルマゲドン（最後の決戦）とし、有馬殿に大砲二門のほか武器弾薬を提供し、砲術指南役として私を派遣した。

一五八四年五月の沖田畷で、二万五千人の竜造寺軍と八千人の有馬・島津連合軍が戦った。二門の大砲を私が装塡し、マラバル人が点火して相手に損害を与えている。その時寡兵の島津軍が使った戦法こそ釣り野伏せである。隆信は見事に釣り野伏せにかかり、戦死した。

月日は流れ、光秀公を討った秀吉公は、新たな天下人として自分を正統化する為に、自分に都合の良い物語を創り出している。すなわち冷酷な暴君信長公が光秀公を虐げ、それを根に持った光秀公が謀反を起こし、無防備な上様を襲った。秀吉公は主君の仇を討つ為に備中高松城から大返しで戻り、見事に光秀公を討って政権を譲り受けたというものである。

実際は、次男信雄殿・三男信孝殿を追い詰め、織田家を乗っ取ったのだが。

暫くすると、秀吉公が本能寺の変の生き証人である私の存在を知り、探索を始めた。

オルガンティーノ神父は、私の身の危険を心配して日本を去ることを勧め、私は一五八七年にマカオに避難した。その直後である。秀吉公の伴天連追放令が出たのは。さらに秀吉公は、上様の遺志を継ぎシナを攻めるつもりである。このままではマカオも危ない。

私はイエズス会の推薦で、マカオを守る傭兵隊長を務めることになった。

マカオでは、ヴァリニャーノ師と再会した。ヨーロッパを旅した少年使節とゴアで合流し、マカオで日本に戻る機会を窺っているとのこと。

私を覚えてくれ、上様との想い出を懐かしそうに話をしてくれた。

その後、師は巡察師として再び日本を訪れ、伴天連追放令を撤回してもらうべく秀吉公と掛け合ったらしい。一六〇三年に三度目の巡察を終えて日本を去り、日本イエズス会の行く末を案じつつ、一六〇六年にマカオでその生涯を終えた。

秀吉公亡き後、天下を奪った家康公は一六一二年にキリスト教禁止令を出し、伴天連や異国人を追放した。マカオには多くの神父や日本人修道士・信徒が逃れてきたが、その中に少年使節の一員原マルチノもいた。彼は司祭に叙階され、得意の語学力を生かして出版業務にあたっている。彼と懐かしい日本の話をする一時が、もっとも心が安らぐ。

今や対日交易の主導権はポルトガルではなく、オランダが握っている。と言っても奴らはポルトガル船やスペイン船を襲ってシナの商品を略奪し、それを日本に売っているだけ、海賊と変わらない。

此度のオランダ軍の襲撃も、ポルトガルの命綱マカオを攻略して、ポルトガルをインドの東から駆逐する狙いだ。しかし我々は見事に奴らを撃退し、勢いを削いだ。マルチノも勇敢に戦ってくれた。


不条理で理不尽なことも多かったが、神は夢のような一時を私に与えてくれた。

「死のふは一定　偲び草には何をしよぞ　一定語り遺すよの」

波乱万丈の人生であったが、いざ語ってみると瞬く間である。

私はときおり上様がよく口遊んでいた小唄を想いだすことがある。そしてふと霊魂の不滅を疑い、死ぬと何も残らないと考える時がある。ただ偲び草、記憶だけが残るのだ。

私が確かにこの世に存在したという記憶を、誰か語り起こしてくれるであろうか。私が上様に最後に召し抱えられた家来で、日本で最初の黒い肌のサムライであったということを。

暗闇が迫ってきた。神に召されるのであろうか。

それともただ暗闇の中に溶けて消えてゆくのであろうか……。

第六章

太陽の沈まぬ帝国

①　メスキータ神父の回想

……私の名はディエゴ・デ・メスキータ、ポルトの生まれです。

貧しい家に生まれた私は、若くしてインドのゴアに渡り、一五七四年にイエズス会に入会しました。約一年間の修練期間を経て修道士となり、一五七七年に「日出ずる国」の長崎に着任しています。

その後、安土の教会堂でラテン語の教師をしていました。

一五八一年の三月から八月までヴァリニャーノ師がミヤコに滞在し、信長公と何度か安土で親しくお話をされ、織田政権での布教保護を確信されていました。師は本質を見抜く洞察力と、明確な構想を描く才能を兼ね備えた私が尊師と崇めるお方です。信長公も構想力と実行力に富み、お互いの信頼が増したようです。

安土を去る際には、信長公の心尽くしの別れの挨拶がありました。安土城のルミナリエです。私はルミナリエの神々しいまでの美しさと、信長公のおもてなしを生涯忘れないでしょう。

私は師に同行して安土を去り、堺からシモに向かいましたが、師が私に少年使節派遣の構想を打ち明けたのは十二月、長崎での協議会の時です。翌一五八二年一～二月、師は有馬晴信公や大村純忠殿に帰国挨拶をする際、少年使節派遣の話をしてその賛意を得ています。

しかしマカオ行きのナウ船を逃さないよう、慌ただしく出発準備を整えたので、大友宗麟公には話をする時間が無く、事後承諾を取るつもりであったと思います。その使節には、有馬のセミナリヨで学んだ少年四人が選ばれました。

しかしここで告白しなければなりません。少年使節は、宗麟公・晴信公・純忠殿によるローマ教皇・イエズス会総長・フェリペ２世宛ての書簡を持参しましたが、それは師の指示により作成されたもので、三公の自筆ではありません。宗麟公の花押も本物ではない。これは聖なる偽りとなるものです。また四人の少年は、王子というふれこみでしたが、宗麟公の代理である主席正使伊東マンショは、実母の兄が宗麟公の妹（実際は姪）と結婚しただけの関係、宗麟公とは血縁関係がありません。

＊（但し、日向の戦国大名伊東義祐の孫である）。

同じく正使の千々石ミゲルは、純忠殿の甥で晴信公の従兄弟。やはり王子とはいい難い。副使中浦ジュリアンと原マルチノにいたっては、大村家の家臣の出です。

四人とも出発時は十三〜十四歳の少年でした。出発の際、少年の母親達は泣いて我が子を引き留めようとし、特にミゲルの母親は一人息子がもう戻らないのではと半狂乱で泣いていました。

私が付き添い役に選ばれたのは、日本語が堪能だったからでしょう。

一五八二年二月二十日、師と我ら使節一行は長崎を出港しました。初めて海洋に出た少年らは船酔いに苦しみ、ミゲルは、「五臓六腑が口から吐き出されるのかと思った」と語っていました。

暴風雨に遭うと、帆柱より高い波に襲われ、船室の少年らは左右に転がり嘔吐が止まりません。風が凪ぐと今度は炎天下に晒され、赤痢や奇病（壊血病）も襲います。海賊の来襲もあり、死と隣り合わせの航海は神が与えた試練です。

彼らを敬虔なカトリック教徒にしたのは、実にこの過酷な長旅でした。三月九日にマカオに着き、風待ちで十か月もの逗留となりました。私はここマカオで、修道士から司祭に叙階されています。次のコチンでも半年の風待ちをして、ゴアに到着したのは十一月のことです。

ところがゴアで思わぬ事態が起こります。自ら少年使節を率いてローマに赴くつもりであった師が、アクアヴィーヴァ総長からインド管区長に任命されたのです。師は少年達に父親のような深い愛情を抱いており、重要な使命を課した少年達を心配して、「彼らを高い場所にある部屋に泊めるな、危ないからベランダに出すな」など、居ても立ってもおれぬ気持ちがありありと感じられます。

私はゴアに残る師から、五十六ヶ条にわたる注意書きを手渡されました。そこには、少年達に教会の尊厳、王侯貴族の権威、都市の繁栄を見せて、ヨーロッパ文明がいかに優れているかを知らしめることとあります。逆に宮廷であれ教会であれ、そこに見受けられる無秩序・淫風などを絶対見せてはならぬと注意を喚起しています。

つまり少年達の行動は常に私が監視し、良いものだけを見せ、悪いものは見せてはならない、ヨーロッパ文明にいささかの疑問も生じさせてはならないということです。

師からのもう一つの指示は、派手な歓迎儀礼は断るようにというもの。使節はあくまで修練中の少年、控えめな待遇で十分ということでしょう。

ゴアからの航海は極めて順調で、一五八四年八月十一日に無事リスボンに到着しました。

私は故国に生きて戻れないと覚悟していたので、リスボン港のベレンの塔を見た時には感無量で泣き出したくらいです。我々はサン・ロケ教会に暫く滞在した後、シントラへ赴き、アルベルト・アウストリア枢機卿を訪問、ペーニャ・ロンガ修道院に宿泊しています。
＊（現在同名のリゾートホテルの敷地内に修道院は残っている）。
その後リスボンに戻り、建設中のジェロニモス修道院を見学しました。我々の旅は続きます。

九月五日にエヴォラに向かい、イエズス会の後援者ブラガンサ大司教を表敬訪問しました。そこでマンショとミゲルは教会のパイプオルガンを見事に演奏し、賞賛を博しています。
＊（エヴォラ大聖堂に残るそのパイプオルガンは、今でも演奏されている）。

その後スペインのトレドに入り、十月二十日にマドリードに到着しました。

実はトレドでミゲルが疱瘡に罹り、マドリードではマルチノが高熱に倒れています。二人の回復を待って国王フェリペ2世に謁見の日取りを確認したところ、国王は二人の体力を気遣って十一月十一日に行われる王太子（後のフェリペ３世）宣誓式後でどうかと返事がありました。宣誓式は王太子を内外に披露するとともに、臣下が忠誠を誓う重要な儀式。

私は、「恐れながら、使節一行を宣誓式に列席させていただき、世界に冠たる国王の威容を少年達に見せていただけませんか」と願い出ると、国王は快く承諾してくれ、しかも特等席を確保してくれたのです。

十一月十四日には王宮にて国王との謁見式が行われました。ここスペインは西インドを支配していたのでアジア人は珍しく、特に日本人に対する関心は高いようです。王宮へ着くと、一目見ようと詰めかけた群衆で身動きが取れず、兵士に通路を開けてもらってかろうじて王宮に入りました。

我々使節団の目的は、偉大なる王フェリペ2世に謁見すること、ローマ教皇へ服従を表明すること、偉大なキリスト教国を見ることにあると伝えています。

それに感激したフェリペ2世は、少年達が国王の前に進み出てその手に接吻しようとしたところ、それを押しとどめ、自ら彼らを抱擁したのです。これに倣い、他の王族達も少年達を抱擁しました。


フェリペ2世は、常に執務室に籠って世界中から来る報告書に目を通される生真面目な国王で、笑顔はほとんど見せないと聞いています。さぞ冷徹で気難しい方であろうと心配していましたが、謁見の際はとても機嫌が良く、ときおり笑顔も見せてくれました。

我々は持参した安土城屏風などの進物を献じ、大友公・有馬公・大村殿の書簡を手渡しました。

国王は日本語の文字と筆法に関心を示し、縦書きの文章を右から左へと読むのだと聞いて感心されていました。また国王は、少年らの着物と袴姿、足袋と草履履きというでたちや、刀の鞘・刀身の製法に至るまで興味を示し、矢継ぎ早に質問をしました。

マンショは草履に興味を持った国王に対し、自分の草履の片方を脱いで国王に差し出しています。使節が日本製の工芸品を献上品として差し出すと、国王のみならず貴族達もその意匠に感嘆し、これらがシナのものと異なると感心していました。

国王は陶器を見て、日本人は冬場にお湯を飲むのかを尋ねてきました。私は日本では常時お湯を飲むし、酒も温めて飲むと答えると、常時冷水を飲む国王は驚かれたようです。

謁見後、国王は我らを二か月前に完成したばかりのエル・エスコリアル宮殿に招いてくれました。

この宮殿は、ヨーロッパで最も巨大且つ豪奢な建物の一つであり、国王はここに籠って執務を行っているとのこと。この宮殿は修道院でもあるのですが、その為でしょうか、装飾を排した無機質・無表情なもので、気難しいと言われる国王の雰囲気そのものです。エスコリアルは「ボタ山」という意味もあり、意外に無粋な名称です。


我々は宮殿に三日間滞在し、使節の最終目的地ローマに向かいます。

一五八五年三月一日にイタリアに入り、トスカーナ大公国に到着しました。我々はピサの宮殿で、トスカーナ大公フランチェスコ1世との謁見を許されました。

大公は、「イタリア諸侯の中で、遠くインドの東から来たキリスト教徒を迎えるのは自分が最初である」と感慨深く述べられました。

その夜、ビアンカ公妃主催の舞踏会が催され、我々も招待されました。そこで公妃のダンスの相手として、マンショが指名されたのです。とまどっているマンショに私は踊る許可を与えましたが、ヨーロッパで初めてダンスに挑戦した彼は堂々と踊り終えて喝采を浴び、私は誇らしい気持ちでいっぱいでした。公妃も日本人と世界で最初にダンスをした女性となり、鼻高々の様子です。

一方ジュリアンは、促されてやむなく自分をじっと見つめている貴婦人を相手に選んだのですが、かなり御歳を召した夫人であったので、万座から好意のある笑いを誘ったのは懐かしい思い出です。その後大公国の首都フィレンツェに向かいましたが、この夫妻、フィレンツェでは評判が良くありません。名門メディチ家傍系のフランチェスコ1世は、神聖ローマ皇帝の娘を公妃として八人の子供をもうけたのですが、公妃が存命中から人妻のビアンカをそばに侍らせ、双方不倫の罪を犯していたのです。その後公妃は階段から落ちて亡くなり、ビアンカの夫も喧嘩の末に刺されて死んでいます。フィレンツェの人々は、フランチェスコとビアンカが共謀して二人を殺したのではと疑っています。こういった醜聞も少年達の耳には入れてはいけません。

その後長崎から三年あまり、ようやくローマに到着です。

三月二十三日、サン・ピエトロ寺院において、教皇グレゴリウス13世との公式謁見が行われました。ジュリアンは風邪気味ということで安静を命じています。使節は三人でなければいけないからです。

「ユダヤの町ベツレヘムに、救世主は生まれ給へり。星に導かれ、東方より敬虔なる王三人は馬に乗り来て主を礼拝せり」

ヴァリニャーノ師にとって東方の三人の王とは、宗麟公・晴信公・純忠殿であり、その名代として三人の貴公子が必要でした。教皇庁側も謁見式に向かう晴れの行列の主役を、馬に乗った三人の貴公子にしたかったのです。

しかしジュリアンは教皇猊下との面会を切望し、祝福を受ければきっと回復すると泣いてすがり、その為に死んでも本望であると言い張りました。これには困りましたが、私は教皇庁と交渉して私が付き添うことを条件に、公式謁見に先立ち教皇猊下の部屋を訪れることを許されました。彼にとって一人だけの拝謁は、生涯格別のものとして心に残ることでしょう。


入市式典行列は誠に豪華絢爛なものでした。

まずは先頭に教皇猊下の騎兵隊とスイス兵が行進し、その後に騾馬に乗った多くの枢機卿が続き、さらに各国の大使や聖職者、騎士団や鼓手が長い行列となって続きます。

その後に三頭の駿馬にまたがった三人の少年達が現われるのです。彼らは金糸とさまざまな色の糸で織った鳥及び花で飾った白い絹の和服に、漆塗の装飾された鞘のある刀を帯び、左右に大司教を伴ったマンショを先頭に、ミゲル・マルチノと続きます。私はその後に続きましたが、三人が通過するとき、街路の群衆は興奮して歓喜の声をあげていました。

三人の使節はバチカン宮殿の祝砲に迎えられ、謁見会場となる帝王の間に一列に並び、教皇猊下の前に進み出て、その足と手に接吻しました。

すると驚いたことに、教皇猊下は感動の余り落涙し、彼らを抱擁してその額に接吻を与えたのです。少年達の長旅の苦労が報われ、人生最高の栄誉を授かった瞬間です。

その後マンショは宗麟公の、ミゲルは晴信公と純忠殿の書簡を教皇猊下に献呈して使節の目的を日本語で述べ、それを私が通訳しました。しかしその後教皇猊下の容体は日々悪化していき、四月十日に八十四歳の生涯を閉じられました。教皇猊下は神に召される最期の時まで、「あの日本の少年使節はどうしているのか」と気遣って下さいました。

ところでここだけの話です。教皇猊下は新たなグレゴリオ暦を制定された偉いお方ですが、実は式典行列で我らを先導した騎兵頭のソリア公は、教皇様の甥と称されたものの、実子という噂です。生涯貞潔を誓う我ら聖職者に子はいない筈ですが、歴代の教皇でこの誓いを守った人物は滅多になく、子を甥と呼ぶようになり、ここからネポティズム（甥＝縁故主義）という名が生まれたのです。師が少年達に見せたくなかったものは、このような聖職者の乱脈でした。

四月二十四日に新たに選出された教皇猊下はシクストゥス5世です。教皇猊下は即位にあたり、少年使節がローマにもたらした感動・熱狂を、再び利用しようとお考えになったのでしょう。五月一日の即位戴冠式に我々使節一行を主賓として招待して下さったのです。

この即位戴冠式にはマンショ・ミゲル・マルチノの三人が列席し、マンショは教皇が手を洗うための水を注ぐ大役を任されました。東方の三貴公子の祝福という図は、ここでも威力を発揮したのです。マンショの話では、教皇はこの豪華な式典の様を、日本の王にも是非伝えて欲しいと述べられたとのこと。信長公もヴァリニャーノ師に同じことを求めていました。

五月二十九日、ローマ市民会議は、四人の少年使節に対してローマ市民権授与を可決しました。誠にもって光栄なことです。

私は師に宛てて報告書を作成しました。少年達がスペイン国王やローマ教皇との謁見を立派に果たし温かく迎えられたこと、イエズス会に対する賛辞を得たこと、日本人に関して理解が得られたことです。そして少年達に高い信仰心が備わったこと、また偉大なるヨーロッパ文明の真髄を学んだことなども書き添えています。

教皇猊下（げいか）が少年使節に与えた祝福は、イタリア全土に感動をもたらし、至る所で熱烈な歓迎を受けました。ヴェネチアでは巨匠ティントレットに少年らの肖像画を注文しましたが、完成を見ることができなかったのは残念です。

＊（息子のドメニコ・ティントレットが描いたマンショの肖像画は、ミラノで発見されている）。

熱狂ぶりはローマ駐在の各国大使から本国に伝えられ、使節に関する印刷物が四十八種類も出たと聞いています。それだけ日本からの少年使節派遣は、カトリック界にとって歴史的な出来事であり、日本宣教に対してヨーロッパ人の関心をかきたてるという師の目的は、見事に達成されたのです。またシクストゥス5世は、日本イエズス会への年金増額を決定し、この点からも師の目的は果たされました。とは言え、増額した年金（六千ドゥカード）では会予算の半ばに達せず、しかも実際に届く保証はなかったのですが。

シクストゥス5世から宗麟公及び晴信公への返書には、少年使節の服従を受け入れ、両公をカトリック国王に列するとあります。さらに黄金の十字架が両公宛に贈呈されました。ただ純忠殿は、晴信公の親戚筋と見なされたようで、返書や贈呈の対象となっていません。

少年使節達は、各地で人々に良い印象を与えたと信じています。彼らの上品さ・礼儀正しさ・敬虔なふるまいなどが大いに賞賛され、服装についても繊細で美しいと賞賛されています。もっとも容貌については背が低く、オリーブ色の肌で目は小さくさえないといったものや、道化師の服のようだといったものもありました。

諸侯らの一部は、少年使節をインドの王子と呼んでいたようで、どこまで日本を理解していたのかはいささか疑問であります。イタリアの諸侯は、互いに見栄を張って競い合う風潮があり、その後も各都市から招きを受け、仕方なく我ら一行は、ヴェネチア、ミラノ、ジェノバなどを訪問しています。

スペインに戻ると、フェリペ2世に再び歓迎され、国王はリスボン枢機卿やインド副王へ書簡を認め、使節団の保護を命じてくれました。その後ポルトガルに戻り、コインブラ大学、バターリャやアルコバサの修道院へ立ち寄ってリスボンに戻った後、一五八六年四月十三日に一年八か月の長きにわたって滞在したヨーロッパを後にしました。

② フェリペ2世の栄光

フェリペ2世は、エスコリアル宮殿の執務室で満足感に浸っていた。

……あのインドの東の果て日本から来たという少年使節は、カトリックを護持する我がスペインの権威を高めてくれた。駐ローマ大使からの報告では、ローマで熱狂的な歓迎を受け、新旧の両教皇猊下から抱擁と祝福を授かり、手厚いもてなしを受けたとある。東方の王が使節を自分に派遣したということは、世界中に自分の権威が伝わり、カトリックの福音が世界の果てまで広まったという証。

振り返ると、一五五六年の即位で広大な帝国を引き継いだが、同時に膨大な借金も受け継ぎ、翌年には最初のバンカロータ（破産宣告）を出さざるを得なかった。今も財政状態は良くない。

父カール5世がアウグスブルクの和議で、新教徒の存在を認めたのは間違いであった。異端者に君臨するなら、命を百回失う方がましだ。カトリックによるヨーロッパ統合を徹底するには、新教徒のみならず、マラーノを異端審問で火刑に処する必要がある。

一五五九年には禁書目録を定め、カトリック教会を愚弄したエラスムスの書物を禁書にした。

腹立たしいことに、一五六八年にはネーデルラントでオラニエ公ウィレムが反旗を翻し、同年にグラナダでモリスコ（イスラム教徒）の反乱が起こった。オスマン帝国が裏で糸を引いているようだ。

しかしそれ以降は極めて順調、私は神とともに栄光の中にいる。

まず一五五七年のサン・カンタンでの勝利である。苦戦はしたが、この勝利でヨーロッパの覇権を争う宿敵フランスに対して優位に立ち、一五五九年のカトー・カンブレジ条約により、イタリア戦争の最終的な講和条約を有利に結ぶことができた。フランスはイタリアの権益を放棄し、ミラノ・ナポリ・シチリアがハプスブルク家の領地となった。

実は両家とも講和を必要としていた。双方とも財政的に疲弊しており、何より協力して新教徒どもを駆逐しなければならないからである。特にイングランド国教会と、ネーデルラントに巣くうカルヴァン派だ。両家の友好の証として、私はフランス国王アンリ2世と王妃カトリーヌの娘イサベルと結婚した。三番目の王妃である。

一五六一年には宮廷をマドリッドに移し、新たな国の首都とした。さらに私の名にちなんで命名されたラス・フィリピナス諸島の征服が進み、一五七一年にマニラを植民地首府としている。

一五七一年のレパントの戦いでは仇敵オスマン帝国海軍に勝利し、西地中海の制海権を取り戻すことに成功した。戦争の発端はオスマン帝国セリム2世が、キプロス島を占領したことである。

我がスペインは、ヴェネチア共和国・ローマ教皇と神聖同盟を結び、一五七一年十月、庶弟のアウストリアを司令官とする三百隻の連合艦隊で、二百八十五隻のオスマン帝国艦隊を迎え撃った。漕ぎ手によるガレー船が主力を成す最後の海戦であろう。

戦いは僅か一日で決着し、オスマン帝国に大きく勝利した最初の戦いとなる。しかしキプロス島を奪還できず、地中海全域の制海権を取り戻せなかった。

オスマン帝国宰相メフメト・パシャは、敗戦後の回復状況を探りに来たヴェネチア大使に、気の利いた負け惜しみを言い放ったという。

「あなた方は、我々がこの不幸をどのように乗り切ったかを見に来たのであろう。あなた方はレパントを勝ち取り、我々の髭を切り落とした。一方我々はキプロス島を勝ち取り、あなた方の腕を切り取った。切られた腕は再び生えてこないが、切り落された髭はさらに頑丈になって生えてくる」

いまいましいフランスのカルヴァン派（ユグノー）は、カトリーヌ母后が退治してくれた（サン・バルテルミーの虐殺）。黒幕の母后は名声を地に落とし、ユグノーから蛇母后と呼ばれている。

一五七九年には、オラニエ公率いるネーデルラント独立軍に対し、南部諸州はアラス同盟を結び、スペインへの帰属を決めてくれている。そのウィレムはもうこの世にいない。一五八四年に私が懸けた懸賞金欲しさにフランス人カトリック教徒が狙撃し、彼は地獄に堕ちたのだ。

一五八一年、ポルトガルの議会（コルテス）が私の王位継承を認め、私はポルトガルの領土と海外植民地を併せ、連合王国の君主となった。これによりトルデシリヤス境界線の東側と西側、すなわち地球の大部分が我が領土になったのだ。

我が領土ではいつもどこかで太陽が輝いている。そう太陽が沈まぬ帝国である。


なぜ私がライバルであるポルトガルの王位に就けたのかだと？

それは「汝、結婚せよ」という我がハプスブルク家得意の婚姻によるものだ。

ポルトガル王ジョアン3世（一五五七年没）の子息は次々と亡くなり、唯一五男ジョアン・マヌエルと我が妹ファナの間に一人息子が誕生する。マヌエルは早くに死んだ。その一人息子が最後のポルトガル王セバスチャン1世、つまり私の甥というわけだ。

イエズス会の強い影響のもとで育ったセバスチャンは政治に関心を示さず、一五七八年に十字軍を気取ってモロッコに出撃し、アルカセル・キビールの戦いに惨敗して姿を消した。おそらく戦死したのであろう。その後老齢の叔父エンリケが継いだが一年足らずで死に、アヴィス王朝は断絶する。

私は一五八〇年にポルトガルに乗り込み、翌年に即位を認めさせた。ポルトガルを併合すると、すぐにネーデルラント船のリスボン寄港を禁じたが、これは性急だったかも知れない。なぜなら富を蓄えたネーデルラント商人自ら海外に進出していく契機となったからだ。彼らはほとんどが、異端の新教徒かユダヤ教徒・マラーノである。


二年前にはキリスト教界における画期的な偉業が成し遂げられた。新たな暦、グレゴリオ暦の制定である。一五八二年十月に施行されている。

教皇グレゴリウス13世は改暦委員会の設立を命じ、当代随一の天文学者アントニウス・リリウスや数学者クリストファー・クラヴィウス（ドイツのイエズス会員）らを任命した。

復活祭の日付は、毎年の春分点を起点として定義されているが、今までのユリウス暦と実際の太陽年から得られる暦日とのズレが毎年蓄積し、次第に大きくなっていった。そこで彼らは太陽年の長さの計算精度を高め、遂に新たに正確な暦を確立したのである。
＊（グレゴリオ暦は現在も世界で使用されている標準的な太陽暦）。
カトリック諸国はいち早く採用したが、イングランドなど異端の輩はこの新暦の導入を拒否している。異端どもに厳しい態度を示した教皇グレゴリオの名が気に障るようだ。

「時を意のままに操ろうとする教皇の意志の現われ」と屁理屈を付けているが、教皇と仲良くなるくらいなら、太陽と不仲の方がよいと考えているらしい。

私はアラゴン王国にあった副王制を採用して各地に副王を置き、中央集権体制を整えるとともに、官僚主義的な書類決済システムを作り上げた。私自ら全ての書類に目を通し、もっぱらこの宮殿の執務室で決裁するのだ。

この宮殿は、カトリック改革の研究施設として建てた修道院である。ゆえに簡素で装飾を排した外観とし、窓も小さくして祈りを捧げる場にふさわしいものにした。はるか遠くインドの東から来た少年使節らもこの威容に驚き、世界に冠たるスペインの強大さを実感したに違いない。

私は常に漆黒の衣服をまとい、執務に専念している。黒は落ち着きを示す最高の色、何色にも負けないスペインを象徴する色である。

小さな窓から柔らかな陽の光が入ってくる。執務の疲れが溜まったのか、たまには心地よいまどろみに身をまかせるのも悪くはないだろう。夢心地の中、父（カール5世）の面影と言葉がゆっくりと蘇ってきた。一五五五年十月、父がブリュッセルで退位を表明した時のことである……。

③　カール5世の遺言

……フェリペよ、私の命も長くはない。持病の通風が悪化して杖なしでは動けないのだ。

長年戦場を渡り歩いてきた私は、家族と団欒を楽しむ時間や、お前に君主としての心得を説く機会が無かった。今こうしてゆっくりと話ができるのは、長年の労苦を不憫に思った神の御恵みであろう。

話したいことはたくさんあるが、ハプスブルク家とカトリック教界を背負っていくお前に特に伝えなければならないことがある。それはこれから対峙する宿敵のこと、そして宗教戦争についてだ。

これらは複雑に絡み合いながらも、全ては神の見えざる手の中にある。焦らなくとも良い。寛容に慎重にこの広大な領土を統治してゆけばよい。

「戦争は他国に任せよ。幸いなるオーストリアよ、汝は結婚（同盟）せよ。他国の領土は軍神マルスが与えるが、汝の領土は愛と美の女神ヴィーナスが与えて下さるから」

これがハプスブルク家の家訓である。

その家訓を忠実に実行したのが、私の祖父神聖ローマ皇帝マクシミリアン1世である。

マクシミリアンの父で神聖ローマ皇帝のフリードリッヒ3世は、何とか息子に良い縁談をまとめようとして、ブルゴーニュ公国シャルル突進公の一人娘マリーに狙いをつけた。そう私の祖母である。シャルル突進公も神聖ローマ皇帝の座を狙っていた。二人の結婚は決まり、マクシミリアンはマリーにダイヤの結婚指輪を贈っている（これが世界初の婚約指輪とされる）。

ブルゴーニュ公国は、ブルゴーニュ・ロレーヌ・アルザス・フランドルを領地とし、毛織物業を中心に商工業が発展した北方ルネッサンスの中心地。

しかしル・テメレール（向こう見ず）と形容された戦争好きなシャルル突進公は間もなく戦死してしまった。ブルゴーニュ公国は崩壊したが、マクシミリアンが駆けつけ、混乱を収拾してマリーを守った。仲睦まじい夫婦であったが、マリーは夫と狩りに出て、不慮の事故（落馬）で逝去してしまう。

やがてマクシミリアンは対立貴族らを制圧し、ネーデルラントをハプスブルク家に組み入れた。

その後マクシミリアンは、長男フィリップと娘マルガレーテをカスティーリャ・アラゴン連合王国の王子ファンと王女ファナに二重結婚させた。

一五〇四年にカスティーリャ女王イサベル1世が亡くなると、アラゴン王フェルナンド2世は摂政として実権を握る。長男ファンや長女イサベラは早くに死去した為、王位継承権は次女ファナに回ってきた。つまり私の母である。ファナの夫、つまり私の父フィリップは共同統治権を主張する為、カスティーリャに入ったが数か月後に死亡、私がネーデルラントを継ぐことになったのだ。

一方摂政となったフェルナンド2世は、夫の死で精神異常をきたした母を幽閉する。一五一六年にフェルナンド2世が死去すると、母ファナと共同統治する形で、私はカルロス1世として即位した。カスティーリャ・アラゴン連合王国の俗称は、エスパーニャという（スペインは英語名）。エスパーニャとは、イベリア半島を指すローマ時代の古名ヒスパニアにちなんだものである。

こうしてハプスブルク家は、祖父マクシミリアン1世と私の代で、ネーデルラント・カスティーリャ・アラゴン、イタリアの一部、オーストリア・ボヘミア・ハンガリーの北部と西部、それに新大陸を統治する大帝国にのし上がった。

我がハプスブルク家は、ヨーロッパの中でも選りすぐりの血統である。

母方の祖父母は、カスティーリャ女王イサベル1世とアラゴン王フェルナンド2世。二人ともスペイン人だ。父方の祖父母は、神聖ローマ皇帝マクシミリアン1世とブルゴーニュ公女マリー。祖父はドイツ人、祖母はフランス人である。私は何国人でもない、ヨーロッパ人だ。

私は一五〇〇年、フランドルのガン（ベルギーのヘント）で生まれた。名前カール（シャルル）は曾祖父のシャルル突進公にちなんでいる。母語はブルゴーニュ貴族の公用語であるフランス語である。

私は十七年間過ごした故郷フランドルをこよなく愛し、最初はスペインに馴染めなかったが、次第に慣れて愛するようになった。逆にスペイン生まれでスペイン育ちの弟フェルディナントは、ハンガリー・ボヘミア王位に就き、後に私の後を継いで神聖ローマ皇帝フェルディナント1世として即位することになる。

スペイン語は神の言葉、響きが美しい。イタリア語は女性への言葉、フランス語は男性への言葉、ドイツ語は馬の言葉だ。

少年時代の個人教師には、後に教皇ハドリアヌス6世となるアドリアンが、青年時代にはエラスムスが名誉参議官として仕えている。二人ともネーデルラント出身である。エラスムスは、私の為に「キリスト教君主教育」を著し、私は恵まれた環境で帝王学を学ぶことができた。

一五一九年に祖父マクシミリアンが逝去すると、私は神聖ローマ皇帝の座を巡ってフランス国王フランソワ1世と争い、フッガー家の財政支援を受けてめでたく皇帝に選出された。

しかし自分達の国王が皇帝として選ばれたことは、スペインの人々にとって誇りでもなんでもなく、むしろ激しい反発のもとになる。何よりもまず称号の問題である。皇帝の方が国王よりも高い地位にあると考えられた為、文書の署名はまず「皇帝、ローマ王カール」、その次に「カスティーリャ女王ファナ」「カスティーリャ王カルロス」の順で記されることになったのである。

その為神聖ローマ皇帝即位後は、私はカルロス1世（カルロス・プリメーロ・デ・エスパーニャ）と呼ばれるより、カール5世（カルロス・キント・デ・アルマニア）と呼ばれるようになる。スペイン人にとって自分の国が蔑ろにされた思いであったと思う。

またフッガー家から借りた莫大な選挙工作資金が大きな負債となり、国家予算の五倍に膨れ上がった。かかる資金の国外持ち出しや、異国生まれの君主・側近の統治に対し、次第にスペイン人の不満が増大していった。一五二〇年、コムネロス（自治都市民）の反乱が生じる。私は一年余り続いた内乱を何とか武力で鎮圧し、一五二一年に名実ともにスペインの統治者になったというわけだ。

私の夢は、オットー1世以来形骸化している神聖ローマ帝国を建て直し、ヨーロッパをカトリックで再統合することである。しかし私の夢は、宗教改革の嵐、フランスやオスマン帝国との戦いに翻弄され、実現することはなかった。後はお前に任せることになる。


ところで一族に夫運の悪い姉妹がいたことを覚えておいてくれ。

それはお前の祖母ファナとその妹カタリーナである。カタリーナは、お前の二番目の妻メアリーの母と言った方がよいであろう。

イサベル女王とフェルナンド国王の娘達は美人揃いであった。その中でも私の母である次女ファナは飛び切りの美人で、一四九六年にブルゴーニュ公フィリップ、つまり私の父と結婚する。

フィリップ美公と呼ばれた金髪碧眼の美青年に、うぶな母は心底惚れ込んだが、夫の浮気癖に翻弄され、彼女の心は次第に病んでいく。最初はエキゾチックなスペイン美人に心を奪われた父であったが、嫉妬に狂い常軌を逸するようになった母から心は離れていった。

父は王位継承権を持つ母との共同統治権を求め、イサベル女王もそれを認めていたが、父の野心を危ぶみ、次のような遺言書を作成していた。

「ファナの精神状態が正常で統治能力がある場合に限り、夫の共同統治権を認める。そうでない場合は孫のカルロスを祖父が後見する」

つまり母が精神を病んでいるのならば、共同統治権を認めないということ。そこで祖父フェルナンドは、母は精神に異常をきたしているという証拠を掴もうとブリュッセルの宮廷に密偵を派遣し、父は父で、「私は正常で、夫婦仲は睦まじい」という母自筆の手紙を偽造してフェルナンドに送りつけるなど、泥仕合を繰り広げた。父は一五〇六年に母とともにスペインに乗り込み、フェリペ1世を自称して共同統治権を主張するが、病で急死してしまう。

父フィリップ美公は、スペインの乾いた大地と厳粛で信仰深いスペイン人を嫌い、スペインも彼を嫌ったようだ。浮気性の夫をなじりながらも父を愛していた母は、これで完全に正気を失い、世間からは La Loca（狂女）と呼ばれた。母は満月の頃が調子悪く、激昂した後に鬱状態となる。

一五〇八年には、祖父フェルナンドによってトルデシリャスのサンタ・クララ修道院に隣接する城館に五十年近く幽閉され、名目上私との共同統治者とされたのだ。

イサベル女王とフェルナンド国王はフランスを包囲する為、イングランドと同盟関係を結ぼうと考える。そして末娘カタリーナを莫大な持参金とともにヘンリー7世の嫡男アーサーに嫁がせた。

母の六歳下の妹カタリーナも知的で美しい女性であった。しかし結婚後まもなくアーサーが急死してしまう。吝嗇家のヘンリー7世は持参金の返却を惜しみ、次男ヘンリーとカタリーナとの結婚を両王に持ちかけると、両王もイングランドとの関係を維持し、娘を王妃にする為にこの結婚に合意した。

しかし兄の妻と結婚することは、旧約聖書の教えに背くことになる。そこで両王は、「アーサーとカタリーナは若く、二人の間には夫婦関係が成立していなかった」という理由付けで、教皇ユリウス2世から結婚の特免状をもらっている。

二人は一五〇九年に結婚、カタリーナはキャサリン・オブ・アラゴンと呼ばれた。ヘンリーより六歳年上の姉さん女房キャサリンは、それこそ弟を見守るようにきめ細かく世話をし、ヘンリーを心から愛した。

しかしヘンリー8世となった王は、非情で規格外な男であった。キャサリンが男児を生まないと見るや離縁を申し渡して追放し、兄嫁との結婚は近親相姦になるので、結婚を認めたのは教皇庁の過ちであると離婚の正当性を主張したのだ。呆れるばかりに非道な男であろう。

私は離婚を認めないように教皇に圧力をかけたが、あの男は離婚を認めない教会から離脱し、一五三四年にイングランド国教会の設立を宣言した。そしてキャサリン追放後、好みの女性を次々と王妃に迎え、男児を生まない・意に沿わないとみるや、口実をつけて処刑していった。

キャサリンは離縁後も王妃の名を守り、驚いたことにヘンリーを愛し続けたという。キャサリンが亡くなる前、彼に次のような手紙を送っている。

「いよいよ最期のときが近づいてきたようです。それでもあなたへの愛は変わることはないでしょう。私は最期の時を迎えますが、あなたが立派に王の務めを果たし、何より平穏な心があなたと共にあるように祈っています。私はあなたを決して恨んだりはしていません。私の最後の望みは、あなたに一目お会いすることなのです——。イングランド王妃キャサリン」

私がお前に年上で魅力的ではないメアリーとの結婚を進めたのは、二人の子供にイングランド王位を継がせ、異端の国をカトリックに戻す為である。そして不幸な目に遭った叔母キャサリンの一人娘メアリーを何とか守ろうとしたのだ。お前に不釣り合いな結婚を強いたことを許して欲しい。

④　宗教戦争について

一五一一年、私の良き師エラスムス（一五三六年没）は「痴愚神礼賛」を初版刊行した。これは痴愚の女神の馬鹿げた自慢を通して、世の中の学者・教会・聖職者の腐敗と偽善を風刺したものである。この著作で師エラスムスは、形式的な教会権威主義から聖書の精神に戻ることを主張している。

ドイツでは大々的に免罪符が販売され、ローマの雌牛と呼ばれるほどローマ教会の資金供給源となっていた。ドイツはもともと中小諸侯の対立で分裂状態に近く、王権が確立しているフランスと違い、免罪符の販売がしやすかったからであろう。

この免罪符に絡んでいたのが、大富豪のフッガー家である。フッガー家は、教皇庁の取引銀行として免罪符売上代金のローマへの送金を引き受け、その代金の一部を融資返済の原資として回収していた。当時のローマ教皇はメディチ家出身の派手好きなレオ10世。彼は、ラファエロやミケランジェロら芸術家のパトロンでもある。しかしサン・ピエトロ大聖堂建設資金の為にドイツでの贖宥状販売を認めたことが、宗教改革の直接のきっかけとなった。

マインツ大司教アルブレヒトは複数の司教座を保持する為、教皇庁への法外な上納金を捻出する必要があり、フッガー家の入れ知恵で資金調達の為の免罪符販売部隊をドイツに送り込んだ。そして、「免罪符を買ってコインを箱にチャリンと入れると、霊魂が煉獄から飛び出て天国に飛び上がる」とし、免罪符を買うことによって救済されると喧伝したのである。

「金持ちが天国に行くのは、ラクダが針の穴を通るより難しい」、主イエスもこう言っている。明らかに免罪符はおかしい。こう疑問に思ったのが、ヴィッテンベルグ大学の教授ルターである。ルターは、パウロの「ローマの信徒への手紙」に出てくる神の義とは何かにつき考え抜いた。そこで出た結論は、人間は善行ではなく信仰によってのみ義とされるというものである。

そこでルターは、一五一七年にローマ教会への質問状である「95ケ条の論題」をヴィッテンベルグ城教会の扉に貼り付けた。その要旨は「免罪符やローマ教会の権威主義はおかしい。人は信仰によってのみ義とされ、聖書に従うのが真の信仰である」というもの。これは当時発明されたばかりの活版印刷機を使って冊子に印刷され、瞬く間にヨーロッパ中に広まった。

我が師エラスムスは、ルターが自分を尊敬し自著に影響されていたことを知り、ルターを励ました。宗教改革が「エラスムスが生んだ卵を、ルターが孵した」と言われる由縁である。

エラスムスはあくまでキリスト者の一致を最優先とし、教会の分裂を望んでいなかったので、ルターに対して、過激な行動や派閥によって教会を分裂させないよう、再三忠告していたという。

しかしルターの活動は次第に先鋭化し、事態は過激化・複雑化していく。ルターはやがてローマ教会の権威を公然と否定した為、一五二〇年にローマ教皇から破門された。天国の鍵を預かる教皇からの破門は、地獄に堕ちることを意味するが、ルターはそんなことは聖書のどこにも書いていないと言い、教皇の破門状を破いて燃やしてしまった。

学生達はルター支持を叫び、ドイツ諸侯もルターの教義というよりは、今まで自分らを食い物にしてきた教皇への怒りからルターを支援した。私は穏健なエラスムス主義者・神聖ローマ皇帝として、キリスト教界をまとめる責務がある。ローマ教皇庁も私に協力を求めてきた。

確かにローマ教皇や教会は腐敗している。ルターはこれに敢然と立ち向かい、キリスト教を本来の純粋な姿に取り戻そうとしたのだが、一方で不寛容な原理主義という一面も持っている。

私は何とか分裂を避けようと説得したが、ルターは受け入れなかった。

仕方なく私は帝国法の保護を剥奪し、ルター一派を帝国から追放するヴォルムス勅令に署名した。

法の保護を受けられず命の危険に晒されたルターは、ザクセン候に保護され、匿われたヴァルツブルグ城で聖書のドイツ語訳を完成させている。

この後ルターはローマ教会とは別派のルター派（ルーテル教会）を設立するが、ルターの教義よりも社会変革を求める人々がこれに加わっていった。それは都市と商業の発展の中で没落しつつある騎士層や、過酷な税や賦役、農奴制からの解放を掲げて立ち上がった農民である。特にドイツ農民戦争を指導したミュンツアーは、「地上における神の国」を掲げて修道院や城郭を襲った。

しかし勢力の弱い騎士連合では封建領主に勝てず、農民同士の団結力も弱かった。ルターは当初農民を応援したが、彼らの要求が急進的であることを知ると、彼らのしていることは悪魔の所業にほかならないとして弾圧側に回った。諸侯軍によって各個撃破された農民軍は、結局約十万人もの犠牲を出して一五二五年に壊滅した。その為ドイツ南部の農民はルターを嫌い、カトリックに戻っている。

元々分裂状態であった神聖ローマ帝国、特にドイツは宗教戦争により益々混乱していった。

その時である。オスマン帝国が神聖ローマ帝国に攻め込み、ハプスブルグ家の本拠地ウィーンを包囲したのは（一五二九年）。

私はルター派諸侯の協力を得る為、一旦ルター派の信仰を認めたが、やがてオスマン軍が撤退して政情が安定すると、再びルター派の信仰を禁止し、ヴォルムス勅令を復活させた。

これに対しルター派諸侯が一五二九年に抗議文（プロテスタティオ）を出した為、反カトリック・新教徒をプロテスタントと総称するようになる。

「信仰によってのみ義とされる」とするルターの主張は、個々人が聖書のみを仲立ちとし、信仰により神と直接結ばれるべきというもの。神と直接結ばれるのであれば聖職者の存在は不要で、プロテスタントの教会は、平信徒とその代表である牧師で構成すれば良いということになる。

師のエラスムスは、「人間は真摯な意思によって善行を積み、一歩一歩前進して向上しうる存在である。人間の自由意志は、アダムとイブが楽園を追放された後も残されている」という自由意志論を唱えた。一方ルターは、「人間の意思（善行）によって神に義とされる（救済）ことは無い。信仰によってのみ義とされる」とする奴隷意志論を唱え、人間の自由意志を否定する。

師エラスムスとルターは次第に対立し、師エラスムスは反プロテスタントとされる一方、カトリック側からも反カトリックの烙印を押される板挟みの状態になっていった。

私は社会を分裂させたルターを許せないが、認めざるを得ない変革点は、罰であった労働を神が人間に与えた任務、即ち天職＝Berufとしたことである。これにより世俗の職業は全て天職となった。

この考えをさらに尖鋭化したのは、フランス人のカルヴァンである。カルヴァンは、一五三六年に「キリスト教綱要」を刊行し、「神によって救われる者と救われない者とは予め決められている」とする二重予定論を展開した。予定論は理解しにくい思想であるが、カルヴァンは天職に励むことで得られる富の蓄財を認め、天職での成功（蓄財）を神に選ばれし証とした。

この為、カルヴァンの教えは商人階級に広がり、ネーデルラントではゴイセン、フランスではユグノー、イングランドではピューリタンと呼ばれ、ルター派と一線を画している。

一方で蓄財を肯定しないルター派は、ドイツ北部や北欧に広がった。
両派とも禁欲的な世俗内労働（天職）を奨励するところ、教皇の権威を否定し聖書の権威を重んじるところ、司祭の儀式ではなく牧師の説教を中心とするところは同じである。

私は辛抱強くカトリック側と新教徒側との話し合いを続けようと努力したが、双方の非妥協的な姿勢により宗教革命の嵐を抑えることができなかった。

私は疲れ果て、プロテスタントとの交渉を弟フェルディナントに任せてしまう。
フェルディナントはこれ以上の内戦激化を防ぐ為、一五五五年にアウグスブルクの和議を締結する。これによりルターを異端とするヴォルムス勅令が効力を失い、プロテスタントの存在が正式に認められた。但し、個人の信仰が認められたわけではなく、信仰の選択は都市や領主が決定するものとされ、カルヴァン派は否定されている。私にとって、アウグスブルクの和議は敗北であった。

一方で腐敗した教会を刷新し、立て直そうとする内部の動きも現われる。一つはエラスムス主義であり、教会や聖職者の腐敗を正しながらも、キリスト教界の分裂を避けようとするものである。
もう一つは、ローマ教皇への絶対服従、神と教皇の戦士として伝道に努めることを使命とするイエズス会である。イエズス会という名は、イエス・キリストの伴侶という意味で、ジェズイット教団とも呼ばれている。清貧・貞潔・服従という三つの修道請願を忠実に守り、世界宣教事業・教育事業・社会福祉事業の三つの活動を柱としている。

⑤ ラス・カサスの勇気

トルデシリャス条約により、新大陸で新たに征服された土地と住民はスペイン国王に属すとされ、コンキスタドール（征服者）達は争って新天地の探検に乗り出した。

コロンブスはインド（未知のアジア）を目指し、到達したと思い込んでいたので、新大陸をインディアス、その住民をインディオと呼んだ。しかし一四九九年にベネズエラを探検したアメリゴ・ヴェスプッチは、この地域はユーラシア大陸ではなく新しい大陸だと公表した為、ヴェスプッチの名にちなみ、新大陸はアメリカ大陸と名付けられている。

一五二一年にエルナン・コルテスが無許可でアステカ帝国に侵攻、一五三二年には私の許可を得てフランシスコ・ピサロがインカ帝国に侵攻、皇帝アタワルパを処刑してインカ帝国を滅ぼした。野蛮なコンキスタドールどもは、原住民を酷使して多くを死なせたが、この現状を批判する勇気ある者もいた。聖職者ラス・カサスである。

ラス・カサスはインディアスにおける非道な行為を告発し続けた勇気ある男だ。

彼はもともと植民者としてエスパニョーラ島に渡り、その後聖職者を志し、司祭に叙階された男である。一五一二年にキューバ島征服軍の従軍司祭として同行したが、そこでインディオに対する残虐行為を目の当たりにし、良心の呵責を感じるようになる。その後彼は、自分の奴隷を開放し、エンコミエンダを放棄した。そして彼の提案で植民地政策の諮問機関インディアス枢機会議が発足する。

私は当初、スペインの国家利益に反する主張には賛意を示さなかった、しかし一五四一年に彼と会見し、インディアスの破壊と虐殺についての簡単な報告を受け、この問題に取り組むことを決心する。

一五四二年、インディアス枢機会議は、インディオの保護とエンコミエンダ制の段階的廃止を盛込んだ「インディアス新法」を公布する。インディアス枢機会議では、アリストテレスの「先天的奴隷説」に基づき、植民地政策を正当と見なす者もいた。即ちキリスト教徒は、インディオの人身御供やカニバリズム（食人）の罪を正す義務があり、劣った民族インディオを保護・監視しなければならないとするものである。

これに対し彼は聖書の言葉を引用しながら、インディオは文明的な生活を送っており、彼らの自然権を尊重すべきであると反論した。彼は一五五二年に「インディアスの破壊についての簡単な報告」を発刊し、インディオの保護者と称えられる一方、スペインの悪逆な印象・黒伝説を作ったとしてスペイン人から憎まれ、多くの政敵を作った。

ただ分かって欲しいのは、スペインにはラス・カサスのように、国益に反することを承知の上で、問題に真正面から立ち向かっていく勇気ある良心的な人物も居たということだ。

まさに真のキリスト者であろう。

⑥ 宿敵者達

我が宿敵の一人は、フランス王フランソワ1世である。

私と彼はイタリアの権益を巡り、イタリア全土で衝突した。

彼は一五一五年にミラノ公国に侵攻してスフォルツア家を追放した。当時スフォルツア家に仕えていた絵師レオナルド・ダ・ヴィンチは、彼の招きを受け、翌年に書きかけのモナリザの絵を持ってフランスに移住している。フランソワ1世いわく最高の戦利品であったと。レオナルドは、アンボワース城の裏手にある屋敷クロ・リュセで、国王の保護の下、フランス・ルネッサンスを開花させた。

フランソワ1世は、一五二五年のパヴィアの戦いで私の捕虜となり、北イタリア権益を放棄するという屈辱的なマドリッド講和条約に署名した。その後自分の息子二人（次男は後のアンリ2世）と引き換えに釈放されると、卑劣にもこの条約を破棄して再度対峙する。


教皇クレメンス7世は私につくかフランス側につくか逡巡したが、結局フランス側につくことに決め、私に対抗した。両家の対立を最大限利用しようとするヘンリー8世もこの同盟に加わった。

フランソワ1世は、我が領地スペイン・イタリア・ネーデルラント、神聖ローマ帝国の四方からフランスが圧迫されるのを防ぐべく、ドイツのプロテスタント諸侯を支援し、ローマ教皇とイングランドの同盟をもって、これを押し返すつもりである。

クレメンス7世の寝返りに憤った私は、新教徒ドイツ人の傭兵から成る軍隊をローマに差し向けた。ところが途中の戦いで、司令官のブルボン公シャルル3世が戦死して軍は統制を失い、ドイツ人傭兵がローマで殺戮・略奪の狼藉を働き（ローマ略奪）、ローマを荒廃させるという事件が起きてしまった。残念なことだが、これは私の本意ではない。

フランソワ1世は、異教徒のオスマン帝国とも同盟を結んでいる。スレイマン1世と提携し、第一次ウィーン包囲をけしかけたのだ。これはキリスト教界の統一を信念とする私に対して、宗教的な問題よりも国家利益を優先するものである。

私が次に警戒しているのはイングランドのヘンリー8世だ。

父ヘンリー7世は、バラ戦争を終結させてチューダー朝を開いたが、祖先はウェールズのさほど身分の高くない家柄で、それ故いかにチューダー朝が正統であるかを強調する為に腐心する。プランタジネット朝最後の王リチャード3世が極悪非道とされたのはそういった宣伝の一環である。

リチャード3世は、封建諸侯の権利を制限して王権強化を果たす為に内戦に及んだのだが、これを引き継ぎ、星室庁という王の為の裁判所権限を強化し、諸侯を締め付けて武力で押さえ込んだのがチューダー朝の実態である。

ヘンリー8世は、基盤が不安定なチューダー朝を女性君主が統治するのは無理と考え、男子の誕生を待ち望んだ。しかしカタリーナは期待に応えられなかった。やがて彼は肉欲を後継ぎ問題にすり替え、次々と愛人を作っていく。その過程で、期待を裏切った家臣らを次々と粛清した。

そもそもヘンリー8世にとって、信仰の問題よりも、自分を頂点とする絶対王権の確立、修道院領没収による財務基盤の確立が優先事項であった。

国教会の創立により、八百以上の修道院が解散させられ、その資産は王室に没収されている。これによりイングランドの土地の五分の一が王室に移動し、王室はその土地を市民に売却して財政を豊かにするとともに、土地の流動化につなげたと聞く。

国家利益を優先する為に異教徒と手を結んだフランソワ1世、教会財産を奪う為にイングランド国教会を設立したヘンリー8世。二人の宿敵は神の裁きで、一五四七年に相次いで姿を消した。

フェリペよ、お前の外観はネーデルラント人だが中身はカスティーリャ人だ。カスティーリャから一歩も出ようとしない。ラテン語は堪能だが、フランス語・フラマン語・ドイツ語を理解せず、しようともしない。それらを母語とする人々を統治するというのに。

お前をネーデルラントに呼んだのは、将来の領地を知らしめる為、またお前をネーデルラントの民衆に知らしめ、臣下らに忠誠を誓わせる為であった。

しかしお前はネーデルラント人が好きではないようだ。確かに寡黙で敬虔なお前と、陽気でばか騒ぎが好きな快楽主義者とは合わぬであろうし、オラニエ公ウィレムともそりが合わんようだな。お前がウィレムに反感を持てば、相手も同じ感情を持つ。王たるもの寛容と慈悲の心を忘れてはいけない。

臣下に関しては、軍事担当のアルバ侯爵は謙虚で控え目な風であるが、野心家なので気を付けるように。しかし軍事のことは信頼してよかろう。そなたの幼馴染で腹心のルイス・ゴメス・デ・シルバは、信頼しても良い。但し、家臣達の間で不協和音が広がらないよう、重用し過ぎないことだ。

イングランドは、そなたの妃であるメアリーが長生きしてカトリック政策を取る限り問題はない。しかしどうも悪性の病気に罹っているようだ。

メアリーがいなくなれば、次の王はプロテスタントのエリザベスか、カトリックのスコットランド女王メアリー・スチュアートとなろう。メアリーがイングランドの王位を継げば、カトリック体制は安泰であろうが、フランスのギーズ家が姪のメアリーを遠隔操作し、フランス・イングランド・スコットランドを統合しようと動くので要注意だ。

その場合は、あの陰謀好きなカトリーヌ王妃と組まなければならない。

それにしてもネーデルラントやフランスでは、最近カルヴァン派が勢いを増している。カルヴァン派は狂信的で独善的だ。しかしそなたまで独善的な君主になってもらっては困る。家臣の忠告も参考にして、何事にも寛容であることを心掛けよ。

フェリペよ、お前は真面目で神経質過ぎる。もっと優雅で柔軟で自信に満ちたふるまいを心掛けよ、あのウィレムのように……。

うたた寝していたフェリペ2世は、夢の中で父がウィレムに触れ、次いでエリザベスやカトリーヌの名が出てきたので思わず跳ね起きた。栄光に浸っている場合ではない。カトリーヌ母后やエリザベス女王はネーデルラントの反乱を支援しており、イングランドの海賊行為など問題は山積みである。

⑦ カール5世の死

カール5世は、一五五五年十月にブリュッセルで退位を表明した。心身ともに疲れ果てた彼は、涙ながらに退位式で言った。

「私は精一杯やるべきことをやってきたつもりであるが、今になるともっと賢明にできなかったものかと悔いが残る。常に自分の力の限界や能力のなさを痛感し、今、退位という決意が私の義務であると信じている」

カール5世に付き添い、肩を貸したのは信任の厚いオラニエ公ウィレムである。

カール5世は、両親から受け継いだスペイン・イタリアの一部・ネーデルラント・新大陸は息子フェリペ2世に譲り、祖父から受け継いだ神聖ローマ帝国とボヘミア・ハンガリーは、弟のフェルディナントに継承させた。これ以降、神聖ローマ帝国皇帝は弟系から選出され続けて世襲制となる。

こうしてハプスブルク家は、スペイン・ハプスブルク系とオーストリア・ハプスブルク系に分裂することになった。

カール5世は生まれつきアゴの筋力が弱く、下顎が突き出る下顎前突症で「ハプスブルクの顎」とも呼ばれ、カギ鼻・受け口・しゃくれ顎はハプスブルク家の三点セットとして有名である。

カール5世は常に口の開いた状態で、家臣から、「陛下、口を閉じていただけますか？　この辺の蝿は不作法なので、お口を開けていると勝手に入ってしまうものですから」と言われたという。上下の歯がうまく噛み合わず、舌がもつれたような話しぶりで、一見知的障害があるような印象を与える。

しかしその意思は鋼のように固く、優れたバランス感覚の持ち主であった。

陽気な性格ではないが気品があり、語学に秀でて音楽と文学を愛し、知的で情愛深い人物でもある。かなりの大食漢で、暴飲・暴食をした為、死因は胃腸障害であったとされる。特にウナギのパイと生ハムを好み、生ハムを食べれば食べるほど敬虔なキリスト教徒になると公言していた。

またビール醸造の盛んなフランドルで生まれた為か、冷えたビールを大量に常飲し、若い頃から通風の発作に苦しんでいた。

カール5世は、一五五八年九月に隠棲先のユステで五十八歳の生涯を終えた。フェリペにとって絶対的な存在であった尊敬すべき父が亡くなった。その偉大なる父は、自分に全てを託してくれている。真面目なフェリペは、父が果たせなかったことを、自分が果たすのだと強く言い聞かせた。

フェリペの容姿・性格につき、各国大使は次のように評している。

「中肉中背で、手足は幾分細い。額は広く美しく、目は青くて大きい。眉は濃くあまり離れておらず、父親ほどではないが顎はしゃくれている。このことだけが彼の外観に難を与えている。顎髭は短く尖っており、肌は青白く髪は金髪。王の尊大な振る舞いはまさにスペイン人なのだが、外観は寧ろネーデルラント人である」

「性格は内気で神経質である。食べ物に節制が無いところは父親似であろう」

「知的で勤勉、激務を厭わない。全ての書類に王自ら目を通して署名する。しかし目を合わせることは無く、目を伏せているか、違う遠くの方を見ている」

同年十一月、ロンドンで二番目の妻メアリー・チューダーが死去した。

メアリーは、母キャサリンの影響を強く受けたカトリック信奉者で、一五五三年に広く国民に支持された女王として即位している。

そこでカール5世は、メアリーとフェリペとの結婚を画策する。ここにカトリック国に戻り、スペインとの関係回復を望むイングランドと、フランスを挟み撃ちにし、あわよくばイングランド王位を狙いたいスペインの思惑がはまり、二人は一五五四年に結婚した。メアリー三十八歳・フェリペ二十七歳。十一歳差の結婚である。

高齢出産で命を落とすかも知れないメアリーは結婚をためらったが、結婚して子をもうけなければ、母を辱めたアン・ブーリンの娘エリザベスが王位についてしまう。

メアリー女王としては、イングランドをカトリックに戻す必要があり、その為には親族であり、強大なスペイン国王であるフェリペ2世という夫を得なければならない。

メアリーはフェリペの肖像画を求め、ティチアーノの描いたフェリペ像を見て満足する。

そしてロンドンに現われたブロンドの髪にすらりとした細見のフェリペを見て即座に恋に落ちた。

この頃のメアリーの容貌を、ヴェネチア大使が本国に報告している。

「背は低く、顔は青ざめ血の気が無い。とても痩せている。目の色は濃くなく、髪は赤色、鼻は低くて大きい。女盛りをすぎていなければ、美人と呼ばれたかも知れないのだが……」

恵まれない子供時代を過ごし、常に生命の危険を感じつつ生きてきた彼女はかなり老けて見え、頭はほとんど禿げていたのでカツラを付け、近視で歯槽膿漏の為、歯を何本か失っていたという。

フェリペにとって年上で色褪せたメアリーは、スペイン女性に比べて野暮ったく魅力に欠けたが、何せイングランドという持参金付きの花嫁だ。邪険に扱うわけにはいかない。政略結婚に愛は必ずしも必要でないと自分に言い聞かせた。

フェリペは父に従順な政治家たらんとし、内心の嫌悪感を露ほども見せず、騎士道精神で礼儀正しくメアリーとの夫婦生活に臨んだ。スペインの大使も本国に報告している。

「殿下は女王に優しくふるまわれておられます。肉体的には何の魅力もおぼえず、自分にふさわしい方とは考えておられないようですが、女王に優しく接し、それは幸せな気持ちにさせておあげになっておられます」

メアリーに結局子供は生まれなかった。

イングランドをカトリックの国に戻したが、メアリーとの間に子供を作ることはもう不可能であろうと判断したフェリペは、一五五五年九月にイングランドを去る。フェリペが再びイングランドを訪れたのは、一五五七年三月、僅か3か月の滞在であったが、その目的はフランスへの出兵要請と戦費の無心である。生涯にただ一人愛した夫のたっての頼みである。

メアリーは即座にフェリペの申し入れに応え、フランスに出兵する。3か月であったが、メアリーは幸せであった。フェリペは相変わらず礼儀正しく優しく接してくれる。そして戦費と八千の兵を率いて再びイングランドを去っていった。しかしギーズ公率いるフランス軍に敗れ、最後のフランス領土カレーを失う結果となる。メアリーの治世は失敗の連続であった。

反カトリック勢力は次第にエリザベスの回りに集まっていく。メアリーは、謀反の疑いでエリザベスをロンドン塔に投獄するも、慎重なエリザベスは証拠を与えず、かえって王位継承者の妹を投獄したメアリーの評判は堕ちていった。

フェリペも二度と戻らず、結婚も失敗に終わった。二度目の妊娠の兆候は致命的な卵巣腫瘍である。次第に国民の期待はエリザベスに移り、メアリーは一五五八年十一月にこの世を去った。

⑧ エスコリアル宮殿　執務室にて

フェリペ2世は執務室でメアリーを偲んでいる。彼女が派遣してくれたイングランド兵の活躍もあり、サン・カンタンの戦いに勝利し、勝利を記念してこのエスコリアル宮殿を建造したのである。

彼女は魅力的ではなかったが、カトリックの同志として、また親族として一緒にいると何か落ち着いた。それにしても敬愛する父の死から僅か二か月後の妻の死とは。

フェリペ2世は四人の王妃を娶ったが、みな早くに死んでいる。


最初の妻はポルトガル王ジョアン3世の王女マリア・マヌエラ。フェリペが自ら選んだ妻である。ジョアン3世にはマリア・マヌエラと病弱な弟ジョアン・マヌエラしかいなかった。しかもカール5世は娘（フェリペの妹）をジョアン・マヌエラに二重結婚させている。いずれポルトガル王位が転がるであろうという思惑であったが、それは見事に当たった。

王妃マリアは、息子カルロスを生んですぐに産褥熱で死んでいる。カルロスは祖父カルロス1世にちなんで命名されたが、生まれつき頭が大きく形もいびつで、頑固で手に負えない子供であった。

三番目の妻はカトリーヌ王妃の娘イサベル・デ・バロイス（ヴァロア）である。サン・カンタンの戦い後、結ばれたフランスとの講和条約の証である。カトリーヌ王妃は愛らしいイサベルに、フェリペを虜にしてフランスと協調するように示唆したという。

勿論、慎重なフェリペは相手にしなかったのだが。イサベルは病弱で浪費家であったが、フランスとの和平の象徴として「平和王妃」と呼ばれ、国民に愛された。

しかし問題児カルロス王子は相変わらず飽きっぽく粗暴で、しばしば錯乱状態となった。そして自分を厄介者扱いする父フェリペを恨むようになる。父からの愛情に飢えていたのかも知れない。

カルロスは、いずれ自分がネーデルラントの統治を任されると思い込み、スペインを脱出してネーデルラントにドン・カルロス王国を創るという妄想に浸るようになった。そして司祭への懺悔で国王への憎しみを語り、遂には父に監禁された。もはや後継者でも息子でもない反逆者として。カルロスが心を許し愛したのは、何と王妃イサベルであった。一五六八年夏にカルロスは二十三歳で死んだ。死因は分からない。その三か月後にイサベラも早産が原因で亡くなっている。

二人の死は、格好の悲劇として語られるようになった。太陽が沈まない帝国を統治する冷徹な父、その父に嫁いだエリザベッタ（イサベル）は、元々自分の婚約者であった。青年カルロ（カルロス）は陰謀にはめられて反逆者として捕らえられ……シラーの戯曲「ドン・カルロス」である。


一五七三年には、フェリペの親友であり、側近として活躍したルイス・ゴメス・デ・シルバもこの世を去った。フェリペの異母弟、レパントの英雄ドン・ファン・デ・アウストリアもネーデルラントの平定に失敗して一五七八年に死ぬ。フェリペはアウストリアの溌溂とした行動力を利用しつつ、自分に男子が生まれなければ次期王位はこの異母弟が就くかも知れないと警戒した。アウストリアは、戦費や兵員・弾薬を十分に得られないままネーデルラントに派遣され、見殺しにされた感がある。

四番目の妻は、神聖ローマ帝国皇帝マクシミリアン2世の娘アナ・デ・アウストリア。フェリペの姪に当たるアナは、両親が多産であることが選ばれた理由である。その期待に応えて、アナは王子達を次々と四人生んだが一五八〇年に病死する。

その王子達も次々と亡くなり、最後に残ったのが後のフェリペ3世である。一五八二年には、カール5世とフェリペ2世に仕えてきた老アルバ侯爵もこの世を去った。

……執務室で一人物思いに耽っていたフェリペ2世は、今さらながら次々と愛する妻や子供、親族や側近らがいなくなっていることに気づいた。寂寥感が身に染みる。

しかし執務に籠り、書類に目を通している間は孤独も気にならない。

「書類王」と呼ばれるゆえんである。

ふとネーデルラントに関する報告書に目が留まり、急いで秘書官を呼んだ。

「陛下、お呼びでしょうか」

有能な秘書官ヴァスケスは何事かと駆けつける。

「またあの女だ」

フェリペはいまいましげに呟いた。目は書類に落としたままである。

「海賊を操る赤毛の女狐でしょうか」

ヴァスケスの推測は外れた。

「いや、フランスのマダム・セルパン（蛇母后）だ」……。

第七章　カトリーヌの場合

① 偉大なるロレンツォ

カトリーヌ様を「フィレンツェの商人女」と揶揄する不埒な輩がいることは知っております。しかし「毒を盛る女」「マダム・セルパン（蛇母后）」に至っては本当に失礼というものでございましょう。カトリーヌ様は、教皇様を二人も輩出した名門メディチ家本流の最後のお方、聡明で忍耐強く機知に富んでいらっしゃいます。

私はフィレンツェ時代からカトリーヌ様にお仕えする侍女アンヌ、このフランスの宮廷では、侍女頭を務めております。

この世に運命の神がいるとすれば、きっと女神でございましょう。カトリーヌ様の美しい肢体と知恵に嫉妬したに違いないのだから。そう、幸運の女神フォルトゥーナ（ローマ神話に伝わる幸運の女神、fortune の語源）はカトリーヌ様に微笑むことはなかったのです。

カトリーヌ様のイタリア語名は、カテリーナ・ディ・ロレンツオ・デ・メディチ。

名門メディチ家の本家唯一の継承者ながら、孤児として女子修道院で育ち、フランス王家に嫁いだ後に後ろ盾を全て失いました。王妃になっても夫の無関心とその愛人に悩まされ、母后となっても我儘な新婦とその一族ギーズ家の王位簒奪に怯え、さらに新旧キリスト教徒の争いに巻き込まれていく。

でもカトリーヌ様は挫けなかった。次々と降りかかる絶体絶命の危機を、機転と策略で切り抜けていったのです。幸運の女神が振り向かなくとも、あらゆる手段を使って運命を手繰り寄せ、いつか味方につけて見せると自分に言い聞かせ……。

こういったところが、周りから陰謀好きな母后と指を差されたのでしょうね。

そのカトリーヌ様の壮絶な生き様を今からお伝えしたいと存じます。まずは名門メディチ家の起源と、カトリーヌ様の曽祖父にあたるロレンツオ豪華王の話から始めると致しましょう。

メディチ家は、十三世紀以降フィレンツェ社会の中で急速に頭角を現わし、イタリア屈指の富豪となった一族です。元々はフィレンツェ郊外ムジェッロ出身の薬種問屋であったようです。メディチはメディコ（医者）の複数形。紋章（金地に五個の紅い半球）の丸薬がそれを物語っています。

その後両替商すなわち銀行業に転身し、不動産にも投資して経済的地歩を固めていきました。

キリスト教社会では、高利貸しは神と自然の法に背くものとして禁止されています。しかしどこにでも抜け道はあります。両替・為替を名目に高利貸しを行い、換算率や為替手形の操作により、巨額の利益を得ることが可能だったのです。

＊（銀行ＢＡＮＫの語源は、両替商が店先に置いた木机バンコに由来する）。

ただ高利貸しに対する道徳的非難は、彼らの心に潜在的な罪の意識を植え付け、裕福な銀行家達は教会・修道院の寄付や、芸術家を支援するパトロンとして活動するようになりました。

イタリア商人は早くから教皇庁と深く結びつき、徴税業務や聖職売買の資金調達に関わって大きな利益を上げていました。特に十四世紀以降は、フィレンツェ商人が教皇庁の金融業を独占するようになり、その中でもメディチ家は熾烈な権力闘争を制し、頭角を現わします。

コジモ・デ・メディチは、一四三四年にフィレンツェでの権力を確立し、銀行業の支店をヨーロッパ中に張り巡らし、毛織物業や明礬(ミョウバン)鉱山の権益を得て、経営を多角化していきました。

コジモの孫にあたるロレンツォ・デ・メディチ、通称イル・マニーフィコ（偉大なる者）の代が、メディチ家の最盛期となります。ロレンツォは豪華王と呼ばれ、王族・貴族でないにも拘わらず、当時のフィレンツェ共和国を実質的に支配していました。精力的で疲れを知らない行動力と政治的才覚、豊かな文学的才能を持ち合わせ、社交性に富む魅力的な人物と伝わっています。肖像画を見ると、色黒でひしゃげた顎など決して美男と言えませんが、女性には大変もてたようです。

ロレンツォは、フィレンチェ・ミラノ・ローマ・ヴェネチア・ナポリの五大強国の中では巧みな外交戦術をもって勢力均衡を維持し、一方で近郊の小国に対しては軍事力を用いるという二面的な政策を展開しました。そして豊富な資金を背景に、ボッティチェッリやミケランジェロらのパトロンとなり、プラトンアカデミー（美の理想を追求する知的サークル）の主宰者として詩作や批評を行うなど、全盛期を迎えたルネッサンス文芸を保護したのです。

私はロレンツォの詩の中では、特に「バッカスの歌」が好きです。

「麗しきかな青春、されどすぐに去りゆくもの、楽しみを求めん、明日は定めなきゆえ」

青春の美しさと儚さを歌った一節です。

＊（アンデルセンは、この詩を「即興詩人」の中でヴェネチア民謡として載せ、その森鴎外訳に感銘を受けた吉井勇が「ゴンドラの唄」として以下作詞した。……命短し恋せよ乙女　紅きくちびる褪せぬまに　熱き血潮の冷えぬ間に　明日の月日は　ないものを……）。

ボッティチェッリは、ロレンツォの依頼で「プリマヴェーラ（春）」や「ヴィーナスの誕生」という絵画を作成しています。二作品とも主人公はヴィーナスで、占星術の呪文を護符にしたものですが、そのモデルはヴェスプッチ家に嫁いだフィレンツェ一の美女シモネッタ・ヴェスプッチです。彼女はロレンツォの弟ジュリアーノの愛人でしたので、ジュリアーノが彼女の絵を描いてくれと依頼したのかも知れません。ヴェスプッチ一族には、探検家アメリゴ・ヴェスプッチもいます。

ボッティチェッリと同じヴェロッキオ工房に十四歳で入ってきた少年が、レオナルド・ダ・ヴィンチです。師匠のヴェロッキオは、レオナルドをモデルにダヴィデ像を作成しています。

ミケランジェロもダヴィデ像を作成していますが、これは後に反メディチの象徴とされました。巨人ゴリアテに石投げで立ち向かおうとするダヴィデの像ですが、巨人をメディチ家、ダヴィデを共和制フィレンツェに模したのでしょう。

絶頂期のロレンツォを襲ったのが、一四七八年のパッツィ家による暗殺未遂でした。巻き込まれた弟のジュリアーノは殺害されてしまいます。

ロレンツォはメディチ家の持病とも言える通風を患い、一四九二年に亡くなりますが、家督を継いだのは、父ロレンツォから「愚か者」と呼ばれた長男のピエロです。

父が心配した通り、ピエロはシャルル8世率いるフランス軍の侵攻に際してその通過を独断で認め、市民の怒りを買って一時フィレンツェを追放されました。その間、メディチ家支配による腐敗を批判したドミニコ会修道士サヴォナローラが神権政治を行い、フィレンツェの政治を壟断してしまいます。しかし彼が進めた神権政治は厳格過ぎて民衆の支持を得られず、教皇を批判した為に教皇アレクサンデル6世に破門されると、彼は市民に拘束され、一四九八年に焚刑に処せられました。

その後フィレンツェは、共和制派とメディチ派が争う状況となります。

ロレンツォから「賢い」と評された次男ジョバンニは、後に教皇レオ10世となるお方ですが、免罪符の乱発でルターの宗教改革を誘発してしまいます。ロレンツォは、パッツィ事件で殺害されたジュリアーノの子ジュリオを引き取って養子にしましたが、彼は後に教皇クレメンス7世となるお方です。

そして愚か者ピエロの長男が小ロレンツォ、カトリーヌ様の父親となるお方です。小ロレンツォは、フィレンツェ軍総大将としてウルビーノに進軍して占領、叔父の教皇レオ10世からウルビーノ公の称号を授かっています。

ウルビーノ公は、フランス王フランソワ1世の従兄妹マドレーヌと結婚、一五一九年にカトリーヌ様を授かりました。しかし誕生数日前に、フランス病（梅毒）で死去、母親も産褥熱で五日後に息を引き取ります。このためカトリーヌ様は生まれてすぐに孤児となり、メディチ家本流を継ぐ最後の一人となってしまったのです。

一五二七年にサッコ・デ・ローマ（ローマ略奪）が起こります。神聖ローマ皇帝カール5世の軍隊が統制を失い、新教徒のドイツ傭兵が教皇庁のあるローマで破壊と略奪の限りを尽くしたのです。

これに呼応してフィレンツェの反メディチ派が反乱を起こし、教皇クレメンス7世が指名したアレッサンドロなど代理統治者を追放し、カトリーヌ様は人質として女子修道院に捕らえられてしまいました。彼女の五歳年上の私は、この頃から彼女の侍女として仕えております。

慌てた教皇クレメンス7世は皇帝と和解し、教皇領を除くイタリアの支配権を皇帝に認める代わりに、フィレンツェの反メディチ派を排除し、メディチ家世襲統治を皇帝に認めさせます。

一五二九年、約束通りカール5世の軍隊がフィレンツェを包囲すると、反乱軍は、「人質のメディチの娘を城壁に吊るせ」「兵士の慰み者にしろ」などとわめき、彼女は驟馬に乗せられて引き回され、群衆の嘲笑に晒されるという辛い目に遭ったのです。この時、反乱軍築塞総監督に選ばれ、フィレンチェ防衛にあたったのがミケランジェロです。パトロンのメディチ家を裏切ったのです。

翌年フィレンツェは皇帝軍の攻撃で陥落、反メディチ派の要人は処刑されました。クレメンス7世はアレッサンドロを呼び戻し、彼はカール5世により公爵位を与えられ、フィレンツェ公となります（一五三二年）。さらにクレメンス7世はカトリーヌ様を呼び寄せ、ローマに迎え入れました。その後教皇は、彼女の夫探しにとりかかります。

華やかなイタリア・ルネサンスの時代は、シモニア（聖職売買）とネポティズム（縁故主義）がはびこった時代でした。フィレンツェ公となったアレッサンドロも、小ロレンツオの庶子とされていますが、実際はクレメンス7世の実子という噂です。

さてカトリーヌ様の名の由来となるお話です。

教皇シクストゥス4世の庶子ジローラモは、教皇からイーモラとフォルリの領地をもらい受けます。パッツィ家の陰謀も、教皇が我が子をフィレンツェの権力者に据える為、パッツィ家と組んでメディチ家を追い落とそうとしたもので、ジローラモは事件の黒幕でした。

このジローラモに絡んで一人の女傑が登場します。

その名はカテリーナ・スフォルツア。ミラノ公スフォルツア家の庶子で、ジローラモと結婚します。

しかし後ろ盾のシクストゥス4世が死去すると、フォルリで反乱が起こり、ジローラモは暗殺されてしまう。城外で反乱軍に子供達と捕まったカテリーナは、籠城軍を説得するからと子供達を人質に置いて城内に入りますが、入るや否や降伏を拒み、徹底抗戦の姿勢を示します。そして彼女は城壁に立ってスカートの上から股間を叩き、呆気に取られている反乱軍に向かい、こう毒づきました、

「ざまあ見ろ、子供なんか、ここからいつでも出てくるのさ」

その後大ロレンツオの支援で反乱軍を討伐し、彼女は領地を取り戻しています。

やがて賞賛された彼女の剛毅さは横暴と傲慢さとなり、次第に領民の心は離れていきます。

結局は一四九九年に教皇アレクサンドル6世の庶子チェーザレ・ボルジアに攻められて降伏、ローマの修道院に幽閉されたと聞きます。しかし彼女の胆力は、ヴィラゴ・ディタリア（イタリアの女傑）としてヨーロッパにその名を残しました。領地では子供が駄々をこねると、「いい子にしないとカテ

リーナ様が来るよ」と脅したといいます。

カトリーヌ様の名も、きっとこの女傑にあやかって付けられたのでしょう。ヨーロッパ中に響き渡るような女傑となるようにと。

カテリーナ・スフォルツアは、フィレンツェに血統を残しています。三番目の夫がメディチ家傍系のジョバンニ、その息子が黒隊長で有名なジョバンニ、そしてその息子が初代トスカーナ大公のコジモ1世となったのですから。

父クレメンス7世の命令でフィレンツェの統治者に復帰したアレッサンドロは、その専制が市民に嫌われ、一五三七年に暗殺されています。コジモ1世はその後継者となったのです。

＊(天正遣欧少年使節が会ったのは、コジモ1世の息子で、カテリーナ・スフォルツアのひ孫にあたるフランチェスコ1世である)。

② 王妃カトリーヌ

カトリーヌ様がローマを訪れた際、ヴェネチア大使は、「小柄で痩せており、顔立ちに優美さは無く、またメディチ家特有の突き出た目をしている」と述べたと聞きます。

ひどい云いようですが、確かにカトリーヌ様は、美貌に恵まれたとは言えません。しかし均整の取れた体と美しい手をお持ちで、脚もすらりとして美しい。その美しい肢体は魅力的です。それよりも知性と頭の回転の速さ・快活さ、それでいて忍耐強い性格が彼女の魅力だと思います。

ただ彼女は、嫉妬や屈辱の感情を極限まで抑えて鬱積させる傾向があり、たまに堰を切って感情が爆発すると、侍女や側近を鞭打つという加虐性が出るのです。類まれな忍耐力の反作用なのでしょう。


さてカトリーヌ様の結婚の話です。一五三三年にフランソワ1世が次男アンリとの縁談を持ちかけてくると、クレメンス7世は早速同意し、二人はマルセーユで盛大な結婚式を挙行しました。彼女の名は、フランス語でカトリーヌ・ド・メディシスとなります。

大国フランスの王子と、フィレンツェの商人娘との結婚は不釣り合いだと反対意見が多かったのですが、イタリア政策を重視するフランソワ1世は結婚を押し切りました。何よりカトリーヌ様は教皇に後見され、巨万の富を誇るメディチ家直系にして当主フィレンツェ公の異母妹であったからです。

しかしクレメンス7世は一五三四年に死去し、フィレンツェ公も暗殺されると、カトリーヌ様は輝かしい縁故や経済的な後ろ盾を失います。しかも新教皇パウルス3世は、前教皇の約束を破棄し、巨額の持参金の支払いを拒否しました。フランソワ1世は、「この少女は素っ裸で私の所へ来た」と嘆いたといいます。


それでもカトリーヌ様は、持ち前の知性や快活さで国王に可愛がられ、宮廷の女性達をも取り込んでいきます。特に国王の姉マルグリッドは約二十歳も年上でしたが、カトリーヌ様の良いお友達となりました。マルグリッドは、フランスルネッサンス期の文芸庇護者として知られ、自身も「エプタメロン」（七日物語）などの著作を残した文人です。

彼女はナヴァラ王アンリ・ダルブレに嫁ぎますが、やがてプロテスタントの信仰を深めていきました。その信仰と王位を継いだのが娘のジャンヌ・ダルブレ、後にカトリーヌ様の宿敵となるお方です。

マルグリットに触発されたカトリーヌ様は、私に向かって宣言しました、「私はフランスの女になる」。彼女はフランス語を瞬く間に習得し、イタリアのルネッサンス文化をフランスに伝えていこうと努めます。


一五三六年、長男フランソワ王太子が突然の発熱で亡くなりました。王子の死は病死か毒殺か詮議され、カトリーヌ様も容疑者の一人と目されたようです。自分がいずれ王妃になろうとして毒殺したのではないか、メディチの薬種問屋なら毒を手に入れるのもたやすかろうという邪推です。

夫アンリが王位継承者になると、カトリーヌ様は男子を生むことが期待されたのですが、結婚後十年もの間、子宝に恵まれませんでした。夫アンリには、二十歳年上の愛人ディアーヌ・ド・ポアティエがいて、ディアーヌにしか愛を注がなかったのです。

メディチ家の娘がフランス王妃になるなど許せないという貴族は、カトリーヌ様の不妊を理由にアンリとの離婚を進めようとします。これに感づいたカトリーヌ様は、フランソワ1世に泣きつきました。彼女を可愛がっていた国王は、離婚など無いと否定してくれ、それより早く子を成すように促したといいます。カトリーヌ様は最初の危機を、舅である国王の力で乗り切ったのです。

元々アンリは、フランソワ1世が捕虜となったパヴィアの戦いの後、王の交換人質として兄と共にスペインに赴き、身代金遅滞という不安定な状態のまま、荒れた城で4年半を過ごしていました。これが彼の性格を内向的で陰気なものにしたようです。

ディアーヌは月の女神ディアナから名づけられた美女で、王妃の侍女として子供達の世話係をしていました。アンリがスペインに出される際にお別れのキスをしたのは彼女で、フランスに戻ってきた際にも家庭教師として温かく迎えています。

五歳で母と死に別れ、七歳から異国の牢獄のような城で暮らし、釈放されてなお兄の陰となっているアンリを見て、ディアーヌは深く同情し、細やかな心遣いでもって慰めました。アンリは二十歳も離れたディアーヌを母親のように慕い、次第にそれが甘く物狂おしいものとなり、理想の貴婦人と捉えていったのです。やがてディアーヌはアンリの愛妾となります。

「アンヌ、後生だから子を成す秘薬を探してちょうだい。多少怪しくとも構わないから」

不妊を理由に離婚の圧力に晒されたカトリーヌ様は、何としてでも子を成す必要がありました。決して諦めない彼女は、医者や占星術師に相談し、私に命じてあらゆる媚薬や秘薬、怪しげなおまじないを試しました。さらにカトリーヌ様は私に命じます。

「ディアーヌの寝室の真上の部屋を確保し、床に穴を開けてちょうだい」

「カトリーヌ様、それは世間で覗き見と言い、はしたない真似とされます」

「よいのです、はしたなくとも。あの若作りのディアーヌが、どうやって私の夫を篭絡しているのか知りたいのです」

嫉妬が鬱積すると恐ろしい。私はやり切れない思いをしながら、ディアーヌの寝室の上の部屋を立ち入り禁止とし、床に穴を開けて自ら覗きました。

驚いたことに、ディアーヌはアンリを自分の部屋で奮い立たせた後、カトリーヌ様の寝室に送り込んでいたのです。二人の愛の行為を一部始終報告すると、カトリーヌ様は悔しがって泣きました。子を成すという行為以上に、彼女は心からアンリを愛していたのです。

私はカトリーヌ様を慰めて言いました。

「ディアーヌの容色は歳ごとに衰えていきます。時を待つのです。いずれアンリ様が老婆に飽きる時を……」

それにしてもディアーヌは、六十歳に近づいても若々しさと陶器のようなきめ細かい白い肌を保っています。私も不思議に思い、女官達に命じて彼女の行動を見張ることにしました。彼女の若さの秘密は、乗馬や水泳で体を鍛えていることと、不老不死の霊薬エリクサーでした。

ディアーヌも、アンリの愛を繋ぎ止める為に必死だったのでしょう。

＊（エリクサーは塩化金をジエチルエーテルで溶かしたもので、慢性的な金中毒による貧血が、白い肌と脆く繊細な髪の毛・骨をもたらしたとされる）。

一五四四年、カトリーヌ様に待望の男の子が生まれました。盗み見したディアーヌの愛の秘術が効いたのでしょう。国王の名を取りフランソワと命名されたその子を含め、その後カトリーヌ様は何と十人の子供を産むのです。その内七人は成長し、３人は王となりました。

一五四七年にフランソワ1世がナポリ病（梅毒）で死去すると、アンリはアンリ2世として王に即位し、カトリーヌ様は晴れて王妃となります。しかし彼女の権限は大きく制限され、いかなる政治的影響力を持つこともありませんでした。宮廷では愛妾ディアーヌと、アンリ2世が父のように心酔するモンモランシー元帥の二大勢力があったのです。

但しディアーヌは、美貌だけでなく知性や優しさも持ち合わせており、カトリーヌ様が離婚させられそうな時に、離婚に反対してくれています。カトリーヌ様もディアーヌに嫉妬心を燃やしながら、心底憎んでいません。アンリ2世が死去した際には、王がディアーヌに与えたシュノンソー城や宝石類を返却させていますが、追放した後の平和な余生は保証したのです。

それよりも第三の勢力、王位を虎視眈々と狙うギーズ家が心配です。

③ ギーズ家のメアリー

ギーズ家は、ロレーヌ公国ロレーヌ家の分家で、ギーズ公クロードを祖とする新参者。長男フランソワはアンリ2世の幼馴染みです。次男シャルルは枢機卿に出世し、長女マリー・ド・ギーズはスコットランド王ジェームズ5世の二番目の妃として嫁いでいます。

一五四二年に娘メアリー・スチュアートが生まれた直後に、ジェームズ5世は戦死します。

当時のスコットランドは、氏族がイングランド派とフランス派、新旧両派が互いに争う不毛の戦乱状況で、常にイングランドが侵攻の隙を窺っていました。ジェームズ5世の長男と次男は早逝した為、生後六日のメアリーが王位を継承することになり、母マリーは女王メアリーの摂政となります。

一五四七年にヘンリー8世が亡くなると、親イングランド派のアラン伯が親フランス派に寝返り、怒ったイングランドがスコットランドに侵攻する事態となりました。マリーは危険なスコットランドからメアリーをフランスに避難させ、フランスとの結びつきを強める為にフランソワ王太子と婚約、一五五八年四月に結婚に至っています。


同年十一月にはエリザベスがイングランド女王に即位していますが、アンリ2世は、「罪人の子であるエリザベスの王位継承には疑義がある。ヘンリー8世の姉マーガレット・チューダー（ジェームズ5世の母親）の孫であるメアリーこそ正当なイングランド女王である」と主張しました。

スコットランド女王であるメアリーは、将来フランス王妃となり、イングランド王位を継承する可能性も秘めた金の卵だったのです。フランソワとメアリーの結婚式に、メアリーは祖国の風習を盾に純白のドレスを着ましたが、白はフランス王家では喪服の色です。

新婦の過ちは、姑カトリーヌ様の指導不足と言われても仕方がない。侍女頭の私はメアリーに注意を促しましたが、彼女は叔父ギーズ公と国王アンリ2世の許可を得ていると譲りません。本来なら事前にカトリーヌ様に相談があって然るべきです。それにも拘わらず無視してかかったのは、やはりスコットランド女王たるもの、商家の出の女に意向を問うことなどできないということなのでしょうか。

気位の高いメアリーは、カトリーヌ様のことを「フィレンツェの商人女」と陰口を言っていました。

本当に生意気な小娘です。

それでもカトリーヌ様は、白く輝く真珠と当時は珍しかった黒真珠のネックレスをお祝いとしてメアリーに贈っています。これはカトリーヌ様が結婚する際、教皇クレメンス7世がお祝いとして贈った「ローマ教皇の真珠」と呼ばれるもので、二十五個の大粒真珠が輝く真珠六連のネックレスです。

＊（後にこの真珠のネックレスは、メアリー処刑後エリザベス女王が自分のものとし、現在は英国王室コレクションに収められている）。

一五五七年、フェリペ2世率いるスペイン軍とアンリ2世率いるフランス軍がサン・カンタンで激突。スペイン優勢の状況で結ばれた和議が、一五五九年のカトー・カンブレッジ条約です。フランスにとって、イタリアの全ての占領地を放棄する屈辱的な条件でした。

和議の証として、フェリペ2世とカトリーヌ様の長女エリザベート（スペイン語でイサベル）の婚約が決められました。カトリーヌ様は気丈にもアンリ2世に対し、フランスが故郷イタリアの支配地を失うという失態を非難しています。

その後の事です。彼女は自分の部屋に戻って読書を始めたのですが、その時ディアーヌが部屋に入ってきて何を読んでいるのか尋ねたのです。カトリーヌ様はこう答えました。

「この王国の歴史を読んでいるのですが、全ての時代を通じて、ときどき淫売が王の政務を左右してきたのが分かります」

カトリーヌ様も、この頃には随分強くなってきたようです。

ギーズ家のフランソワとシャルル兄弟は宮廷内における勢力を伸ばし、モンモランシー元帥と組んだディアーヌと権力争いを始めました。

ギーズ公フランソワは、メアリー女王が派遣したイングランド軍を撃退し、一三四七年にエドワード3世が占領して以降、イングランド領となったカレーを一五五八年に奪還した英雄です。子を産まないカトリーヌ様の離縁を主張したのは、適齢期の娘を多く持つギーズ公でした。

ギーズ公の次なる策は、姉マリーの娘メアリーを介して、王太子フランソワを操ろうとするものでした。フランソワは美少女メアリーにぞっこんです。しかしフランソワは虚弱で中耳炎を引き起こしやすく、終始耳から膿を吹き出し、医者も二十歳まで生きるのは難しいだろうと診断しています。

フランスのサリカ法では成人は十四歳。それまでの摂政は母后か、王位継承者であるブルボン家アントワーヌが担うことになっています。サリカ法は女性の王位継承権を認めず、フランスには女王がいません。

アンリ2世が死去すると、愛妾ディアーヌとモンモランシーは権力を失っていきますが、メアリーが王妃となり、カトリーヌ様はただの力のない母后になってしまう。それどころかメアリーとギーズ家が権力を掌握すると、意思の弱いフランソワを篭絡して王位簒奪を狙い、カトリーヌ様と三人の息子達を抹殺する恐れがありました。

息子達といえば、王太子フランソワは虚弱、繊細な次男シャルルは既に結核に罹患しています。三男のアンリはカトリーヌ様からとりわけ愛されて「愛しいアンリ」と呼ばれていますが、母の依怙贔肩を笠に着たアンリと他の兄弟の仲は悪く、喧嘩が絶えません。

夫を篭絡する愛妾と元帥、我儘で気位の高い新婦と王位簒奪を狙うギーズ家、喧嘩の絶えない息子達、何の権力も無い王妃の自分。相変わらず幸運の女神は、カトリーヌ様に冷淡でした。

④　カトリーヌがフランスにもたらしたもの

カトリーヌ様は、フィレンツェから多くの料理人・占星術師・香水の調香師を連れてくるとともに、イタリアの芸術家達を招いて保護し、自分なりの宮廷を作り上げていきました。勿論私が侍女頭としていろいろと差配するのです。

カトリーヌ様は、フランス料理の基礎を作ったといっても過言ではないでしょう。最も貢献したのは、洗練されたテーブルマナーの導入です。フランス宮廷では、一度に出される大皿からホストが大きなナイフで客に切り分け、手づかみで食べる習慣でした。食べ物は神からの授かり物だから、手で食べるのが正当だという宗教的な考えがあったようですが、私に言わせれば野蛮な風習です。

カトリーヌ様は、テーブルクロスにフォークやナイフなどのカトラリーやナプキンを置き、銀や陶器の食器類を美しくセットするフィレンツェ流をフランス宮廷に持ち込みました。

またシャーベットやアイスクリーム、マカロンやシュー皮、コンポートやジャムなど甘い物も持ち込んでいます。貴重な砂糖は媚薬・滋養強壮薬でもあったので、美貌や若さを保つ為に砂糖をいかに体に取り込むか、イタリアで研究されていたのです。

　イタリアはイスラム文明がいち早く伝わった先進国で、パスタはアラブ人から、シャーベットはオスマン帝国からもたらされたそうです。その他彼女がフランス宮廷に伝えた食材は、アリコベール（インゲン）やエンドウ豆、アーティチョークやオリーブオイルなど。料理法としてはベシャメルソースやオムレツなどがあります。

　香水調香師ルネ・ビアンコは、マルセーユに近いグラースで、香水の調合を始めました。グラースには香水の原料となる草花が豊かにあり、なめし革の生産地として消臭剤の需要があったからです。

＊（グラースはフランス香水文化の発祥地とされる）。

　またカトリーヌ様は、フランスにリキュールを持ち込んでいます。特に彼女が愛飲した催淫酒ポプロは、ワインの蒸留酒を基に、シナモン・アニス・じゃ香・竜涎（りゅうぜん）香を加えたもので、十人の子宝に恵まれたのもポプロのおかげでしょう。

　しかしボルジア家の毒薬で有名なイタリア出身からなのか、薬問屋メディチの名前からなのか、陰謀好きと言われたカトリーヌ様には、常に「毒を盛る女」の噂が渦巻いていました。

　アンリ2世の兄フランソワの死、ナヴァール王ジャンヌ・ダルブレの死（手袋に毒薬を染み込ませたという疑い）、シャルル9世の死（奇妙な斑点、血の混じった寝汗）など。これらは敵対者からの根拠のない中傷です。

カトリーヌ様は、すらりとした美しい脚をお持ちでした。それまで貴婦人が馬に乗る際、馬の片側に鐙代わりの板に足を置く横乗りをしていましたが、これではうまく馬を操ることができません。そこで彼女はフランソワ1世の狩りに何とか付いていく為に、ドレスのまま跨らずに馬を操るアマゾネス乗りを編み出しました。左足は鐙にかけ、右足を鞍の前に引っ掛ける騎乗方法で、馬への合図は左足のみで、右側は鞭を使用して馬を操るという高度な騎乗法です。

彼女はしばしば若くて美しい女官親衛隊を率いて、アマゾネス乗りの乗馬を楽しみました。それを見ていた殿方達も楽しんだようです。なぜならアマゾネス乗りではスカートがめくれて太腿が露わになり、ドレスの中は何も穿いていない為、その奥までさらすことになるからです。

アマゾネス乗りはカトリーヌ様の美脚を見せる為とは言え、大事な所は隠さなければなりません。そこで彼女や女官親衛隊の娘達は、男の下着であるカルソン（ショーツ）を付けるようになりました。カトリーヌ様は、女性がカルソンを穿く習慣の先駆けとなったのです。

先程から女官親衛隊と言っていますが、一体何者かと気になるでしょう。

彼女らは、カトリーヌ様が大勢の女官の中から容姿・気概・野心の三つの視点で選び抜いたフランス貴族の娘達です。カトリーヌ様の行く所にはどこへでも騎馬で従い、白い脚も露わにアマゾネス乗りをする華やかな集団は、単なる王妃のお気に入りと思われていますが、実は寝技も使う凄腕の女性諜報員達です。別名エスカドロン・ヴォラン（遊撃騎兵隊（ゆうげき））、私がその元締めです。

殿方は若く美しい娘の前では無防備になるものです。その中でも目覚ましい活躍をしたのが、ルイーズ・ドゥ・ラ・ヴェロディエールです。そのお話は後に致しましょう。

女官親衛隊以外にも、カトリーヌ様は困難な状況を生き抜く為に、両手に強力な武器を持っていました。その右手にあるものは「君主論」、フィレンツェの外交官ニッコロ・マキャベッリが書いた政治力学の本です。

⑤ マキャベッリの教え

『君主論』は政治を宗教や道徳から切り離し、政治力学を客観的に分析した恐ろしい本です。

小国に分裂しているイタリア統一の願いから、いかに強固な支配権を確立するか実践的な助言を述べたものと聞いています。そこにおいては手段の正当性や倫理性など全く問題にせず、ともすれば冷徹・非情な政治を肯定しており、目的の為には手段を選ばないマキャベリズムという言葉を生み出しています。

マキャベッリは、教皇アレクサンデル6世の庶子チェーザレ・ボルジアを理想的な君主としています。あの「ボルジア家の毒薬」で次々と宿敵を倒し、暗殺と陰謀と武力を用いてイタリアを統一しようとした男、カテリーナ・スフォルツアを捕らえて手籠めにし、修道院に幽閉した男です。

ボルジア家はスペイン（アラゴン王国バレンシア）出身の貴族で、アレクサンデル6世は世俗化した教皇の代表的存在であり、教皇の地位も賄賂で手に入れたとされています。

その子チェーザレは、カンタレラ（亜ヒ酸？）というボルジア家独特の猛毒を用いて政敵を暗殺し、近親相姦の関係と噂された妹ルクレチアを政略結婚の道具として使うなど、極悪非道の陰謀家と悪評が高い人物です。しかしマキャベッリは、チェーザレの権謀術数を駆使した政治能力と、兵士に愛された指揮官としての能力を高く評価したのです。

アレクサンデル6世の死後、チェーザレの勢力は衰え、妻の実家ナヴァラ王国に逃げ込み、一五〇七年に戦死します。神の怒りに触れたのです。

マキャベッリは、チェーザレ亡き後の理想の君主として、メディチ家への期待を述べて論を終えています。『君主論』はウルビーノ公ロレンツオへ写本が献上され、マキャベッリの死後一五三二年に刊行されました。

この恐ろしい本は、カトリーヌ様の父上に献上されたものなのです。メディチ家に取り入り、職を得ようとしたからと思われますが、ウルビーノ公は関心が無かったのか、反応は無かったようです。

ところがこの本を熱心に読んでいた人物がいました。カトリーヌ様です。

やがて冷徹なマキャベリズムは否定され、一五五九年にカトリック教会の禁書目録に加えられ、著作は焼き捨てられました。しかし彼女は『君主論』を手放そうとしなかったのです。

カトリーヌ様は、「君主論」を私に読み聞かせながらこう語りました。

「あのチェーザレは、マキャベッリにこう言ったそうです。あらゆる事に気を配りながら、私は自分の時が来るのを待っていると。私もチェーザレに倣い、辛抱強く自分の時が来るのを待ちました。しかし幸運の女神はなかなか私に味方をしてくれない。それでも私はその時を待ち続けます。この王家と子供達を守っていく為に」

「カトリーヌ様、勿論でございます。その時が来るのを待ちましょう。王位を狙う不届きな貴族や狂信的な新教徒、頑迷なカトリック教徒、暴発しやすい民衆。彼らを統治するには、あらゆる情報をあらゆる手段で取り、相手より先に手を打つことです。この点は大丈夫です。私が差配する女官親衛隊が、必要な情報を収集致しますから」

「アンヌ、頼みますよ。マキャベッリはこんなことも述べています。愛される君主にならずとも、憎まれさえしなければ、恐れられる君主になるべきである。国家の土台は徳では無く、武力と法律である。民衆というものは頭をなでるか消してしまうか、そのどちらかにすべきである。彼らは潜在的に敵にもなりうる存在だからである」

「カトリーヌ様、やはり私はマキャベッリを好きになれません。

　徳より力量、寛容より恐怖、信義より謀略。性悪説に立った極論です」

「私もこの本は好きではないが、ためになる。統治するとはこういうこと。マキャベッリは、イタリア統一の為の心構えを述べているに過ぎません。国が統一されて安定するまでの間ということ。彼はこんなことも言っています」

　……この世のことは、みな運命に左右されるというが、人間の自由意志の炎は消されたわけではない。運命は人間の行為の半ばを左右するが、残りの半ばについては人間に任せているからである。ただ運命というものは気まぐれだ。この気まぐれな運命に呑み込まれない道はただ一つ、時の流れと自分のやり方を合致させることである。そして運命の神は女神なのだから、慎重よりは若者のように果断である方が良い。若者は後々の事など考えず、激しくより大胆に女を支配するからだ……。

「随分女性に対して失礼な物言いですこと。それはともかく運命の女神をなびかせるには、果断に荒々しく突き進むのが良いと言っています」

カトリーヌ様は、時に荒々しく突き進みます。しかしそれは果断というより、鬱積した感情が爆発したものと言った方がよいでしょう。あのサン・バルテルミーの惨事の時のように。

彼女は、マキャベッリの次の記述を読んでいなかったのでしょうか。

……ただ非道な手段によって権力を得た者は、力量(ヴィルトゥ)があるとは言えない。何故なら、かかる手段で獲得した権力には栄光が無いからである……。

「アンヌ、何を考えているの？　それより私は次の言葉が気になるのです」

……君主が国家を上手く統治するには、君主自身の力量が重要である。一方で、自分の信条に固執せず、柔軟に運命(フォルトゥーナ)をたぐりよせ、力量によってそれを味方につけることも必要である……。

「力量、運命。マキャベッリは、私の曽祖父イル・マニーフィコのことを、運命の神にこの上なく愛されていたと言っています。柔軟に運命をたぐりよせ、力量によってそれを味方につけよとは？　人が相手ならば情報収集で先手を打つということが可能だが、神の領域にある運命を、どうやってたぐりよせれば良いのかしら」

「カトリーヌ様、神の領域は予言者となります」

「私はイタリアから多くの占星術師を連れてきました。ルーカ・ガウリコやコジモ・ルジエリなど。でも私は幸運の女神に愛されていない。女神は女が嫌いなのか、それともただ私の力量が足らないのでしょうか」

「そう言えば、今評判の予言集があります」

「ミッシェル・ノストラダムスの予言集とかいう四行詩であろう。私も手にしたが、この四行詩は抽象的で難解、何とでも解釈できます。でも一度評判の男に会い、真の予言者なのか見極めるのも悪くはない。アンヌ、この男の素性を調べ、信頼できるようならば呼び寄せるのです」

「ノストラダムスという男ならば、既に素性は調べています。プロヴァンスのサロン・ド・クローという街に住んでいる医師です。この男、料理研究家で、若さを保つ化粧水やジャムの作り方を説明した『化粧品とジャム論』などを刊行し、好評を得ています。実はこれをカトリーヌ様にご紹介しようと思っていたところでした。すぐにパリへ来るよう、手配致しましょう」

「ありがとうアンヌ、頼りになる侍女頭であること」

こうしてカトリーヌ様の左手は、新たな武器を握ることになりました。ノストラダムスの予言です。

⑥ ノストラダムスの予言

改宗ユダヤ人を曾祖父に持つミッシェル・ノストラダムスは、一五〇三年プロヴァンスに生まれています。曾祖父がユダヤ教からキリスト教に改宗した際、ノートルダム大聖堂から新たな姓を付けたようで、医師・占星術師・詩人・料理研究家と様々な肩書を持っています。

薬剤師の資格を取ったノストラダムスは、モンペリエ大学医学部に入り、医学博士号を取得しました。その後最初の妻子と死別しています。

南仏にペストが流行した際は、危険を顧みずに同地に何度も乗り込み、治療に従事したことは確かです。この時彼はネズミがペストを媒介することに気づき、ネズミ退治を命じ、伝統的な瀉血に加えアルコールや熱湯消毒を先取りしたとされていますが、この真偽は不明です。

一五五〇年頃から占星術師としての著述活動を始め、一五五五年五月に『ミッシェル・ノストラダムス師の予言集』初版四巻を出し、王族・貴族の間で大いにもてはやされています。

ノストラダムスの予言集は、『百詩篇集』と呼ばれる四行詩と散文体の序文からなるものですが、この四行詩は抽象的で難解なものです。その為様々に解釈され、その的中率が大袈裟に喧伝されたきらいがありますので、予言者としての力量はやはり直接会って確認すべきでしょう。

一五五五年七月、召喚されたノストラダムスはパリの王宮に現われました。

この時ノストラダムスは五十二歳、国王夫妻との謁見の場に臨んだのは、愛妾ディアーヌにモンモランシー元帥、ギーズ公と侍女頭の私です。ノストラダムスは、彼の予言の基礎となる判断占星術なるからくりを簡潔に説明し、国王夫妻の関心を高めました。と言っても、ご婦人方のもっぱらの興味は、若さを保つ化粧水やジャムのレシピでしたが。

謁見の場を盛り上げたノストラダムスは、予言集の完全版十巻の正式な出版許可を国王から取り付け、意気揚々と退出していきました。


私が見たノストラダムスの風貌は次の通りです。

——身長はやや低いが、身体は頑強にして逞しい。灰色の瞳の眼差しは穏やかで、厳格さの中に深い人間味を感じる。精力的でしたたかなところは、世に名を残そうとする野心が垣間見える——。

翌日カトリーヌ様は、ノストラダムスを個人的に呼び出しました。

疑い深い彼女は、彼が信用できる人物か見極めようとしているようです。

「ノストラダムスよ、私は判断占星術がいかなるものか未だ理解できぬ。予言集を読んだが、そなたの四行詩は抽象的で何とでも解釈できる。

そなたの予言は、本当に人の運命を司る神の託宣なのですか」

ノストラダムスは穏やかな眼差しで、しかし意外なことを言いました。

「いかなる神にせよ、問えば託宣は下されます。しかしその意味は必ずしも明らかではありません。

占いとは神に伺いを立てることですが、その言葉を読み取るのは人の側なのです。——何があっても神のせいにするな、それは神の領域に踏み込む不遜な行為である——それが私の占星術の基本です。

私は占う人の生年月日と、著名な占星術師や私が作成した星位図に基づいて、その結果を四行詩の形で表わしたに過ぎません」

カトリーヌ様は、じれて切り出します。
「何があっても神のせいにするなと言うか、巧みな保身術だこと。私には占って欲しいことがあります。そして神の託宣を読み解いて欲しい。そなたに誓おう、神いや、そなたのせいにはしないと。その代わり、公にできない占いの内容は、誰にも漏らさないと私に誓うのです。その前に、そなたの占星術が本当に信頼できるものか確認したい。そなたが手の内をさらさないのであれば、お帰りいただくしかないが、故郷に戻り、国王付常任侍医の称号を貰い損なったと悔いるがよかろう」

沈黙が続きました。カトリーヌ様は心の動きを悟られぬよう、横を向いて視線をそらしています。ノストラダムスも俯き、その灰色の瞳は床を見つめています。心理戦です。しかし役者はカトリーヌ様が一枚上。私は改宗ユダヤ人を祖とするノストラダムスがいかに苦労してきたかを調べました。在学中に異端として告発され、最初の妻子とも死別しています。またトゥールーズの異端審問官から召喚され、傷心の彼は長い放浪生活を余儀なくされました。今は再婚してサロン・ド・クローに落ち着き、二人の子供に恵まれ、その歳で三人目が間もなく誕生するとのこと。

彼にとって名誉と富を約束する「国王付常任侍医」という称号は願ってもないこと、こんな絶好の機会は無い筈です。やがてノストラダムスは、床を見つめたまま呟くように言いました。
「私の星位図をもう一度見直した方が良いですね。医師の身でありながら、通風を患っているのと同様、占星術師の身でありながら、私自身の運命を予見できなかったのですから。王妃様の申し入れを断ると、どんな運命が私にふりかかるかは自明でしょう。しかし受けるとしても私は多くの危険を被ります。なぜなら私の予言は普通の占星術とは違い、神の教えに抵触する恐れがあるからです」

カトリーヌ様は優しい眼差しで微笑み、ノストラダムスの懐柔に入ります。

「約束しましょう、そなたに国王付常任侍医の称号を与え、そなたの予言の秘密を一切外に漏らさないことを」

ノストラダムスは漸く決心したようです。

「それでは双方合意と致しましょう。まず私がいかに未来を予見しているか、その手法をご説明致します。まずこの言葉を心にお刻み下さい。――歴史は繰り返さないが、韻を踏む――」

ノストラダムスは静かに語り始めました。

……王妃様、夜空に輝く星々に心を奪われたことがあるでしょうか？　人は古より夜空を彩る星々に神々や動物などを投影して星座とし、季節ごとに変わっていくその姿や、夜空を惑う星の動き・月の満ち欠けの神秘さに、人知を超えた力を感じていました。

いつしか人々は星座や惑星の神話を作り、その位置と動き方によって人体の臓器や各部位が影響を受けると考え、さらには各人の誕生時の天体の位置によって、心や行動、運命までが影響を受けると信じるようになりました。

ヨーロッパの占星術の起源は、バビロニアにあります。占星術は、占う相手の誕生年月日のホロスコープ（星位図）を分析し、占いを行うもの。

ホロスコープは、惑星・黄道十二宮・十二室・黄道傾斜角の四つの要素からなり、黄道十二宮とは黄道軌道を十二等分にしたもの。その領域にある牡羊座から魚座までの十二星座の三星座ずつが、各季節を表わし、さらにそれが世界を構成する四大元素や四体液に呼応すると考えるのです。

黄道傾斜角・惑星軌道・日食などを精緻に観察するには天文運行表が必要で、これが天文学に発展していくのです。占星術と天文学は、天空の輝きの下で育った双子の兄弟と言えましょう。

しかし私は従来の占星術にある要素を加えています。歴史は繰り返さないが、韻を踏む。すなわち歴史とは、エデンの園から終末に向かう一直線ではなく、一定の周期をもって韻を踏む動きをするのではと考えたのです。

それは歴史も個人も周期をもって巡る惑星や星座に従属しており、その支配下にあるからです。加えて人間というのは愚かな存在であり、悲惨な体験を被っても、次の世代や世紀ではそれを忘れて同じことを繰り返すことも一因です。

しかし一方で、歴史の動きは同じ円を描くのではなく、前進しながら弧を描いていく螺旋の形になると考えました。その背景には、私の尊敬する亡きエラスムス師の「自由意志論」があります。師は、「人間は真面目な意思によって善行を積み、一歩一歩前進して向上しうる存在である」と述べています。人間は愚かな部分を有しながらも、進歩しうる存在なのです。

個人の運命もまた同じ。神の領域がある一方、人間や社会というのは自由意思によって前進する力を持ち合わせ、その相克の中で歴史や個人の運命が決定されるのです。

この考えはモンペリエ大学で博士号を取った際に、博学な医師・哲学者として名を馳せたスカリジェ師にアジャンに招かれ、そこで学びました。スカリジェ師は、医学の研究を行う傍ら、歴史家・人文学者としてヨーロッパ史を整理統合する作業を行い、私はその作業を手伝っていました。

アリストテレスの「詩学」では、優れた演劇の条件として、筋の一致が説かれています。これはイタリアルネッサンスにおいて再発見され、スカリジェ師らイタリアの人文学者達は、「筋の一致」に加えて「時の一致」「状況の一致」の三つが優れた演劇には必要であると考えました。すなわちある時期に、ある状況で、ある行為だけが完結すべきであるとする演劇論です。

一方でスカリジェ師は、社会の動きも演劇と同じと考え、社会的な筋、すなわち歴史的な出来事が、どのような時と状況で完結または繰り返されるのかを研究しようとしたのです。

このスカリジェ師の編み出した歴史分析の作業を進めるうちに、私はある事に気付きました。歴史的に意味のある出来事は、時代とともに形を変えて繰り返すと。つまり歴史が韻を踏んでいるのです。歴史的偉人もそうです。詩は韻を踏み、歴史も韻を踏み、個人の運命も韻を踏んで形を変えながら繰り返される。歴史とは永遠の再出発なのです。

スカリジェ師とはその後決別しました。自負心が強く気難しい方で、何より私が敬愛するエラスムス師を激しく非難したからです。その後の研究は私だけで進めました。

やがて過去の歴史的出来事の中から、周期的に繰り返す要素を抽出していけば、それが形を変えた未来になると確信するようになりました。何が歴史的出来事かの選択は、歴史家の判断によります。

過去の出来事がその輝きを増すのは、歴史家に声を掛けられた時だけ、従って歴史書選びは重要です。私が参考にした歴史書は聖書です。聖書は立派な歴史書ですから。聖書以外にはギリシャ史・ローマ帝国史や、フランス王国史など。差し当たりイタリア・フランスの方の未来はこの手法で予見できるでしょう。

王族の方を占う場合は、血統図も参考になります。血が運命を決めることもあるからです。しかしこの考えは、人生や歴史が一直線であると考えるキリスト教の教えに反するもので、魔術を操る悪魔の手先として糾弾される恐れが有りました。そこで私の予言集は数字を入れ替え、敢えて意味を曖昧にした抽象的な文言にしたのです……。


カトリーヌ様は、ふっと息をつきました。過去を未来に投影するというノストラダムスの手法は、お抱えの占星術師とは明らかに違うものです。

今度は王妃の番です。予言の手法を論理的に説明受けた以上、公にできないという予言の依頼内容を明かさねばなりません。

「ノストラダムス、よくぞそなたの手の内を明かしてくれた。そなたの手法は理に適っています。私の故郷の外交官マキャベッリも為政者の心得として同じ事を言っています。歴史は為政者にとって、最良の導き手であり、最良のマエストロであると。それでは私の依頼を明かすことにしましょう。まず私の四人の息子の未来を占って欲しいのです」

これは母親として当然の依頼でしょう。

「これが特に公にできない依頼なのですか」

ノストラダムスも不思議そうに尋ねます。暫く沈黙した後、カトリーヌ様は言いました。

「それと我が夫、国王の死期を占うのです」


流石にノストラダムスは息を呑みました。

国王が亡くなるということは、カトリーヌ様が王妃でなくなるということ。そもそも国王の死を占うなど不敬罪に当たります。しかし聡明な彼はカトリーヌ様の境遇を察し、黙って頷きました。

国王夫妻謁見の場では、モンモランシー元帥が取り仕切り、ディアーヌがまるで王妃のように振舞っていました。国王が亡くなれば、愛妾は宮廷を去り、元帥は力を失うでしょう。

しかし今宮廷はギーズ家が台頭しています。もし国王が一五五七年以降に亡くなれば、成人となったフランソワ王太子が国王となり、メアリーが王妃となるのです。そうなればカトリーヌ様は、権力も権威もない母后として宮廷の片隅に追いやられ、邪魔なフランソワの弟達もいずれギーズ家に抹殺されるかも知れません。

ただ国王が暫く御存命であれば、フランソワ様に帝王学をみっちり仕込んで、ギーズ家のいいなりにすることを防げるでしょう。ノストラダムスは、カトリーヌ様の意を汲んで尋ねました。

「それでは国王陛下と王子様達の生年月日と血統図、およびカトリーヌ様の血統図をお知らせ下さい。数日いただければ十分です」

一週間後にノストラダムスは現われ、王子達の未来を予見しました。

「お待たせ致しました。まずは御子息の未来を申し上げます。四人の王子様は、みな王となります」

カトリーヌ様の顔が険しくなります。

「抽象的で難解なことを申すかと思えば、分かり易い予言であること。しかし四人の息子が王になるとは、私の息子が次々と亡くなるということ」

「七本の枝が三本に減り、年上の者は死に襲われ、二人は兄弟を殺害する誘惑にかられ、謀反者は眠りながら死ぬであろう」、ノストラダムスはこれが占いの結果だと。

「不吉な予言です。私の王子達はいつどうなるのです」

「王子様達はあまり心身とも健やかではないようです。あとは占星学というより医師の見立てになりましょう。別の機会に診察させていただきます」

「それでは我が夫のことは？」

「国王陛下は暫くお元気でいらっしゃいます。特に一五五九年は世界的に平和な年でございましょう。しかし翌年以降は注意が必要です」

そう言ってノストラダムスは、四行詩をカトリーヌ様に示しました。

「若い獅子が老いたる獅子に勝とう　一騎打ちによる戦いの野で　黄金の籠の中で目を突きさされ二つの傷は一つになり　そのあと残酷な死」

カトリーヌ様の恐れていた事態が、意外に早く起こりました。夫アンリ2世の死です。

一五五九年六月、フェリペ2世とエリザベートの代理結婚式がパリで行われ、アンリ2世はディアーヌのシンボルカラーである黒と白の羽飾りを身に纏い、馬上槍試合に臨みました。ギーズ公を破ったアンリ2世は、若いモンゴメリ伯に負け、再戦を挑むのですが、そこで悲劇が起こります。モンゴメリ伯の槍先が、アンリ2世の顔面を突き刺したのです。

アンリ2世は十日あまり苦しみ、外科医アンブロージョ・パレと解剖学で有名なヴェサリウスの必死の手当にも拘わらず、その後意識を失い、亡くなってしまいました。

国王はつれない夫でしたが、カトリーヌ様は彼を心から愛していました。その日以来、彼女はフランス王家の喪服の色である白を用いず、黒い喪服を常に着用しました。自分が悼んでいるのは国王ではなく自分の夫であるとして。二十七年間、その夫を別の女と分かち合わなければならなかったが、今や亡き夫は自分のものであると示したかったのでしょう。

カトリーヌ様は、ノストラダムスの四行詩を思い出しました。

「若い獅子が老いたる獅子に勝とう　一騎打ちによる戦いの野で……」

実はカトリーヌ様は、占星術師のルーカ・ガウリコにも国王の寿命を占わせていたのですが、一五五九年は災難の年となるゆえ、国王の身辺に気を付けるべきだと警告されていたのです。

カトリーヌ様は、馬上槍試合の再戦に挑もうとする国王を止めたのですが、ガウリコの予言通りになってしまいました。ノストラダムスの予言は一年違っていましたが、死因は予言の通りです。

四十歳にして寡婦となったカトリーヌ様を、ヴェネチア大使はこう述べています。

「口は大きく、目は突き出て顔も青白く、決して美しくはない。だが均整の取れた体と、美しい手を持った非常に威厳のある女性である」

アンリ2世の死後、フランソワがフランソワ2世として即位します。新国王は成年になって二年経っていましたが、自ら決断する責任を回避し、王の布告にはすべて次のような言葉を添えています。

「これはわが母后の同意されているところで、余は母后の意見の全てに亘って同意する」

しかし権力はギーズ家の手中にありました。

アンリ2世が死去した次の日、ギーズ兄弟は一種の反乱を起こして権力を掌握します。まずはモンモランシー元帥を失脚させ、姪の王妃メアリーに言い含めてフランソワ2世とともにルーブル宮へ移らせ、新王夫妻の側近をギーズ一族で固めたのです。

カトリーヌ様は圧倒的なギーズ家の攻勢に逆らうこともできず、軍事権はギーズ公フランソワに、財務・外交・内政については弟のロレーヌ枢機卿シャルルに移譲してしまいます。

懸念していた通り、カトリーヌ様の立場は権限の無いただの母后に変わったのです。

熱心なカトリック教徒であるギーズ兄弟は、スペインのアルバ公やスペイン大使ルイス・ゴメス・デ・シルバと会見し、早速ユグノーの迫害に乗りだしました。

穏健派のカトリーヌ様は、ユグノーの迫害に反対しましたが、彼らの教義を理解していたわけではありません。ただ事態を混乱させてフランスと王家が内戦の渦に巻き込まれるのを防ぎたかったに過ぎません。その意味ではエラスムス主義であり、実際一五三五年に、エラスムスを何とか宮廷に呼びたいと根回ししています。しかし同年に親友のトマス・モアをヘンリー8世の処刑により失った衝撃で老齢のエラスムスは衰弱し、一五三六年に病死してしまいました。

⑦ 対抗馬ブルボン家

カトリーヌ様と私は必死で考えました。王位を脅かすギーズ家を押さえ、ユグノーの暴発を防いで王家と国家の安泰を守る方法はないかと。

こんな時はマキャベッリが頼りになります。彼は言っています。

「大国に団結は難しい。強敵には自ら当たるのではなく、秘かに対抗馬を育成して当たらせよ」と。

ギーズ家の力を相殺する対抗馬とは……一つあったのです。

それは王位継承権を持つ名門で、ユグノーのブルボン家です。今は尾羽うち枯らして逼塞していますが、彼らを保護すればギーズ家及びカトリックに対抗する勢力になり得ます。

ただブルボン家は、王家やギーズ家に敵愾心を燃やしているので、イングランド女王やジュネーブのカルヴァンに操られる懸念があります。

ブルボン家はカペー王家の支流の一つ、ヴァロア王家の遠縁となります。元々「ローマの略奪」においで、皇帝軍の傭兵を率いていたシャルル3世が本流ですが、その戦死により分家のヴァンドーム公シャルルがブルボン家の当主となりました。シャルルの息子アントワーヌが現在のブルボン当主で、ナヴァラ女王ジャンヌ・ダルブレと結婚しています。

フランスでは、蓄財を認める改革派ユグノーが市民階層に勢力を拡大しており、ブルボン家アントワーヌを盟主に戴いています。カトリーヌ様は、まずアントワーヌに狙いを定めました。

アントワーヌは優柔不断で女好きな快楽主義者。既に私はカトリーヌ様の命で、女官親衛隊の一人をアントワーヌのもとに送り出しています。私が選んだのは官能的なルイーズ・ドゥ・ラ・ヴェロディエール。ルイーズはアントワーヌを官能の虜にし、逐次ブルボン家の情報を報告してくれています。

一方で難敵なのは妻のナヴァラ女王ジャンヌです。彼女は女好きの夫に愛想を尽かし、不倫を認めないユグノーの信仰にすがり、狂信的なユグノーになっています。そのためユグノー貴族は、ジャンヌと信仰に熱心なアントワーヌの弟コンデ公ルイを盟主として仰ぐようになり、コンデ公はギーズ家を武力で打倒しようとする陰謀を企んでいました。ところが一五六〇年秋、コンデ公がリヨン武装蜂起を企てたとする証拠文書が出てしまい、彼は反逆罪で死刑を宣告されてしまいます。


このままではギーズ家が、ブルボン家を潰してしまうでしょう。

懸念した通りエリザベス女王はブルボン家に接近し、駐フランス大使スロックモートンを通じて、フランスに出兵する準備があると申し入れてきたのです。イングランド軍が介入すると、スペイン軍がフランスに攻め込み、ナヴァラ王国を占領してフランスは制御不能な内戦に陥ってしまいます。

八方塞がりとなったカトリーヌ様ですが、諦めてはいません。

ギーズ家の権力を支えているのは新王妃メアリーです。もし男子が生まれてしまえばギーズ王国が誕生してしまう。逆に国王夫妻に男子が授からず、フランソワが亡くなれば、王位はフランソワの弟で従順な九歳のシャルルに移る。その後にはアンリやエルキュールも控えている。

カトリーヌ様は、だてに男子を四人産んだわけではありません。私は女官親衛隊に命じて二人の寝室を見張らせていますが、十五歳の虚弱な夫と十六歳の貧血気味の妻は、まだ夫婦生活を営んでいません。カトリーヌ様は、敢えてポプロや秘薬、夫婦生活の秘術を与えませんでした。

二人の間に暫く子供は生まれないでしょう。とすればあと一つ……。


カトリーヌ様は、再びノストラダムスを呼び寄せて占わせました。

「そなたは以前、私の四人の息子は王になると占いましたね」

「母后様、確かにそう占っております」

「さすれば、二人目の王はいつ即位するのですか」

ノストラダムスは予想していたのか、落ち着いて答えました。

「再び国王の死を占えと」

カトリーヌ様は辛そうな表情を作り、声を絞り出しました。

「病弱なフランソワが、いつまで生きられるのかと聞いているのです。

王家の安泰と三人の王子の命を守るためです」

ノストラダムスの占いはもって一年。しかし医師としての見立てでは、開頭手術で中耳炎を起こしやすい障害を取り除けば、もう数年生きながらえるというものでした。

カトリーヌ様は決断しなければなりません。あれほどまで望んで、漸く授かった我が子フランソワをどうするのかを。

「運命の神はいつも酷い。一つのものを守る為に、いつもそれ以上の犠牲を求めてくる。しかし分かっている、何が有っても神のせいにしないと」

ノストラダムスは彼女を労りながら、思い切ったことを言いました。

「自分の運命を嘆くより、自らの決断と行動で己の運命を変えることです。私の予言は、あなたの決断と行動のきっかけを与えるだけ。あなた自身が、運命の女神を手繰り寄せなければならない。どんなに手を汚そうとも怯まず、強い意志と覚悟をもって突き進めば、運命の女神も振り向く筈。しかし自分の汚さに耐えられない者は、運命の荒波に呑まれるだけでしょう。母后様のお覚悟次第です」

カトリーヌ様の決断の時です。彼女は迷った末に決めました。

「フランソワには死んでもらわねばならない」

一五六〇年十二月、フランソワ2世は狩りの後、耳の後ろが痛いと訴え、耳から膿を出して寝たきりとなりました。侍医は中耳炎と診断して治療しましたが病状は回復しません。

外科医のパレは、今すぐ開頭手術により膿を出さないと脳炎を引き起こし手遅れになると主張しましたが、手術をするか否かは医師団の間でも割れていました。失敗すると自分の責任になるからです。

カトリーヌ様も結論を出しません。実質的な手術の拒否です。

フランソワ2世は喘ぎながら、若干十六歳でこの世を去りました。

カトリーヌ様は、「神は我に与え、そして奪い給うた」と泣き崩れましたが、ギーズ兄弟は憤ってこう言ったそうです。「母后は国王を見殺しにした」

悲しみから立ち上がったカトリーヌ様の動きは迅速でした。

すぐに十歳の次男をシャルル9世として国王に即位させ、自らが摂政となり実権を握りました。ブルボン家のアントワーヌにも摂政権がありますが、カトリーヌ様は、死刑宣告されている弟コンデ公を国王の死に免じて恩赦・解放することを条件に、アントワーヌの摂政権を放棄させています。

さらに彼を王国総司令官に任命して懐柔し、カトリックに改宗させました。

愛人ルイーズとの間に庶子を設けたアントワーヌは、もはや政治や宗教に関心は無く、カトリーヌ様の忠実な操り人形となっていたのです。

子を成さず寡婦となったメアリーは、一五六一年にスコットランドに送り返しています。

メアリーという金の卵を失ってギーズ家の力は後退しますが、カトリック側の首領としてまだ侮れない勢力を保っていました。その頃のフランスは、新旧両派の争いや貴族間及び王家との権力闘争が複雑に絡み合い、挙国一致には程遠い状態でした。特にジュネーブのカルヴァンの教えがフランスに浸透してからは……。

⑧ カルヴァンの予定説

ジャン・カルヴァンは、フランス出身の神学者です。プロテスタント教会の一つ改革派の創立者で、一五三六年に刊行した「キリスト教綱要」で説いた救済予定説（predestination）が特徴です。ルターは、善行ではなく信仰でのみ救われると説きましたが、では信仰があれば救済されるのか。ここでカルヴァンは教義を突き詰めます。

「創造主たる神が、人間の意思による信仰で救済など行うものであろうか。いやそれを決めるのは神自身である。神が一方的に誰を救うか否か、予め選別するのだ。人には、神が何を基準に救う人と救わない人を選別するのか分からない。分からないことこそが神の偉大さである」

カトリーヌ様は、カルヴァンの教えがなぜフランスで広まっているのか理解ができない様子です。私も不思議に思ってその教義を調べました。

「アンヌ、予定説では神に救済されるか否かは、その人が生まれる前から決まっているという。それでは神に選ばれた人は、神を信じなくとも悪い事をしても救われるのですか？　善行を積む信仰深い人でも救われないとすると、全く持って救われない話です」

「カトリーヌ様、ほとんどの人は、他の人が地獄に堕ちても、カルヴァンの教えを守る自分だけは救われると信じています。そしてそれが神への感謝と変わり、より熱心に信仰するようになるのです」

「それでは改革派のユグノーは、何を根拠に自分が選ばれたと確信するのですか。人は何らかの手がかりが欲しいものです」

「正直なところあの人達の考えは分かりません。ただ彼らはこう言っています。――神から選ばれし人は神の御加護があるので現世で成功するに違いない。職業は神から与えられた使命だから、自分の天職を全うして成功するならば、神から選ばれた可能性は高いのだ――と」

カトリーヌ様は、さらに畳みかけてきました。

「それでは成功はどうやって測るのですか」

「成功は蓄財によって証明されると彼らは言っています。だからこの教えは、商工業に従事している新興市民に広まっているのです。カルヴァンは、彼ら新興市民の蓄財に対する罪悪感を見事に取りはらったということになります」

カトリーヌ様はまだ納得いってないようです。

「回りくどい教えだこと。神は自ら助くる者を助くと言えば良いものを。カトリック教徒は蓄財を卑しいことと考えます。必要以上にお金を貯めたならば、教会に寄付するか芸術家を支援すべきです」

流石メディチ家のお嬢様です。私はこう答えました。

「おもしろいことに、ユグノーは蓄財に励みますが、派手な生活を送ろうとか愛人を囲おうとかしないのです。貯めること自体が目的なのです。貯めて貯めまくって自分の救済の確信を得たいのでしょう。彼らは勤勉に貪欲に働いてお金を貯めるけど、生活は質素で倹約家です。彼らは、救済を確信させてくれた神の栄光の為に働くのです。修道院で清貧に甘んじながら、神の栄光の為に働く修道士のように」

カトリーヌ様は、よく分からない教義に退屈して言いました。

「勤勉で倹約家、お金を貯めて貯めまくる。しかも愛人を作らない。これは是非フランス王家にも取り入れたい考えですこと」

ユグノーは牧師と一般信者の代表である長老を置き、ともに教会を運営していく特徴があるようです。またローマ教会のみならず、国王の干渉も好みません。理想は自分達で政教一致の独立国家をつくること。これはフランス王家にとって、とても危険な宗教となるのです。

勢力を拡大するユグノーに対し、アンリ2世は激しい弾圧を加え、フランソワ2世の代でもギーズ公が国王の名を借りて弾圧を加え、新旧両派の対立は深刻になっています。

カトリーヌ様は両派の融和を目指し、一五六二年にユグノーの信仰を条件付きで認めるサン・ジェルマン寛容令を出しました。しかしこれに反発したギーズ公の軍隊が、シャンパーニュ地方ヴァッシーで礼拝していたユグノー七十人以上を虐殺するという事件を起こします。こうして復讐が復讐を呼ぶユグノー戦争が始まり、もはやカトリーヌ様が制御できる状態ではなくなってしまいました。

彼女は、同じ神なのに祈り方の違いで妥協の余地が無いなどありえないと考えていましたが、彼女の過ちは、狂信的・独善的になる宗教の力を過小評価したことです。

新旧両派とも妥協などあり得ず、一人の王の下、一つだけの信仰がどちらの側にとっても基本的な原則です。その為新旧両派は、彼女に対し不信感を持ち、双方に二股をかけていると非難しました。あのエラスムスを攻撃したように。人は中庸より狷介を好むのでしょう。

カトリーヌ様は外からの干渉にも悩まされます。カルヴァンが、一五六一年にブルボン家アントワーヌに宛てた手紙の中で、「女性が、わけても外国の女性が、特にイタリアの女性が統治するのは許してはならない」と書き送ったとルイーズから報告がありました。

アントワーヌはルイーズに篭絡されているので、カルヴァンになびくことはありません。カルヴァンは、「彼はすっかりヴィーナスの虜になっている。あのイタリア中年女の仕業だ」と嘆いているとのことです。そんなアントワーヌも一五六二年十月のルーアン包囲戦の傷がもとで亡くなり、ブルボン家は息子のアンリが継ぎました。今やユグノーは、宗教的情熱と俗世的利益が結びついた大きな力となり、王家や王国にとって脅威となっています。

一方、西からはフェリペ2世がユグノーを絶滅させようと常に介入の機会を窺い、北ではおべっか使いの詩人達がグロリアーナと讃えるエリザベスが、ユグノー支持を表明しています。これは奪い取られたカレーを取り戻そう、あわよくばそれ以上のものを手に入れようとする魂胆があるからです。

ギーズ家の当主フランソワは一五六三年に暗殺され、息子のアンリが当主を継ぎました。

アンリは、父親暗殺事件の黒幕はユグノーの首領コリニー提督と見なし、ますます両派の争いは激しくなっていきました。コリニー提督は、モンモランシー元帥の妹を母とする貴族で、ユグノーの指導者として頭角を現わし、カルヴァンと連絡を取りながら急進的・攻撃的な方針を取っています。

カトリーヌ様は何とかコリニー提督を懐柔しようと、女官親衛隊の美女を派遣しますが、禁欲的なコリニーは篭絡されることはありません。しかも困ったことに、国王シャルル9世は行動力のある毅然としたコリニーを父親同然に慕い、信頼を置いていたのです。


一五六三年に高等法院は、シャルル9世の成人を宣言しましたが、彼は国政に関心なく、政治は摂政カトリーヌ様に任せきりです。そこでカトリーヌ様は新国王の自覚を促す為に、フランス大巡幸を計画し、一五六四年一月から翌年五月までフランス各地を巡幸しました。

一五六四年十月にはノストラダムスと再会しています。ノストラダムスは、その四行詩が二人の国王の死を相次いで言い当てたとして、フランスのみならず近隣諸国にまで評判が高まっていました。

彼はモンモランシー元帥は九十歳まで、シャルル9世も同じ歳まで生きると予言しましたが、たぶん社交辞令でしょう。相変わらず野心的な占い師です（モンモランシーは七十五歳、シャルルは二十三歳で死亡）。

しかし巡幸に随行していたある少年を見たノストラダムスは、母后と国王が居ない場所で、

「いずれこの子が王になる」と予言し、周囲を当惑させたと聞きました。

この少年とはブルボン家のアンリ王子です（後のブルボン朝初代フランス王アンリ4世）。

パリ市民の日記にも同様のことが述べられているので確かなことでしょう。

「七本の枝が三本に減り、年上の者は死に襲われ……」

ノストラダムスの予言は、徐々に実現していくことになります。

カトリーヌ様は、巡幸の際にフェリペ2世王妃で娘のエリザベートと国境近くのバイヨンヌで会っています。そこでフェリペ2世の代理として随行してきたアルバ公とも会見しました。

アルバ公は、カトリーヌ様の甘言や策謀に振り回されない唯一の人間といったところでしょう。アルバ公は、ノストラダムスを世界一狡猾なほら吹きと呼び、そのノストラダムスに心酔しているカトリーヌ様も揶揄しているようです。彼はカトリーヌ様に対し、「鮭の頭一個の方が百匹の蛙より値打ちがある」として、ユグノー貴族らを抹殺するように求めています。

一五六四年にカルヴァンが死去しましたが、ユグノーの攻勢は益々強まり、一五六七年に国王誘拐を図り、パリは一時ユグノー軍に包囲されてしまいます。

この事件はカトリーヌ様の対ユグノー政策を変えました。これ以降ユグノーに敵意を抱き、アルバ公の恐怖政治を賞賛するようになったのです。

⑨　サン・バルテルミー

一五六八年にコンデ公とコリニー提督は、ネーデルラント独立運動を支援し、ネーデルラントにいるスペイン軍を追い払い、同地をフランスの影響下に置こうとします。独立運動の指導者オラニエ公も、フランスが公然と支援を宣言してくれるのであれば、信仰の自由を条件に、フランス王権に忠誠を誓うと述べています。

その後コンデ公は一五六九年に戦死し、コリニー提督がユグノーの首領となりました。勢いを強めるユグノー勢力に対し、カトリーヌ様は切り札として王族同士の結婚を検討し、まずはシャルル9世に、カトリックながら新教徒に寛大な神聖ローマ皇帝マクシミリアン2世の皇女エリザベートを王妃に迎えます。二人は仲睦まじかったのですが、やっと生まれた娘は早逝してしまいます。

次にカトリーヌ様は、ブルボン家アンリと娘マルグリットとの結婚を考え、ヴァロア家とブルボン家の融和を図ろうとしました。問題は、ギーズ公アンリと密かに恋仲になっていたマルグリットです。カトリーヌ様は、ギーズ公アンリとの結婚など許しません。王家がギーズ一派に乗っ取られるからです。すぐさまマルグリットを寝室から引きずり出して、国王とともに彼女の寝間着を引き裂き、ギーズ公アンリとの間も引き裂きました。

もう一つの問題は、カトリーヌ様を敵対視するアンリの母親ジャンヌです。

カトリーヌ様はジャンヌに対して、宮廷に出仕するよう圧力をかけますが、彼女は用心してなかなか要請に応じません。そこでカトリーヌ様は、アンリの次期王位継承を匂わせて何とか出廷させ、アンリがユグノーに留まることを条件に、マルグリットとの結婚を承諾させたのです。

ジャンヌの夢は、ブルボン家を盛り立ててフランスの王冠を息子アンリの上に輝かせること、そしてフランスをユグノー王国にすることです。愛人にうつつを抜かすフランス宮廷にあって、その妻は信仰か権力、そして我が子に賭けるしかなかったのです。
一五七二年六月、ジャンヌは衣装を買うためにパリに来た際に急死します。死因は長い間患っていた結核によるものですが、ユグノー側はカトリーヌ様が毒殺したとし、彼女を「毒を盛る女」と喧伝しました。

コリニー提督は、ユグノー戦争でカトリック教徒に対して残虐な仕打ちをしたとして、カトリック側の恨みを買っていました。ギーズ公アンリも、彼を父フランソワ暗殺の黒幕と見なしています。しかしシャルル9世は、優秀な指導者であるコリニーを我が父（モン・ペール）と呼んで敬意を払っていました。コリニーはネーデルラントのカルヴァン派と組んでスペインと開戦することを強硬に主張しましたが、カトリーヌ様はコリニーの提案を退けています。負ければスペインに蹂躙され、勝ったとしてもフランスはユグノーの天下となり、より一層カトリック側が反発してくるからです。
一方ギーズ公は、スペインと組んでユグノーを一掃する作戦を練っており、一触即発の事態です。追い詰められたカトリーヌ様は、遂にギーズ公アンリが持ち掛けてきたコリニー暗殺計画を承諾してしまうのです。

ブルボン家アンリとヴァロワ家マルグリットの結婚式は、一五七二年八月十七日にパリのノートルダム大聖堂で挙行されました。二十二日に宿舎に戻る途中、コリニーは狙撃され、右腕を負傷して宿舎に運び込まれました。暗殺は失敗したのです。

ユグノー貴族らは国王に真相究明を迫り、母后と国王は涙ながらに犯人を探し出すと約束しています。一方でカトリーヌ様はコリニー暗殺計画を国王に明かし、こう脅かしました。

「国王陛下、よくお聞き下さい。この計画は私とギーズ公アンリが仕組んだもの。そなたの弟アンリも加わっています。コリニー及び武装蜂起を企てるユグノー急進派貴族には死んでもらいます。そうしなければ、この国と王家は崩壊するからです。もし国王が承諾されないのであれば、私達は引退し国王と縁を切ります。後は御随意に」

哀れな国王は母后の最後通告、すなわち敬愛するコリニーの暗殺指令に衝撃を受け、心が砕けます。そして錯乱したシャルル9世は叫びました。

「そうだ殺せ、殺せ、余を怨む者が生き残らぬよう、皆殺しにしろ」


殺害対象は、名簿に列挙されたユグノーの急進派貴族だけです。

二十四日サン・バルテルミーの祭日、ギーズ公アンリの配下の兵士がコリニーに止めを刺しました。しかし一度暴発した暴力は止まりません。これが引き金となり、兵士とカトリック市民が、ユグノー貴族だけでなく、ユグノー市民まで大量虐殺する蛮行に発展していったのです。暴発した虐殺行為はパリで一週間続き、地方でも殺戮が繰り広げられ、犠牲者は一〜三万人と言われています。

ナヴァラ王（ブルボン家アンリ）も捕らえられて、強制的にカトリックに改宗させられています。

シャルル9世は、コリニー暗殺に加担した呵責と大虐殺を起こした罪悪感に苦しみ、殺戮の際に聞いた悲鳴や泣き叫ぶ声がたびたび聞こえてくると涙ながらに訴え、次第に心を病んでいきました。

元々病弱であった国王の命は燃え尽きようとしています。そして死の間際、ブルボン家アンリを抱きしめてこう言いました。


「君は良き友を失うのだぞ。余が君を排除せよと言われたことを実行しておれば、君は生きていなかったのだから。だから余の為に神に祈ってくれ。

王冠を抱くべき息子を残さなかったのが、せめてもの幸せだ……」


一五七四年五月、シャルル9世は二十三歳の若さで亡くなりました。

最期の言葉は、「ああ、母上……」です。カトリーヌ様の軛（くびき）に最後まで逃れられず、その隷属さゆえに八月二十四日に流された血が彼に死をもたらしたのでしょう。


サン・バルテルミーの虐殺につき、国王とカトリーヌ様は各国大使や政府に宛てた手紙で、この事件に対する説明を行っています。

「八月二十四日の惨劇の原因を誤解しているようです。この惨劇は、ギーズ家とコリニー提督の党派間の争いであり、母后や国王・ナヴァール王を殺害しようとした恥ずべき陰謀を罰しただけなのです」

とし、その責任をギーズ公とコリニーに負わしています。

内外のカトリック勢は、ユグノー叛乱の脅威に対する正当防衛と見なし、事件を賞賛しました。

コリニーの首は、教皇グレゴリウス13世のもとへ送り届けられています。

教皇はシャルル9世を讃えて、荘厳な賛美歌「テ・ダウム=我ら神であるあなたを讃える」を唱えさせ、虐殺を記念するメダルまで発行しています。

めったに笑わないフェリペ2世も、この時ばかりは歓喜して大いに笑い、「これは我が生涯の最大の喜びの一つである」という祝辞をフランスに送り、折に触れて、「そんな母親を持った息子のことを、そんな息子を持った母親のことを」褒め讃えたと聞きます。

ユグノー虐殺以上にフェリペ2世を大いに喜ばせたのが、カトリーヌ様の犯した過ちでした。彼はアルバ公に語っています。

「サン・バルテルミーの虐殺以降、ドイツ諸侯やユグノーどもは、もはやあの母后の言葉を全く信用しなくなり、この孤独の中で彼女はスペインとの同盟を余儀なくされるであろう」

確かにこの虐殺は、暴力が支配していたこの時代ですら想像を絶していました。ユグノー側は暴君放伐論を唱え、より強硬に抵抗する姿勢を示します。

ユグノーの怒りがギーズ公ではなく、王家に向いてしまったのはカトリーヌ様の失態です。エリザベス女王は喪に服し、神聖ローマ皇帝マクシミリアン2世も、虐殺は恥ずべきことと述べて激怒したといいます。

これ以降ユグノーは、カトリーヌ様を邪悪なイタリア人母后、陰謀と暗殺で政敵を排除する狡猾なマキャベリストと罵るようになるのです。そして「毒を盛る女」に加え、「マダム・サタン」「マダム・セルパン（蛇母后）」と呼び、彼女は益々悪名を高めていくことになります。

⑩ マダム・セルパンの最期

ポーランド王に選出されていた弟アンリは、シャルルの死を知ってポーランドを出奔、パリに戻って一五七五年にアンリ3世として即位します。一五七六年には軟禁されていたブルボン家のアンリがナヴァラに逃走し、再改宗してユグノーの首領となりました。

それ以降、国王アンリ3世と、カトリック首領のギーズ公アンリ、ユグノー首領のブルボン家アンリの三つ巴の争い、いわゆる三アンリの戦いと呼ばれる泥沼の内戦状態に陥ります。

カトリーヌ様が溺愛したアンリ3世は、兄達に比べ比較的健康でしたが、女性的な王でした。自分の回りにミニヨン（稚児）と呼ばれる若者を集めて一種の秘密政府を形成し、時に祝宴で女装を披露するなど、人々は彼を「ソドム（男色）殿下」と呼んでいます。パリ市民の間では、新国王は黒ミサに熱中してパリ郊外の古塔にこもり、幼児の生贄を捧げているなど根拠のない噂が広まりました。

政務に対する関心は気まぐれで、カトリーヌ様はフランソワやシャルルのように新国王を制御することはできず、次第に対立していきます。その後アンリ3世には子供を作る能力が無いという噂が広まり、王弟エルキュールが王位継承者として振る舞い、貴族間抗争や宗教対立を助長してしまいます。

エルキュールもカトリーヌ様の悩みの種でした。兄王に意地悪され、母に虐待されたエルキュールは、母親と兄への意趣返しとして、南仏のユグノー貴族と同盟して王室に敵対しました。この為アンリ3世は譲歩せざるを得ず、パリを除くフランス全土においてユグノーの公的礼拝を許すボーリュー勅令を一五七六年に出しています。しかし今度はカトリック過激派貴族がカトリック同盟を結成し、国王に迫って勅令を廃止させるという有様で、国政は混乱の一途を辿りました。

エルキュールはさらにネーデルラントの紛争にも介入して惨敗、その後結核により一五八四年に病死してしまいます。これでアンリ3世が子を成さねば、ヴァロワ家の血筋は途絶え、王位はユグノーのブルボン家に移ります。

末娘マルグリットも悩みの種でした。ナヴァラ王アンリとの結婚を嫌がり、二度もナヴァラから逃げ出してフランスの宮廷に戻り、男性遍歴を重ねていったのです。カトリーヌ様は激怒し、国王に命じて彼女をウッソン城に幽閉し、二度と彼女に会うことはありませんでした。

カトリック同盟はアンリ3世を敵視し、ギーズ公アンリは従兄弟のブルボン枢機卿を王位継承者とすべく画策します。一五八八年五月、カトリック同盟を支持するパリ市民は、国王がギーズ公の命を狙っているとして、通りにバリケードを築き、ギーズ公以外の如何なる者の命令に従うことも拒否すると宣言します。パリを追い出された国王は、ブロアに三部会を招集しました。

同年十二月、国王はギーズ公アンリがブロアに武装兵力を送り込み、自分を拘束する陰謀があると知り、逆に先手を打とうとします。ギーズ公の油断を見すまして自分の部屋に呼び込み、国王の護衛兵が剣でギーズ公を殺害、同時に弟のロレーヌ枢機卿も殺害したのです。

恐ろしいことに、二人の遺体はカトリック側の聖遺物とならないよう、薬品を用いて溶かされ、永遠にこの世から消え去ることになりました。

思慮が浅く気の弱い国王は、母后に相談もせずこの凶行におよんだのです。

自分の寝室の上で行われた凶行の音に驚いて、カトリーヌ様は、「何をなさったのですか」と詰問すると、アンリは澄ましてこう答えました。

「ギーズ公は死にました。私が殺させたのです。彼が私にやろうとしたことに機先を制したのです。これで私だけが王となります」

病床に臥していた彼女は、最愛の息子が人殺しを行ったことより、自分に相談なく凶行におよんだことに衝撃を受け、さらに病状が悪化します。

その後彼女は、しきりに自分の寿命を占わせました。占星術師のルジエリは、「サン・ジェルマンの近くで死ぬであろう」と予言しましたが、彼女は告解を受けた贖罪司教の名前がサン・ジェルマンと知り、自分の死を悟ります。

一五八九年一月五日、ヨーロッパ中に悪名を轟かせたカトリーヌ様は、六十九歳で永眠されました。

彼女の死から七か月後の一五八九年八月、アンリ3世はカトリックの修道士ジャック・クレマンに暗殺され、彼女があれほどまでに守ろうとしたヴァロア朝は、断絶してしまいます。

カトリーヌ様にとって王家断絶を見ずに死んだのが、せめてもの救いであったでしょう。

運命に抗い、幸運の女神を手繰り寄せようとしたカトリーヌ様は、結局幸福と勝利を手に入れることができませんでした。

彼女が右腕と頼ったマキャベッリの教えは、宗教戦争の中ではあまり役に立たなかったようです。彼女はユグノーの狷介さも、ギーズ公やスペイン王の独善性も見抜けなかった。彼女が左腕と頼ったノストラダムスの予言も、彼が死去した一五六六年以降は頼れなくなっています。

あれほど望んで授かった息子フランソワを見殺しにし、摂政・母后として権力を握るも、サン・バルテルミー虐殺の黒幕とされ、最愛の息子アンリ3世と対立し、憂憤のうちに生涯を終えたのです。

確かにカトリーヌ様は策謀家で、時に非情な一面を持っています。しかし彼女に次々と降りかかった危機を、振り返って見て下さい。愛の無い夫婦生活、離縁を迫る宮廷、権力をふるう愛妾と大元帥、王位を窺うギーズ家とブルボン家、新旧両派の宗教抗争、フランスを狙うフェリペ2世とエリザベス女王、したたかな貴族と宮廷人達。カトリーヌ様は、これらの危機を策謀と機転で切り抜こうとし、王家と自らの地位を守る為に、悪女という奇妙な役割を演じたのです。

それでも私は立派であったと思います。逆境に立ち向かい、健気にそして凛々しく生き抜かれたのですから。あのヴィラゴ・ディタリアとして名を響かせたカテリーナ・スフォルツァのように。

私の長い想い出話にお付き合い頂き、ありがとうございました。長生きするものではないですね。見たくないものを見なければならないのですから。そろそろ私は急がねばなりません。カトリーヌ様の片棒を担いだ私も神の裁きに呼ばれているのです。

でも最後の審判の前に、あなた方に一つお尋ねしたいことがあります。
あなた方ならどうしたでしょうか。そう、カトリーヌの場合なら……。

【著者紹介】

栗尾　健児（くりお　けんじ）

1959 年　大阪府生まれ
一橋大学経済学部卒業後、商社勤務を経て現在歴史の横展開を軸に、交易史・鉱物史の著作に取り組んでいる。

インドの東（ひがし）　上巻（じょうかん）

2025 年 3 月 9 日　第 1 刷発行

著　者 — 栗尾（くりお）　健児（けんじ）

発行者 — 佐藤　聡

発行所 — 株式会社 郁朋社（いくほうしゃ）

〒 101-0061　東京都千代田区神田三崎町 2-20-4
電　話　03（3234）8923（代表）
ＦＡＸ　03（3234）3948
振　替　00160-5-100328

印刷・製本 — 日本ハイコム株式会社

装　丁 — 宮田　麻希

落丁、乱丁本はお取り替え致します。

郁朋社ホームページアドレス　https://www.ikuhousha.com/
この本に関するご意見・ご感想をメールでお寄せいただく際は、
comment@ikuhousha.com　までお願い致します。

 ISBN978-4-87302-836-1 C0093